약속된 장소에서

UNDER GROUND 2

YAKUSOKU SARETA BASHO DE

by Haruki Murakami

Copyright © 1998 Harukimurakami Archival Labyrinth
All rights reserved.

Originally published in Japan by Bungeishunju Ltd., Tokyo.
Korean translation rights arranged with Harukimurakami Archival Labyrinth
through THE SAKAI AGENCY and BOOKPOST AGENCY.

약속된 장소에서

무라카미 하루키

이영미 옮김

문학동네

이곳은 내가 잠들었을 때
약속된 장소다
깨어 있는 동안 빼앗겼던 장소다

이곳은 누구에게도 알려지지 않은 장소다
이곳에서 배들과 별들의 이름은
손닿지 않는 곳으로 흘러가 멀어진다

산은 더이상 산이 아니며
태양은 더이상 태양이 아니다
본래 어떤 것이었는지조차 기억할 수 없다

나는 나 자신을 본다, 내 이마 위에서
암흑의 광택을 본다
한때 나는 부족함이 없었고, 한때 나는 젊었다……

지금은 그것이 소중하기만 하고,
나의 목소리가 당신의 귀에 닿을 것만 같고
이곳의 비바람은 언제까지나 잠들지 않을 것만 같다

마크 스트랜드, 「한 노인이 자신의 죽음 속에서 깨어나다」

머리말

1997년 3월(사건이 일어난 지 정확히 이 년 후)에 나는 지하철 사린*사건의 피해자 및 유족의 증언을 엮은 『언더그라운드』라는 책을 발표했다. 머리말에서도 밝혔지만, 애초에 그 책을 쓰기로 결심한 것은 지하철 사린사건의 일반 피해자에 관한 구체적인 사실이 너무나 적고 ─ 게다가 세간에는 거의 똑같은 단면만을 다룬 정보로 발표되어 있기 때문이었다. 적어도 나는 절실히 그렇게 느꼈다.

혼잡한 아침 시간의 지하철 안에서 아무런 예고도 없이 사린

---

* Sarin. 액체와 기체 상태로 존재하는 독성이 매우 강한 화합물로, 주로 중추신경계를 손상시킨다. 매우 치명적이기 때문에 노출될 경우 몇 분 만에 목숨을 잃을 수 있다.

가스를 뒤집어쓰는 것이 현실적으로 어떠한 일인지, 피해를 입은 한 사람 한 사람의 생활과 의식에 그것이 어떠한 변화를 초래했는지(혹은 초래하지 않았는지), 나는 한 사람의 소설가로서 알고 싶었고, 우리 '시민'(최근에는 조금 평판이 떨어진 말인 듯하지만)이 그에 관해 좀더 분명하고 생생하게 알 필요가 있다고 생각했기 때문이다. 지식으로서가 아니라, 어디까지나 실감으로. 피부에 와 닿는 아픔으로, 가슴을 에는 슬픔으로. 일단 그런 일상적인 지점에서 시작하지 않는 한, 지하철 사린사건이 우리에게 무엇이었는가, 또한 옴진리교는 우리에게 무엇이었는가 하는 퍼스펙티브가 입체적으로 드러나지 않을 거라고 생각했다.

그것은 '건전한' 피해자 측에 서서 '건전하지 않은' 가해자를 탄핵하려는 식의 고정된 동기에서 시작한 것이 아니며, 또한 이 사건과 관련해 사회적 정의를 추구하려는 목적으로 시작한 것도 아니다. 물론 그런 명확한 목적을 가지고 쓴 책도 세상에는 필요하다. 그러나 적어도 내가 지향하는 바는 아니었다. 내가 지향한 것은 명확한 하나의 관점을 만들어내는 게 아니라, 명확한 다수의 시점을—독자를 위해 그리고 또 나 자신을 위해—만들어내는 데 필요한 '재료'를 제공하는 데 있었다. 이는 기본적으로는 내가 소설을 쓸 때 지향하는 바와 동일하다.

실은 『언더그라운드』를 집필하는 동안, 나는 옴진리교 측의 정보는 되도록 수집하지 않겠다는 한 가지 규칙을 정했다. 다행히 머릿속에 세간의 정보가 들어 있지 않아, (사실 나는 옴진리교 관련 사건이 매스미디어에서 가장 뜨겁게 보도된 시기의 거의 대부분을 미국에서 생활했기에 이른바 정보망에서 벗어나 있었다) 될 수 있는 대로 그런 무구한 백지상태에서 취재해보고 싶었다. 달리 말하면 나는 가능한 한 1995년 3월 20일의 피해자들과 같은 상황에 서보고 싶었다. 즉, 뭐가 뭔지도 모르는 와중에 영문을 알 수 없는 것에 치명적으로 습격당한 상황이다. 그러기 위해서라도 나는 『언더그라운드』에 한해서는 옴진리교 측의 시점을 의도적으로 배제했다. 그것을 끌어들임으로써 시점이 흐려질 우려가 있었기 때문이다. 그 시점에서는 '이쪽도 이해하지만, 저쪽도 어느 정도 이해는 간다'는 이도저도 아닌 애매한 자세만은 피하고 싶었다.

그로 인해 일부로부터 '시점이 일방적'이라는 비판을 받기도 했지만, 애당초 카메라 위치를 한곳에 고정시킨다는 것이 내가 원점부터 의도적으로 설정한 규칙이니, 그런 비판은 이 책에 대한 유효한 논의로 성립되지는 않을 듯하다. 나는 취재하는 사람들에게 '정신적으로 가까이 다가선' 책을 쓰고 싶었고(그것은 물론 편을 든다는 의미와는 다르다), 그들이 당시 느꼈던 것, 생각했던 것을 있는 그대로, 가능한 한 살아 있는 문장으로 써내고 싶었다. 그 시점에는 그런 형태의 개입이 문필가=소설가로서 나의 역할이라고 생각했다. 결코 옴진리교가 가지고 있는 긍정적인 면과 부정적인 면, 그리고 양쪽의 종교적, 사회적 의미를 애초부터 배제할 의도는 아니었다.

그런데 그 일을 마치고, 책이 출판되고, 이런저런 파도가 빠져나가고 사태가 일단락되자, 내 안에서 조금씩 '옴진리교란 도대체 무엇이었을까?' 하는 의문이 솟아올랐다. 처음에 나는 일종의 정보 불균형 상태를 정상으로 바로잡기 위해 피해자 측에서 말하는 사실을 집중적으로 모아들였는데, 그런 작업이 일단 달성된 단계에서는 차츰 '우리는 과연 옴진리교 측에 관해 정말로 정당한 정보를 가지고 있을까?' 라는 의문을 품게 된 것이다.

『언더그라운드』에서는 옴진리교 교단이라는 존재가 아무런 예고도 없이 갑작스레 일상을 습격해온 '정체불명의 위협=블랙박스'로 받아들여졌지만, 이번에는 나 나름대로 그 블랙박스를 어느 정도 열어보자고 마음먹었다. 그리고 안에 든 내용물을 『언더그라운드』라는 책이 펼쳐 보이는 퍼스펙티브와 비교 대조함으로써, 다시 말해 그 이질성과 동질성을 해부함으로써, 더욱 깊이 있는 관점을 획득할 수 있을지도 모른다고 생각한 것이다.

또 한 가지, 내가 '옴진리교 측'을 정면으로 다루려 마음먹은 이유는 '결국 그런 사건까지 벌어졌는데도 그것을 일으킨 근본적인 문제는 하나도 해결되지 않은 게 아닌가' 하는 위기감을 절실히 느껴왔기 때문이었다. 일본사회라는 메인시스템에서 벗어난 사람들(특히 젊은 층)을 받아들이기 위한 유효하고 정상적인 서브시스템=안전망이 일본에 존재하지 않는다는 현실은, 그 사건 후에도 전혀 변하지 않았기 때문이다. 그런 본질적이고도 중대한 결함이 우리 사회에 블랙홀처럼 존재하는 한, 설령 지금은 옴진리교라는 집단을 무너뜨렸다 해도 비슷한 유형의 흡인체―옴진리교적인 것―가 언젠가 또다시 등장할 것이며, 비슷한 사건이 또다시 일어날지도 모른다. 나는 이 취재를 시작하기 전부터 그런 불안을 계속해서 느껴왔고, 취재를 마친 지금은 더욱 강하게 실감한다(예를 들어 중학생이 저지른 일련의 '충동범죄'만 하더라도, 그런 포스트 옴진리교적인 상황의 일환으로 파악할 수 있지 않을까).

따라서 나는 역시 『언더그라운드』와 기본적으로 같은 형식을 취해, 옴진리교 신자(옛 신자)의 심정과 주장을 듣고 써나갈 수밖에 없다는 결론을 내렸다. 그렇게 함으로써 맨 처음 품었던 '공정한 의문'의 균형을, 한 단계 더 심화시킨 단계에서 더 나은 형태로 획득할 수 있을 거라 생각했다.

그러나 인터뷰에 응해줄 옴진리교 신자(옛 신자)를 찾아내는 일은 인터뷰에 응해줄 사린사건 피해자를 찾아내는 일과는 또다른 의미에서 쉽지 않았다. 과연 어떤 기준을 적용해서 옴진리교 신자를 골라내야 할까? 요컨대 과연 어떤 사람을 '일반적이고 표준적인 옴진리교 신자'라 부를 수 있을 것인가 하는 근원적인 의문이 앞서기도 했다. 그것이 올바른 표본 집단임을 누가 판단할 수 있을까? 또한 그런 사람들을 용케 찾아냈다 한들, 신자 측의 이야기를 그대로 받아 적기만 하면, 결국 종교적 프로파간다 비슷하게 되어버리진 않을까 하는 염려도 있었다. 과연 두 이야기가 서로 맞물릴 수 있을까?

그러나 초장부터 계속 고민만 해봐야 결론은 좀처럼 나지 않는다. 그래서 일단은 실마리 삼아 몇 명쯤 인터뷰를 해보고 나서 다시 생각하기로 결정했다. 사실, 일을 이런 식으로 시작하게 된 건 피해자 인터뷰 때도 마찬가지였다.

인터뷰에 응해줄 옴진리교 신자(및 옛 신자)는 문예춘추 편집부의 통로를 이용해 소개받았다. 인터뷰 순서는 기본적으로는 『언더그라운드』 때의 방식을 답습했다. 여하튼 가능한 한 긴 시간을 들여 인터뷰하려 노력했다. 이쪽에서 질문을 하고 그 질문에 대해 원하는 만큼, 말하고 싶은 만큼 대답하게 하는 형식이었다. 대체로 한 번에 세 시간에서 네 시간쯤 걸렸다. 그 녹음테이프를 문장으로 정리한 원고를 본인에게 읽히고 점검을 받는다. 발언의 자발성을 해칠까 우려되어 가능한 한 원고에 손을 대고 싶지는 않았지만, 사실과 다른 부분 혹은 오해를 불러일으킬 소지가 있는 표현은 바로잡는다. '아무래도 이 부분은 활자로 발표되면 곤란하다'는 부분은 삭제하고, '이건 중요한데 인터뷰 때

깜박 잊고 말을 못했다'는 내용이 있으면 덧붙인다. 그리고 '이 정도면 오케이'라는 허가가 난 단계에서 활자로 발표한다. 이름 은 가능한 한 실명을 썼으면 하지만, 희망하는 경우에는 가명을 사용한다. 가명인지 실명인지는 따로 밝히지 않는다. 이런 조건 은 인터뷰를 요청할 때 상대에게 분명하게 제시했다.

그리고 말한 내용이 진실인가 아닌가 하는 검증은, 명백하게 사실과 모순된다는 걸 알게 되었을 때 외에는 기본적으로 하지 않았다. 이 점에 관해서는 더러 이견이 있을지도 모르지만, 내가 하는 일은 사람들이 하는 얘기를 듣고, 그 내용을 되도록 읽기 쉬운 문장으로 바꾸는 것이다. 거기에 몇 가지 어긋난 사실이 있 다 하더라도(기억이란 불안정한 것이며, 이론적으로 정의하자 면 사실의 개인적 재조합에 불과하다), 그런 개인적 이야기가 집적되어 만들어진 '집합적 이야기' 안에는 하나의 강력하고 확 실한 진실성이 내재되어 있다. 그것은 우리 소설가들이 나날이 뼈저리게 체험하는 바이다. 내가 이번 작업을 소설가의 일로 받 아들인 것은 그러한 맥락에서였다.

그렇긴 하지만 『언더그라운드』의 사건 피해자 인터뷰와 이번 옴진리교 관계자 인터뷰가 내용상, 형태상으로 완전히 동일하다 는 말은 아니다. 둘 사이의 가장 큰 차이는, 이번에는 인터뷰어 인 내가 상대의 발언에 자주 내 의견을 끼워넣고, 어떤 경우에는 의문을 드러내거나 반론을 제기하기도 한다는 점이다. 『언더그라운드』인터뷰에서 나는 최대한 철저하게 보조자로 일관하며, 나의 색깔이나 의견을 문장에 드러내지 않으려 애썼지만, 이번에는—어디까지나 그때와 비교하면 그렇다는 얘기지만—좀더 전면으로 나서려고 한 셈이다. 되도록 주제넘게 나서지는 않으려 주의를 기울였지만, 그런 식으로 내가 표면에 모습을 드러내는 태도가 꼭 필요했다고 생각한다. 그 이유는 인터뷰 발언이 경우에 따라서는 교의론으로 흘러가버리는 일도 있었고, 그 흐름을 그대로 방치하는 것은 인터뷰의 균형을 유지하기 위해서도 분명 적절치 않았기 때문이다. 그것이 피해자 인터뷰와의 가장 큰 차이였다.

한 가지 미리 밝혀두지만, 나는 종교 전문가도 아니고 사회학자도 아니다. 또한 그런 방면에 정통하지도 않다. 그냥 단순하고 교양 없는 소설가다(이것이 아름다운 겸손이 아님은 세간의 많은 분들이 이미 알고 계실 터이다). 내가 지닌 종교 지식은 완전한 풋내기에 싹이 아주 조금 난 정도다. 따라서 확고한 종교 실천가와 함께 교의론 논쟁이라는 비좁은 링에 올랐다가는 승산이 거의 없을 확률이 높다. 신자들의 취재를 시작하기에 앞서 솔직히 그런 염려가 없지 않았다. 그래도 '그건 그것대로 괜찮지 않겠나' 하고 생각했다. 모르는 것이 있으면 그때그때 "그건 잘 모르겠습니다"라고 말하면 되고, '그런 사고방식은 일반적이지 않다'는 생각이 들면 "논리야 어떻든 그런 건 일반인들은 좀 이해하기 힘들지 않을까요"라고 부딪칠 수밖에 없다고 생각했다. 그리고 실제로 그렇게 했다. 물론 딱히 정색을 한 건 아니다. 전문용어를 추임새로 섞어가며 "으음, 그렇군요, 이해가 갑니다" 하는 식으로 이야기를 술술 흘려보내기보다는, 기본적이고 초보적인 부분부터 "잠깐만요. 그건 무슨 뜻입니까?" 하는 식으로 하나하나 파고드는 쪽이 대화로는 오히려 타당하다고 생각했기 때문이다.

그러나 대략적으로 말하자면, 상식적이고 일반적인 수준의 의견이나 견해는 물물교환하듯이 서로가 충분히 얘기를 나눴고, 인터뷰이의 기본적인 사고방식은 나도 대체로 이해했다고 (물론 그것을 받아들이느냐 아니냐는 별개의 문제지만) 느낀다. 적어도 내가 행한 종류의 인터뷰에 한하자면, 그걸로 충분했다. 상대의 정신을 세부까지 분석하고, 그 처지의 윤리적 혹은 논리적 정당성을 운운하는 것은 이번 취재의 직접적인 목적이 아니었기 때문이다. 좀더 심오한 종교상의 논점, 혹은 그 사회적 의미의 추구에 관해서는, 다른 곳에서 각 분야 전문가들의 의견을 접하시기 바란다. 그러는 편이 확실할 것이다. 그와는 대조적으로, 내가 여기서 제출하려 했던 것은 어디까지나 서로 땅에 발을 딛고 선 시점에서 받아들인 그들의 모습이다.

그러나 그와 동시에 그들과 마주 앉아 이야기를 나누면서, 소설가가 소설을 쓰는 행위와 그들이 종교를 희구하는 행위 사이에 부정할 수 없는 공통점 같은 것이 존재한다는 사실을 절실히 느끼지 않을 수 없었다. 거기에는 굉장히 비슷한 점이 있다. 그것만은 분명하다. 하지만, 그 두 가지 영위靈爲의 뿌리가 완전히 같다고 정의할 수는 없을 것이다. 거기에는 유사성과 동시에 결정적인 차이도 존재하기 때문이다. 그들과 얘기를 나누면서 개인적으로 흥미가 끌린 이유도 그 점 때문이었고, 또한 경우에 따라서 갑갑함 비슷한 감정을 느낀 것도 그런 점 때문이었다.

어쨌든 그런 관점이 내 안에 있었기 때문에, 설령 종교적인 전문지식이 없었어도 그들이 하는 이야기를 상황에 따라 순수하게 받아들이거나 혹은 단호하게 거절할 수 있었던 것 같다. 그리고 굳이 덧붙인다면, 이들 일련의 인터뷰에서는 최종적으로는—문자 그대로 상식적인 감상이긴 하지만—커먼센스가 상당히 중요한 역할을 해냈다고 할 수 있다.

개인적인 소감을 말하자면, 나는 일 년간에 걸쳐 『언더그라운드』를 취재한 사람으로서 지하철 사린사건을 일으킨 옴진리교 신자 당사자들(실행범 및 여러 형태로 그 사건에 관여한 사람들)에 대해 지금도 깊은 분노를 느끼고 있다. 그 사건으로 피해를 입어 지금도 여러 가지 형태로 고통받는 분들을 실제로 만나보았고, 사랑하는 이의 생명을 영원히 빼앗긴 분들의 끝없는 고뇌를 실제로 접했다. 나는 그것을 잊을 수 없으며, 어떤 동기이든 어떤 사정이든 그런 범행은 결코 용서받을 수 없는 행위라고 생각한다.

그러나 총체적 집단으로서 옴진리교 교단이 이 사건에 현실적으로, 혹은 정신적으로, 혹은 구체적으로 얼마나 관여했느냐하는 점에서는 의견이 갈릴 것이라 생각하며, 그 사실판단은 역시 공정하게 독자에게 맡기고자 한다. 다시 말하면, 나는 옴진리교 신자들(및 옛 신자들)을 비난하고 탄핵하기 위해 이 인터뷰를 한 것이 아니며, 또한 그들을 새로운 시점에서 재평가하려는 것도 아니라는 뜻이다. 그 점은 기본적으로 이해해주기를 희망한다. 내가 여기에 제시하고 싶었던 것은, 『언더그라운드』에 관해 서술한 내용과 마찬가지로, 명확한 하나의 관점이 아니라 명확한 다수의 관점을 만들어내는 데 필요한, 살아 있는 생생한 재료(머티리얼)다.

가와이 하야오 씨와 나는 『언더그라운드』 발간 후, 그리고 이번 「포스트 언더그라운드」 연재(월간 〈문예춘추〉 게재)가 종료된 시점의 두 번에 걸쳐 오랜 얘기를 나누었다. '대담'이라고 이름 붙였지만, 실질적으로는 내(무라카미)가 질문을 던지고 그에 대해 가와이 씨가 대답하는 형식이다. 『언더그라운드』와 「포스트 언더그라운드」라는 두 번의 긴 인터뷰 작업을 마친 후, 좀처럼 완성된 형태가 보이지 않아 줄곧 갑갑하고 개운치 않은 느낌이었는데, 심리학자의 눈을 통해 제대로 된 (그리고 동시에 깊은 암시가 넘치는) 대답을 얻을 수 있어서 상당히 '납득할 수' 있게 된 기분이다. 그런 의문을 솔직하게 던질 수 있는 상대로 나는 가와이 씨 이상의 사람을 떠올릴 수 없었다.

물론 소설가(픽션 메이커)인 나는 앞으로 다양한 이야기적 과정을 거쳐 내 안에 남아 있는 것들을 하나하나 입체적으로 검증하고 처리해나가야겠지만, 거기에 이르기까지는 틀림없이 앞으로도 상당히 오랜 시간이 걸릴 것이다. 형태가 곧바로 수월하게 만들어져나올 것 같지는 않다. 이 시점에서 하나의 심리적 매듭을 지을 수 있는 힌트를 얻은 것에 대해 가와이 씨에게 깊이 감사드린다.

이 인터뷰는 잡지 〈문예춘추〉 1998년 4월호부터 같은 해 10월호까지 연재되었다. 이런 자리와 기회를 주신 히라오 다카히로 〈문예춘추〉 편집장과, 나를 대신해 잇달아 쏟아지는 번잡한 현실적 문제를 하나하나 참을성 있게 처리하고 해결해준 편집부의 다이마쓰 요시오 씨(그는 이른바 '옴진리교 세대'의 한 사람으로서 유익한 의견을 자주 들려주었다)에게 깊이 감사드리고 싶다. 이를 단행본으로 출간하며 출판부의 무라카미 가즈히로 씨에게 신세를 졌다.

또한 연재 기간 동안의 제목은 「포스트 언더그라운드」였으나, 미국 시인 마크 스트랜드의 「한 노인이 자신의 죽음 속에서 깨어나다An Old Man Awake in His Own Death」라는 시를 우연히 읽고 느낀 바가 있었던 고로, 『약속된 장소에서The place that was promised』라는 제목을 붙였다. 시는 나 자신이 번역했다.

인터뷰

어쩌면 그것은 정말로 옴진리교가 했을지도 모른다

가노 히로유키(1965년생)

도쿄에서 태어났으나, 곧바로 교외 지역으로 이사해 그곳에서 어린 시절을 보냈다. 형제는 남동생과 여동생이 하나씩 있다. 대학 재학중 건강이 나빠져서 옴진리교에서 주재하는 요가원에 다니게 되었고, 불과 이십 일 후에 아사하라 쇼코에게 권유를 받아 그로부터 오 개월 후에 출가했다. 선참 사마나(출가자)이며, 지하철 사린사건 당시에는 과학기술성에 소속되어 주로 컴퓨터 다루는 작업에 종사했다. 지하철 사린사건으로 인해 평온이 파괴될 때까지, 육 년간에 걸친 교단 안에서의 생활은 그에게 구름 한 점 없이 멋진 날들이었다. 교단에 들어가서 친구도 많이 만날 수 있었다.

옴진리교 교단에서는 아직 탈퇴하지 않았지만 공동생활에서는 벗어났고, 다른 구성원들과는 굳이 말하자면 좋지도 나쁘지도 않은 관계를 유지하고 있다. 도쿄에서 혼자 살고 있고, 집에서 컴퓨터 관련 일로 생활을 유지하면서 그와 동시에 독자적으로 수행을 계속하고 있다. 불교에 흥미가 있으며 그것을 이론화하는 게 꿈이다. "경제적으로 교단의 신세를 지고 싶진 않다"고 말한다. 동료 중에는 탈퇴한 사람도 많다. 아직 서른두 살, 앞으로 어떤 길을 걸어가야 할지 마음이 흔들리기도 할 것이다.

오랜 시간에 걸친 인터뷰였지만, 그동안 그의 입에서 아사하라 쇼코라는 말은 단 한 번도 나오지 않았다. 이름뿐만 아니라 교주, 구루*라는 주변적 호칭도 나오지 않았다. 인터뷰 내내 이름을 부르는 것을 회피했다. 아마도 아사하라 쇼코라는 존재를 소리 내어 말하기가 힘든 모양이다. 딱 한 번 '그 사람'이라는 표현을 쓴 것이 인상적이었다.

하나하나 논리를 따져가며 사고하는 성격으로 보였다. 어떤 것이든 자기 나름대로 이론화할 수 있으면 받아들이고 납득한다. 그렇기 때문에, 오랜 기간에 걸쳐 몸에 새겨진 확고한 이론=교의로부터, '자기 자신의 살아 있는 논리'로 이행해가는 데는 조금 더 시간이 걸릴지도 모른다.

---

*guru. 산스크리트어로 '지도자' '교사' '존경할 만한 인물'을 의미하는 단어.

*

　어린 시절에는 굳이 따지자면 상당히 활달한 아이였습니다. 초등학교 시절에 키가 이미 160센티미터가 넘어서 다른 아이들보다 20센티미터는 더 컸어요. 운동도 좋아하고 다양한 것들에 열중했습니다. 그런데 중학교에 들어갈 무렵부터 키가 전혀 자라지 않았고, 지금은 보통보다 작은 정도죠. 뭐랄까, 정신적인 면에 상응해 육체적인 성장이 하강한 듯한 면이 있습니다. 건강 상태도 그렇고.

　성적은 나쁘지 않았습니다. 그렇지만 꽤 기복이 있었고, 특히 중학교에 들어간 후로는 하고 싶은 일과 하고 싶지 않은 일이 굉장히 명확하게 나뉘었습니다. 공부 자체는 버겁지 않았지만, 공부하는 것에 왠지 모르게 심한 저항감을 느꼈습니다. 말하자면 배우고 싶은 것과 학교에서 가르치는 것이 너무나 달라서……

　저에게 배움이란 현명해지는 것을 의미했습니다. 그런데 학교에서 하는 공부는 '호주에 양이 몇 마리 있는가' 같은 걸 통째로 암기하는 식이죠. 그런 공부는 아무리 해봤자 현명해질 수 없다고 생각했습니다. 어릴 때 생각하던 현명함이란, 말씀드리자면 무민 시리즈에 나오는 스너프킨*이 지닌 현명함 같은 것이죠. 저에게 어른이 된다는 의미는 그런 것이었습니다. 그런 차분함과 지성과 지혜 같은 것을 익히는 것입니다.

―아버지는 어떤 분이셨습니까?

그냥 평범한 직장인이었고, 인쇄 기계를 다뤘습니다. 손재주는 좋았지만 논리적이진 않았습니다. 기술자 같다고 할까, 때리진 않았지만 성질이 불같았어요. 화도 자주 냈고. 제가 무슨 질문을 하면 화부터 버럭 냈습니다. 학교 선생님도 비슷한 사람이었죠. 뭔가 질문이 있어서 깊이 파고들면 화를 내고 대답도 해주지 않았습니다. 참 이상했죠. 어른이라는 사람들이 왜 그 정도 일에 낯빛을 바꾸며 화를 내고, 이성을 잃고 흐트러질까. 제가 품고 있던 어른의 이미지와 실제 어른들 사이에는 상당한 차이가 있었어요.

결정적인 계기는 재수할 때 텔레비전에서 본 〈금요일의 아내들에게〉라는 드라마였습니다. 그걸 보고 정말이지 너무나 실망했습니다. 사람은 어른이 되어도 전혀 성장하지 않는구나 싶어서.

―텔레비전 드라마에 나오는 사람들이 너무 한심해서, 결정적으로 실망해버렸다는 뜻인가요?

---

* 핀란드 동화인 '무민' 시리즈에서 자유와 고독, 음악을 사랑하는 나그네. 사물을 소유하는 것을 싫어하며 이지적이고 조용한 어른스러운 캐릭터.

그렇습니다. 제 안에 있던 어른의 이미지는 그걸로 완전히 무너져버렸죠. 나이를 먹고 지식과 경험이 늘어도 알맹이는 전혀 성장하지 않는다, 겉모습을 바꾸고 표면적인 지식을 빼버리면 어린애와 거의 다를 바 없다는 생각이 들었습니다.

그리고 연애에 관해서도 굉장히 의문이었습니다. 저는 열아홉 살 무렵, 여러 가지 정리를 통해 이런 결론을 내렸습니다. 순수하게 사람을 사랑하는 것과 소위 말하는 연애는 별개다. 다시 말하면, 순수하게 사람을 사랑하는 데는 자기 자신을 위해 상대를 이용하려는 의도가 섞여 있지 않습니다. 하지만 연애는 다르죠. 상대가 자기를 좋아해주길 원하는 의도가 섞여듭니다. 그러니 순수하게 상대를 사랑하는 것만으로 만족한다면 짝사랑도 전혀 괴로울 게 없겠죠. 상대가 불행해지지 않는 한, 자기가 상대에게 사랑받지 못한다 해서 몸부림치며 괴로워할 필요도 없죠. 그런데도 자기도 모르게 괴로움에 빠지는 이유는, 결국 '상대가 자기를 좋아해줬으면 하는' 욕망의 추구가 존재하기 때문입니다. 따라서 연애는 순수하게 사람을 사랑하는 것과는 다르다고 생각했고, 그로 인해 짝사랑의 고통이 확 줄어들었습니다.

— 꽤 논리적으로 들리는군요. 짝사랑을 해도 보통사람은 좀처럼 그런 생각까진 안 할 텐데.

맞습니다. 그런 생각만 하면서 살았습니다. 열두 살 무렵부터 그런 철학적인 결론 같은 것을 다양하게 갖춰왔습니다. 뭔가에 대해 생각하기 시작하면, 여섯 시간도 넘게 혼자서 골똘히 생각에 빠져 있었습니다. 다시 말해 저에게 '배움'이란 그런 것이었습니다. 그에 반해 학교에서 가르치는 건 점수 따기 경쟁 같은 것뿐이었죠.

친구들에게도 가끔 그런 얘기를 했지만 말이 통하지 않았습니다. 공부 잘하는 애한테 그런 얘기를 해봐도 "으음, 넌 어떻게 그런 생각까지 하냐. 대단한데"라며 감탄할 뿐이고, 그 이상의 대화로 발전하지 않았습니다. 가장 관심이 있는 것들에 관해 마음껏 대화를 나눌 만한 상대를 좀처럼 만날 수 없었습니다.

─보통 사춘기에 그런 본질적인 질문을 고민하기 시작하면 사람들은 열심히 책을 읽곤 하죠. 책 속에서 좋은 조언을 찾으려고.

책 읽는 게 굉장히 버거웠습니다. 읽다보면 여러 가지 결점이 눈에 띄니까요. 특히 철학 책 종류는, 고작 몇 권밖에 안 읽었지만 도저히 계속 읽을 수가 없었습니다. 저에게 철학이란 깊은 인식을 통해 '개선책'을 찾아내기 위한 것이었기 때문입니다. 구체적으로 말하면, 삶의 의미 같은 본질적인 가치를 깊이 이해하고, 그렇게 함으로써 보람이나 기쁨을 증대하고, 지금 마땅히 해야 할 일이 무엇인가를 밝혀내는 것입니다. 그 '개선책'이 가장 중요하지, 중간 단계는 어디까지나 단계에 지나지 않습니다. 그런데 제가 읽은 책은 위대한 선생들이 화려한 수사를 구사하며 '나는 이 정도로 지성이 높다'는 걸 드러내기 위해서 쓴 듯 보였습니다. 그런 게 훤히 보여서 도저히 읽을 수가 없었습니다. 그래서 철학 자체에 실망해버렸죠.

그리고 또 하나, 초등학교 6학년 때 한 가지 사실을 깨달았습니다. 그때 눈앞에 있는 가위를 보고 퍼뜩 생각한 겁니다. 이 가위는 어른들이 정성껏 열심히 만들었겠지만, 언젠가는 망가진다. 형태 있는 것은 언젠가 반드시 망가져버린다. 인간도 마찬가지다. 마지막에는 반드시 죽음이 온다. 모든 것이 곧장 파멸로 향해가고 있고, 돌이킬 수는 없다. 다시 말해 파멸이야말로 우주의 법칙이다. 그런 결론이 불현듯 머릿속에 떠올라서, 그후로는 매사를 굉장히 부정적인 시각으로 보게 되고 말았죠.

만약 내 인생의 결론이 파멸이라면, 총리가 되든 노숙자로 죽든 똑같은 게 아닌가. 그렇다면 노력한다고 대체 뭐가 달라지는가 하는 의문이 솟아난 겁니다. 인생에 기쁨보다 고통이 많다면 되도록 빨리 자살해버리는 게 현명하지 않을까 하는 무서운 가설까지 머릿속에 떠올랐죠.

단 하나 빠져나갈 길이 있다면, 그것은 '사후세계'였습니다. 그것이 유일한 가능성입니다. 맨 처음 그 말을 들었을 때는 무슨 쓸데없는 소린가 싶었어요. 그런데도 단바 데쓰로의 책을 읽었습니다. 얼마나 바보 같은 소리를 하는지 한번 봐주자는 부정적인 마음이었죠.『죽으면 어떻게 되나』라는 책입니다.

아무튼 한 가지 생각을 시작하면, 거기에 푹 빠져버리는 성격입니다. '아무렴 어때, 어떻게든 되겠지'라고는 도저히 생각할 수 없었습니다. 머릿속에 있는 것을 '이건 안다' '이건 모른다'는 식으로 명확하게 나눠야만 했습니다. 공부도 마찬가지였어요. 새로운 것을 하나 배우면 새로운 의문이 열 개쯤 생겨납니다. 그것을 남김없이 깨끗하게 해결하지 못하면 다음 단계로 나아갈 수 없었습니다.

— 선생님한테 미움받았겠는데요(웃음).

굉장히 미움받았죠. 예를 들어 '푸르른 신록' 같은 말을 보면 도저히 용납할 수 없었어요. 그리고 '칠전팔기' 같은 말은, 일어선 숫자가 넘어진 숫자보다 하나가 많잖아요. 그런데 막상 그런 의문을 품고 어른들에게 매달려봐야 웃어넘길 뿐이었습니다. 아무도 상대해주지 않았고, 제대로 설명해주지도 않았죠. 그런 어른들 모습이 굉장히 무책임해 보였습니다. 모르는 부분을 모호한 채로 '뭐, 아무렴 어때' 하고 내동댕이쳐요. 저는 그래도 되는가 하고 저항감을 느꼈던 겁니다.

—저는 마침 그것 둘 다 설명할 수 있는데(웃음), 그런 질문에 친절하게 대답해줄 만한 사람이 주위에 없었군요. 그렇지만 세상의 보통사람들은 그런 세세한 부분은 적당히 넘어가기 때문에 살아갈 수 있는 거겠죠.

　맞습니다. 그렇지만 저는 그럴 수 없었습니다. 이래서는 인생을 순조롭게 살아갈 수 없겠구나 싶은 예감이 들었습니다.

　단바 데쓰로 씨의 책 자체는 시시하다고 느꼈는데, 그 안에 스베덴보리라는 사람의 책이 소개되어 있었고, 그의 책을 읽고는 깜짝 놀라고 말았어요. 스베덴보리라는 사람은 노벨 물리학상을 받아도 이상하지 않을 만큼 유명한 학자였지만 50세를 경계로 갑자기 영능력자 비슷하게 변해버렸고, 그후로 사후세계에 관해 엄청난 양의 저술을 남겼습니다. 저는 그의 책을 읽고 그 예리한 논리에 감탄하고 말았습니다. 그쪽 분야의 다른 책들과는 달리 논리적이고 빈틈이 없다는 인상을 받았습니다. 이유와 결론의 관계가 굉장히 납득하기 쉬웠습니다. 따라서 신뢰감을 가질 수 있었죠.

　그래서 사후세계에 관해 조금 알아봐야 할 것 같아서 여러 가지 임사체험 자료를 읽어봤는데, 상당한 충격을 받았습니다. 국내외의 증언들이 놀라울 정도로 일치했습니다. 게다가 실명과 사진이 실린 증언이었고요. 그 사람들이 다같이 입을 맞춰 거짓말을 할 확률은 거의 없습니다. '카르마의 법칙'은 그뒤에 알게 되었는데, 그 덕분에 어릴 적부터 품어왔던 많은 의문들이 풀렸습니다.

나아가 불교의 근본적인 무상관은 제가 생각해온 우주의 파멸 법칙과 비슷했습니다. 저는 그것을 좀더 부정적으로 인식하고 있었지만, 어쨌든 그런 이유로 불교에 굉장히 쉽게 빠져들 수 있었습니다.

─불교 관련 책들을 읽기도 했나요?

제대로 된 불교서적을 읽은 건 아닙니다. 뭔가 내용이 직접적이지 않잖아요. 개선책을 발견할 수 없었습니다. 불경 같은 것들만 너무 많이 나와서 좀처럼 핵심이 보이질 않았어요. 제가 알고 싶은 부분까지 잘 찾아갈 수 없을 것 같았습니다. 그에 비해 실제 체험자의 얘기에는 내가 알고 싶은 것이 훨씬 직접적으로 씌어 있었습니다. 물론 그만큼 신용할 수 없는 부분도 있긴 합니다만.

그래도 저는 이 사람 이야기의 이 부분은 신용할 수 있다, 이 부분은 신용할 수 없다는 인상을 받으면, 그것에 왠지 모르게 확신을 가지게 되었습니다. 경험적으로 혹은 직감적으로 그런 것을 취사선택하는 능력에는 묘하게 자신이 있었습니다.

—얘기를 듣다보니 당신은 자신이 가지고 있는 이론이나 감각에 대립되는 요소는 일관되게 배제하는 것 같군요. 하지만 결국 세상에는, 사람들이 품고 있는 이론이나 감각에 대해 반대 방향으로부터 도전해오는 잡다한 것들이 수없이 존재합니다. 대항 가치로 말이죠. 그런데 그런 것과 엮이고자 하는 태도가 희박하군요.

저는 초등학생 무렵부터 어른과 논쟁을 벌여도 웬만해선 지지 않았습니다. 그러자 사실은 그렇지 않은데도 주위 어른들이 다 바보로 보이게 되었죠. 그런 생각을 해버리게 된 건 지금도 후회합니다. 당시에는 미숙했던 거죠. 뭔가를 논쟁할 때도 '이런 걸로 말싸움 해봐야 질 게 뻔하겠지'라는 것을 뻔히 알기 때문에 교묘하게 회피했습니다. 그러면 백전백승입니다. 초등학생 때 선생님과 언쟁을 해도 지지 않았습니다. 그러다보니 자신감이 지나쳤던 것 같아요.

그래도 주위 친구들과는 잘 어울렸습니다. 대화 내용도 상대에게 적당히 맞춰주었습니다. '이쯤에서 이런 얘기를 하면 먹히겠지'라는 걸 아주 잘 알아서 친구들도 꽤 많았습니다. 친구를 즐겁게 해주고 그 모습을 보며 나도 기뻐하는 생활을 십 년쯤 계속했습니다. 그러고는 집에 돌아와 혼자서 '도대체 이런 식으로 살아가면 뭐 하나?' 하는 생각을 자주 했습니다. 결국 내가 정말로 하고 싶은 것을 같이 해줄 상대는 한 사람도 없었으니까요.

저는 입시공부라는 걸 하지 않고, 전기 관련 대학에 들어갔습니다. 학교에서는 공학 계열 공부를 했지만, 제가 하고 싶은 것과는 조금 달랐습니다. 제가 정말로 하고 싶었던 것은 진정한 지혜를 쌓는 학문이었습니다. 동양 사상을 이학화理學化하는 것처럼요. 이상을 말하자면.

예를 들면 생물 포톤photon이라고 해서, 생명체에서는 빛이 납니다. 그런 것과 질병의 관계 등에 대해 세밀하게 통계를 내다보면 아마도 거기에 생물적인 법칙이 있을 거라 예상하는 거지요. 나아가 생명에서 뿜어져나오는 미약한 빛과 심리작용의 관계에도 틀림없이 물리적 법칙이 있을 겁니다. 요가 체험을 통해 그런 생각을 가지게 됐죠.

─당신에게는 그런 힘을 양적으로 계측하거나 시각적으로 도식화한다거나 하는 일이 굉장히 중요한 거로군요.

맞습니다. 그렇게 하면 모두가 납득할 수 있도록 체계화할 수 있습니다. 현대 과학은 매우 견고하게 고안되었고 잘 만들어져 있습니다. 따라서 그것을 이용해 수학적으로 논리를 세워나가면 상당히 정교한 수준의 체계를 만들 수 있다고 생각합니다. 옴진리교 안에도 매우 가치 있는 부분이 있습니다. 저는 그런 피가 되고 살이 되는 부분을 남기고 싶습니다. 개인적으로 볼 때, 이제 종교라는 형태로는 틀렸다고 봅니다. 자연과학으로 이론화시켜야 합니다.

과학적으로 측정할 수 없는 것에는 별 흥미가 없습니다. 흥미가 없다고 할까, 그래서는 설득력이 없으니까 주변 사람들에게 이익을 환원할 수가 없죠. 측정할 수 없는 것이 힘을 가지게 되면, 그 결과 옴진리교처럼 돼버릴 가능성도 있으니까요. 측정할 수 있으면 그런 위험성을 상당히 배제할 수 있다고 봅니다.

—다만 그 측정이 어디까지 진실이냐 하는 문제는 각각의 처지나 사물을 보는 관점에 따라 다를 수도 있습니다. 데이터의 선택이 자의적으로 이뤄질 우려도 있고요. 이 정도 측정으로 충분한지 아닌지도 판단해야 하고, 측정하는 기계를 어느 정도 신용할 수 있느냐 하는 문제도 있습니다.

그런 부분의 통계적 구축 방식은 보통 의학과 같아도 좋다고 봅니다. 이런 증상이 나오면 이렇다, 이런 증상에는 이렇게 하면 이런 결과가 나온다 하는 식으로.

—흠음, 당신은 소설은 못 읽죠?

네, 소설은 못 읽습니다. 세 페이지 정도면 인내심의 한계에 다다릅니다.

—저는 소설가이기 때문에, 당신과는 반대로 측정할 수 없는 것을 가장 소중하게 여깁니다. 물론 당신의 삶이나 사고방식을 부정하는 건 아닙니다. 부정도 아니고 긍정도 아닌, 이른바 중립적인 관점에서 지금 이야기를 듣고 있어요. 그렇지만 세상 사람들이 체험하는 인생의 대부분은 측정할 수 없는 잡다한 것들로 이뤄져 있습니다. 그것을 모조리 측정 가능한 것으로 바꿔나가는 일은 현실적으로는 불가능하겠죠.

네. 그런 잡다한 것들이 가치가 없다는 건 아닙니다. 다만 오늘날 세상의 상황을 보고 있으면 쓸데없는 고통이 너무 많은 것처럼 느껴지거든요. 고통의 원인이 될 만한 것을 사회에서 점점 늘려가고 있어요. 그리고 그런 통제할 수 없는 욕망이 사람들을 괴롭히죠. 예를 들면 식욕이나 성욕처럼.

옴진리교가 한 일은 그런 정신적 스트레스를 점차 낮춰감으로써 개개인의 힘을 증대시켜나가는 것이었습니다. 신자가 바라본 옴진리교의 이미지는 99퍼센트가 그렇습니다. 정신적 현상과 물리적 현상에 대한 관점. 그에 대한 개선 및 해결책. 내부에서 보면 이런 것들의 결합이 바로 옴진리교입니다. 조직이 어떻느니 종말사상이 어떻느니 하는 건 매스컴이 그려낸 옴진리교입니다. 제 주위에 노스트라다무스의 예언을 진지하게 받아들이는 사람은 하나도 없습니다. 그 정도 수준의 이야기는 아무도 납득하지 않습니다.

제가 하고 싶은 건 윤회나 카르마, 그런 동양 사상 하나하나를 조금씩이라도 이론적으로 체계화해가는 것입니다. 인도 같은 곳에는 그것을 생활 속에서 철저하게 믿으며 사는 사람들이 아주 많죠. 그러나 선진국 사람들이 그런 것을 이해하고 납득해서 받아들이게 하려면, 그에 마땅한 이론화가 필요한 시대가 되었다고 생각합니다.

—예를 들면, 패전 이전에 일본인 중 일부는 천황을 신처럼 믿었고, 그랬기 때문에 순순히 목숨까지 바쳤습니다. 그것은 옳은 일일까요? 믿었으니 그만인 걸까요?

그걸로 그만이면 좋겠지만, 다음 생을 생각하면 좀더 불교적으로 살아가는 게 좋겠죠.

—그렇지만 그건 천황을 믿느냐 불교의 윤회를 믿느냐, 즉 믿는 대상의 차이에 불과한 것 아닌가요?

그렇지만 결과가 다릅니다. 천황을 믿고 죽은 후에 얻는 것과, 불교를 믿고 죽은 후에 얻는 것은 결과가 다릅니다.

─그건 불교를 믿는 사람들이 하는 말이겠죠. 천황을 믿고 천황을 위해 죽으면 자기 영혼이 야스쿠니 신사로 가서 편히 잠들 수 있다고 믿는 사람한테는, 그걸로도 좋다는 게 되어버리지 않을까요?

그래서 저는 불교를 수치로 증명하는 방법을 생각하고 있는 겁니다. 그 방법이 아직 존재하지 않기 때문에, 그런 논쟁으로 흘러가버리면 저로서는 더이상 뭐라 할 말이 없습니다.

─그렇다면 천황을 이론적으로 측정할 방법이 나온다면, 그건 그것대로 괜찮다는 뜻인가요?

그렇습니다. 그로 인해 결과적으로 사후에 그 사람이 이익을 얻게 된다면 그건 그것대로 괜찮습니다.

─제가 하려는 말은, 역사적으로 볼 때 과학이 정치나 종교에 상당히 편리하게 이용되어왔다는 것입니다. 예를 들면 나치가 그랬죠. 훗날 잘못으로 판명된 사이비과학이 꽤 많습니다. 그런 것은 사회에 매우 큰 상처를 남깁니다. 당신 자신은 엄밀한 실증을 쌓아가는 사람

일지도 모르지만, 세상 사람들 대부분은 "이것이 과학입니다. 이것이 결론입니다" 하고 전문가적인 사람이 말하면, '아, 그렇구나' 하고 그대로 휩쓸려버리죠. 저는 그게 굉장히 무섭게 느껴집니다.

그러나 저는 지금 상태가 더 무섭습니다. 오늘날의 사람들은 겪지 않아도 될 고통을 너무 많이 겪고 있어요. 그래서 저는 어떻게든 그것을 피할 수 있는 방법을 고안해내고 싶습니다.

─가노 씨는 어떤 계기로 옴진리교 신자가 되었나요?

『집에서 간단히 할 수 있는 명상』 같은 책을 읽고, 그걸 실천하다보니 영적으로 불안정한 상태에 빠져들었습니다. 그렇게 열심히 한 건 아니었지만, 차크라*를 무리하게 정화시키다보면 그만큼 기의 활동이 약해지죠. 사실은 차크라를 정화시키는 것과 병행해서 기를 반드시 강화시켜야 하는데, 그걸 하지 않았어요. 그래서 차크라의 상태가 균형을 잃어 굉장히 고통스러웠습니다. 무지막지한 더위와 추위가 번갈아 습격해오는 겁니다. 에너지가 약해져서 늘 빈혈 상태죠. 그건 아주 위험해요. 음식을 제대로

---

* chakra. 산스크리트로 '바퀴, 원'이라는 뜻. 인간 신체의 여러 곳에 있는 정신적 힘의 중심점.

못 먹어서 몸무게가 46킬로그램까지 내려가고 말았습니다. 지금은 63킬로그램이지만요. 학교에서 강의를 듣다가도 몸이 안 좋아져서 도저히 공부를 할 수 없는 상황이었습니다.

그래서 세타가야에 있는 옴진리교 도장에 갔습니다. 거기 가서 상태가 이러저러하다고 설명했더니 그 자리에서 곧바로 대책을 가르쳐주더군요. 그리고 거기서 배운 간단한 호흡법을 따라 하는 것만으로 거짓말처럼 회복되었습니다.

그후 이 개월 정도는 도장에 거의 나가지 않았지만, 다시 다니기 시작해서 전단지 접기 봉사활동을 이십 일쯤 했습니다. 그후 바로 교주와 직접 면담할 수 있는 시크릿 요가라는 데 참가했고, 몸 상태를 어떻게 하면 좋겠느냐고 직접 (아사하라 쇼코에게) 물어봤습니다. 그랬더니 "자네는 출가해야 해"라고 했습니다. 저의 자질을 순식간에 꿰뚫어본 것 같더군요. "그런 말을 들은 사람은 여지껏 없었어. 대단한데" 하는 주위 사람들의 말도 있어서 무리하게 학교를 그만두고 출가했습니다. 스물두 살 때입니다.

처음부터 곧바로 출가하는 사람은 그리 많지 않습니다. 꽤 드문 패턴입니다. 제 경우는 채 십 분도 마음껏 걸을 수 없을 정도로 쇠약해져 있었고, 이래서는 평범하게 살아갈 수 없겠다는 생각을 하던 참이었으니까요. "자네는 현세와 너무 안 맞아"라는 말을 (아사하라 쇼코에게) 들었는데, 그 말은 새삼스러울 것도 없는 진실이었습니다. 얘기도 거의 나누지 않고 난데없이 그런 말을 하는 겁니다. 평소에 대화도 나누지 않는데 얼굴만 척 보고 순간적으로 여러 가지를 알아맞혔습니다. 마치 훤히 다 아는 것처럼. 그래서 모두가 믿어버리죠.

─그렇지만 생각해보면, 만나기 전에 그런 데이터를 가지고 있었을지도 모르죠. 다양한 정보를 모아서.

그럴 가능성도 있을지 모릅니다. 그러나 그때는 그렇게 보이지 않았어요. 저는 1989년에 출가했는데, 그때는 아직 출가자 수가 별로 많지 않았습니다. 실제로는 200명 정도였을 겁니다. 마지막에는 3000명 정도 되었던 것 같지만.

그 사람(아사하라 쇼코)은 친절할 때는 내가 지금까지의 인생에서 만난 사람 중 가장 친절한 사람이 됩니다. 무서울 때는 인생에서 만난 사람 중 가장 무서운 사람이 됩니다. 그런 차이가 섬뜩할 정도였고, 그러다보니 단지 대화를 나누는 것만으로도 신내림을 받은 듯한 느낌을 절절히 받게 되죠.

출가하라는 말을 들었을 때는 정말로 고통스러웠습니다. 부모님에게 걱정을 끼치고 싶지 않았고, 신흥종교라는 것도 너무나 싫었죠. 그래도 부모님에게는 제대로 설명해드렸지만, 너무 많이 우셔서 몹시 고통스러웠습니다. 우리 부모님은 싸우기보다 울어버립니다. 그후 곧바로 어머니가 돌아가셔서 그것도 계기가 되었습니다. 당시 어머니는 정신적으로 많은 고통을 겪고 있었는데, 제가 그 일로 막다른 궁지로 몰아넣어버린 형국이 되어버려서, 아버지는 분명히 제가 어머니를 죽였다고 생각하고 있을 겁니다. 틀림없이.

(신자가 된 지 얼마 지나지 않아 중의원 선거가 있었다. 옴진리교 교단에서도 많은 후보자가 나섰다. 가노 씨는 선거운동에 대한 반응이 확실했고, 아사하라 쇼코의 당선을 확신했다고 한다. 표를 거의 얻지 못했던 그때의 결과가 지금도 도무지 믿기지 않는 모양이다. 신자들 대부분은 어떤 조작이 있었을 거라고 생각한다는 것이다. 그후 교단 건축반에 소속되어 구마모토 현의 나미노손에서 교단 시설 건축에 종사한다.)

나미노손에는 오 개월 정도 있었는데, 거기에서는 계속 장거리 트럭 운전기사를 했습니다. 전국을 돌며 프리패브 자재들을 모아 4톤 트럭에 싣고 오는 일이죠. 뭐, 그렇게 힘든 일은 아닙니다. 현장 사람들은 매일 작열하는 태양 아래서 막일을 하니까 그에 비하면 트럭 운전이야 편하죠.

당시의 교단생활은 현세의 생활과 비교하면, 말할 수 없을 정도로 힘들었습니다. 하지만 힘든 만큼 보람도 굉장히 커서 제 안의 고통이 줄어드는 데서 감사하는 마음을 찾았죠. 동료도 많이 생겼습니다. 어른이든 아이든 할머니든, 여자든 남자든, 조금씩 모두와 친구가 되었습니다. 옴진리교 내부에서는 다들 정신적 향상을 첫번째 목표로 삼고 생활하기 때문에 기본적으로 마음이 잘 맞습니다. 그때까지는 사람을 사귀기 위해 (나 자신을 바꾸고) 억지로 맞춰온 부분도 많았는데, 그럴 필요가 없어진 겁니다.

의문도 없었습니다. 어떤 의문에나 다 대답이 있었죠. 전부 해결되었습니다. 이렇게 하면 이렇게 된다는 식으로 말이죠. 어떤 질문을 해도 곧바로 성의 있는 대답이 돌아왔어요. 그래서 완전히 푹 빠져버렸죠(웃음). 매스컴은 그런 사정을 보도하지 않기 때문에 금세 마인드컨트롤로 치부해버려요. 실제로는 그런 게 아닙니다. 와이드쇼 같은 건 시청률에 매달릴 뿐입니다. 정보를 올바르게 설명하는 일은 전혀 없습니다.

나미노손에서 후지 산 본부로 돌아왔고, 그후에는 거기에서 줄곧 컴퓨터 일을 했습니다. 제 위에 무라이 히데오 씨가 있어서 가끔 얘기를 나눈 적도 있습니다. 개인적으로 연구하고 싶은 게 있어서 그 얘기를 꺼냈더니 "하고 싶으면 마음대로 해도 괜찮아"라는 식으로 (별 관심 없이) 대답했습니다. 아무튼 그 사람은 위에서 시키는 일을 소화하는 데 전력을 쏟았지요.

—위라는 건 즉 아사하라 쇼코를 말하는 거죠?

네. 그러다보니 그 사람은 정말이지 자기의 에고를 깎고 또 깎는 듯 보였습니다. (새로운 제안을) 밑에서 위로 건의하는 일은 생각조차 못했습니다. 그렇지만 하고 싶은 일이 있으면 그걸 연구하는 건 딱히 개의치 않는다는 말이었죠.

저의 지위는 '사보師補'였습니다. 간부가 아닌 일반 신도 중에서는 가장 높은 자리가 '사보'입니다. 회사로 말하면 계장 같은 걸까요. 그다지 두드러지진 않죠. 그러나 사보라 해도 제겐 부하가 한 사람도 없었습니다. 저 혼자 독립해서 일하는 느낌이었고, 구속 같은 것도 전혀 없었습니다. 그런 처지에 놓인 사람은 제 주위에도 많았죠. 매스컴에서 보도하는 얘기로는 모두가 북한처럼 철저히 지배당한 것 같지만, 실제로 그 안에서 자유롭게 행동하는 사람은 꽤 많았습니다. 물론 출입도 자유였어요. 전용차는 아니지만, 필요할 때 언제든 쓸 수 있는 차도 있었습니다.

—그렇지만 나중에는 사카모토 변호사 사건*이나 집단구타 살인, 마쓰모토 사린사건** 같은 조직적인 폭력 범죄가 점점 불거졌죠. 그

---

* 1989년 11월 4일, 옴진리교 간부 6명이 옴진리교 문제에 관해 파고든 변호사 사카모토 쓰쓰미와 가족을 살해한 사건.
** 1994년에 나가노 현 마쓰모토 시에 맹독 사린이 살포되어 사망자 8명, 중경상자 660명을 낸 사건.

런 것에 대해 뭔가 느꼈던 점은 없나요?

왠지 어수선하다 싶은 분위기는 있었습니다. 뭔가 수상쩍은 기미가 있었고, 비밀이 팽배하는 부분도 생겨났고요. 그렇지만 설령 뭘 보았다 해도, 그에 앞서 저에게 주어진 이익 같은 게 너무나 컸기 때문에, 그래서 (우리가 하는 일은 잘못되지 않았다고) 고집스럽게 믿었는지도 모릅니다. 매스컴 보도도 전혀 믿을 수 없었습니다. 정보 조작이라고 생각했습니다. 그런데 재작년(1996년)부터 차츰 '그런 일이 있었을지도 모른다'는 생각이 들기 시작했습니다.

사카모토 씨 사건만 하더라도, 그런 일을 몇 년씩이나 드러나지 않게 교묘히 처리할 수 있는 단체는 아니라고 생각했습니다. 그런 일이 가능할 리 없다고. 조직 면에서 봐도 일 처리가 엄청나게 서툴렀어요. 공산주의나 마찬가지라 아무리 실수를 해도 잘리지도 않았고, 애당초 일을 한다고 급료가 나오는 것도 아니었으니까요. 무책임하다기보다 애초에 '개개인의 책임'이라는 게 전혀 없었습니다. 모두가 매사에 무척 건성이었습니다. 정신적으로만 향상되면 나머지는 어떻게 되든 상관없다는 생각이죠. 보통 세상 사람들은 아내와 가족이 있으니까 일단은 책임감을 가지고 열심히 일하지 않습니까. 옴진리교에는 그런 게 전혀 없죠.

예를 들어 내일까지 반드시 공사현장에 철근이 도착해야 한다 치죠. 그런데 그게 도착하질 않아요. 그런데도 담당자가 "아 맞다, 깜박했다"고 하면 그냥 넘어가버립니다. 물론 어느 정도는 야단을 맞지만, 당사자는 전혀 동요하지 않습니다. 모두 일상적으로, 심각한 현상에 동요하지 않는 상태에 도달해 있었던 겁니다. 예를 들어 무슨 안 좋은 일이 생겨도 "아, 카르마가 떨어져나갔군. 잘됐어"라면서 다같이 기뻐하기도 합니다. 실수해서 야단을 맞아도 무슨 일이든 "이걸로 나의 때가 씻겨나갔다"고 생각해버리죠(웃음). 굉장히 터프합니다. 무슨 일이 있어도 좀처럼 고통스러워하지 않습니다. 그러다보니 교단 사람들은 무심코 현세 사람들을 우습게 보게 되죠. 아, 저들은 하나같이 숱한 고통을 당하며 사는구나, 그렇지만 우리는 아무렇지 않다, 뭐 그런 식이죠.

─당신의 경우, 1989년부터 1995년까지 육 년에 걸쳐 교단에 소속되어 있었는데, 그동안 문제의식이나 의문 같은 건 전혀 없었나요?

문제의식보다는, 감사라든가, 엄청난 이익이나 보람 같은 것밖에 못 느꼈습니다. 괴로운 일이 생겨도 그 의미가 하나하나 상세하게 설명되었으니까요. 아뇨, 딱히 개인적으로 본받고 싶은 사람이나 존경한 사람은 없었습니다. 그런 대답을 해줄 만한 능력은 교단 안에서는 사* 이상이면 누구나 갖고 있었습니다. 사마나(출가자)이기만 하면, 딱히 사가 아니라도 평소 가르침과 배움으로도 스스로 이해할 수 있었으니까요. 하지만 아무래도 계급이 높아질수록 대단한 사람들이 많습니다. 조유 후미히로 같은 사람만 봐도 알겠지만, 언변이 그 정도인 사람은 교단 안에 발에 챌 정도로 많았습니다. 이건 명백하게 세간과는 (차원이) 다르다고 여겨지는 부분이었죠. 수면시간 같은 것도 지위가 높아지면 하루 세 시간밖에 안 자는 사람이 아주 많았습니다. 무라이 히데오 씨도 그랬죠. 정신력, 판단력, 뭘로 보더라도 역시 대단했습니다.

—아사하라 쇼코와 직접 만나서 얘기를 나눈 적은 있나요?

있었죠. 예전에 사람이 적었을 때는 정말로 가까이서 대화를 나눌 수 있었어요. 그래서 "요즘은 졸음 때문에 너무 힘듭니다" 같은 시시한 질문까지 모두 허물없이 했는데, 교단이 커지면서 그런 일은 차츰 사라졌습니다. 한 사람 한 사람을 그렇게 상대해

---

* 師. 옴진리교에서는 신자들을 수행 정도에 따라 피라미드형 계급으로 분류하였다. 맨 위로부터 '정대사(正大師)'부터 '정오사(正悟師)' '사장(師長)' '대사(大師)' '사(師)' '스와미', 그리고 '사마나'라는 비성취자 계급이 있고, 그 아래에 재가신자가 있다.

줄 여유가 없었겠죠.

이니시에이션* 같은 것도 다양하게 몇 차례 했습니다. 혹독한 것도 있었어요. 특히 온열溫熱 의례라는 건 정말 힘들었습니다. 약물로 하는 것도 있었죠. 그때는 몰랐는데, LSD였습니다. 그걸 하면 그야말로 마음만 남은 상태가 되어버립니다. 몸의 감각이 사라지고, 그 순간 자기 자신의 깊은 의식에 어떤 요소가 있는지 똑바로 응시할 수 있죠. 그때의 체험은 너무나 힘들었습니다. 이루 말할 수 없이 나른하다고 할까, 내가 죽으면 이런 상태가 되겠다는 걸 깨닫죠. 그게 약물이라는 건 몰랐지만, 단지 내면으로 향하는 목적으로만 쓰는 약물이라면 수행에 도움이 된다고 봅니다.

─그러나 약물을 사용함으로써 심한 배드 트립(bad trip) 같은 상태를 경험하여 마음에 깊은 상처를 입는 예도 있다고 하던데요.

그건 양이 좀 많았다거나 혹은 그밖에 사용방법이 잘못되어서겠죠. 치료성이라는 부서가 있었고, 하야시 이쿠오 씨가 담당했는데, 여기가 또 엄청나게 무책임했거든요. 그쪽에서 좀더 과학적으로 확실하게만 처리했다면 문제는 없었을 겁니다. 그리고

---

* 옴진리교의 독특한 수행 중 하나로, 영적 에너지를 주입하는 수행을 가리키며, 피의 이니시에이션, 사랑의 이니시에이션, 그리스도의 이니시에이션 등 다양한 종류가 있음.

교단에서는 고통스러운 일을 자꾸 시켜서 그것을 억지로 극복하게 하는 일이 많았습니다. 그런 면에서는 조금 더 배려를 했어도 좋지 않았나 생각합니다.

— 지하철 사린사건이 발생한 1995년 3월에는 어디에서 뭘 했습니까?

가미쿠이시키*의 방에 틀어박혀서 줄곧 혼자 컴퓨터를 만졌습니다. 제가 있던 곳에는 PC통신이 가능한 컴퓨터가 있어서 그걸로 뉴스를 자주 봤습니다. 원래는 그러면 안 되는데, 워낙 제재가 엉성해서 곧잘 어겼어요. 살짝 밖에 나가 신문을 사다가 다같이 돌려 읽은 일도 간혹 있었고요. 발각되면 주의를 좀 듣긴 하지만, 별로 대단한 일은 아니었습니다.

그래서 그 PC통신으로 신문사 속보를 보고서 도쿄 지하철 사건을 알았습니다. 그렇지만 설마 옴진리교 교단에서 그런 일을 했으리라고는 꿈에도 생각하지 않았습니다. 누가 했는지는 몰라도, 아무튼 교단이 그런 일을 할 리는 없다고 믿었죠.

---

* 야마나시 현 남부에 위치한 지역으로 옴진리교 신자를 수용하는 시설인 사티암이 있었음. 사린 제조와 옴진리교 사건의 범죄 거점으로 사용됨.

지하철 사건 후에 가미쿠이시키에 일제조사가 이뤄졌는데, 과학기술성 구성원은 죄가 없어도 모조리 체포될지 모르니 밖에 나가 있는 게 좋겠다는 분위기라, 저도 차를 타고 밖으로 나가 한동안 이리저리 어슬렁거렸습니다. 그러니 일제조사 때는 그곳에 없었던 거죠. 어쨌든 저는 사건과 관련해 교단을 의심하는 마음은 전혀 없었습니다.

(아사하라가) 체포되었어도 분노 같은 건 전혀 느끼지 않았습니다. 피할 수 없는 일이라고 생각한 정도죠. 옴진리교 신자에게 감정적으로 화를 낸다는 건 수준 낮은 행동이니까요. 화를 내기보다는 벌어진 상황을 조금이라도 깊이 꿰뚫어보는 것을 더 큰 미덕으로 여겼습니다. 그리고 그 상황에서 자기가 어떤 행동을 취해야 좋을지 생각합니다. 그후, 지금 할 수 있는 가장 가치 있는 일을 꾸준히 해나가는 게 중요합니다.

다함께 모여 앞으로 어떻게 해야 할지 의논했는데, 오로지 할 일은 수행뿐이라는 기본적인 선으로 의견이 모였습니다. 막다른 궁지에 몰렸다는 비장함 같은 것도 없었습니다. 교단 내부는 흡사 태풍의 눈 같아서 정말 조용했죠. 주위에서는 요란하게 떠들어댔지만, 한 발만 안으로 들이면 거기에는 너무나 평화로운 세계가 펼쳐져 있었습니다.

어쩌면 이건 정말로 옴진리교가 했을지도 모른다는 생각이 든 것은, 아무래도 현행범이 체포되고 자백을 한 후부터죠. 그들 거의 대부분은 옛날부터 개인적으로 알고 지낸 사람입니다. 그 사람들 얘기가 나오고, 그 사람들 모두 자기가 했다고 하는 걸 보니, 이건 어쩌면 사실일지도 모른다는 생각이 들었죠.

그렇긴 하지만 옴진리교 사람들의 감각으로 본다면, 했느냐 안 했느냐는 상관이 없고, 그보다 자신이 계속 수행을 할 것이냐 말 것이냐가 문제인 셈입니다. 내면의 개발을 어떻게 실행시켜 나갈 것인가, 그것이 중요했죠. 옴진리교가 그 일을 했느냐 안 했느냐 하는 문제보다.

─그렇지만 옴진리교 교단에서 전개한 교의가 어떤 방향으로 흘러간 결과 그런 범죄가 발생했고, 많은 사람들이 죽거나 다치고 말았습니다. 그런 요소가 원래부터 교의 안에 내포되어 있었다는 뜻이죠. 그 점에 관해서는 어떻게 생각합니까?

그 부분은 명확하게 나뉘어 있습니다. 탄트라 바지라야나*로요. 그런데 그 부분은 직급이 아주 높은 사람만 가능합니다. 대승大乘이 끝난 사람만 할 수 있다는 말을 귀가 따갑도록 들었습니다. 따라서 우리가 한 것은 그보다 훨씬 이전의 단계입니다.

---

* tantra vajrayāna, 원래 티베트 밀교 계열의 경전으로, 옴진리교에서는 그것을 왜곡시켜 신자를 폭력적으로 세뇌하는 데 이용했다.

그렇기 때문에 우리가 해온 수행 혹은 활동에 관해서는 (사건이 일어난 후에도) 전혀 의문의 여지가 없었습니다.

—하지만 직급의 높낮이가 어떻든 간에 탄트라 바지라야나는 옴 진리교 교의 안에서 중요한 일환이었고 큰 의미를 가지고 있었죠?

중요하다고 할 수 있을지, 저희가 보기엔 그저 그림의 떡일 뿐입니다. 평소 하는 일이나 생각과는 매우 동떨어져 있습니다. 너무 멉니다. 거기에 다다르기 전에 반드시 해야 할 일들이 그야말로 몇만 년 분량이나 있습니다.

—그래서 관계가 없다는 말씀인가요? 그렇지만 말이죠, 혹시 당신의 직급이 쑥 올라가서 탄트라 바지라야나 부분에 관여하게 되고, 그로 인해 니르바나(열반)에 이르는 과정으로써 사람을 죽이라는 명령을 받는다면 죽이겠습니까?

논리적으로는 간단합니다. 혹시 누군가를 죽인다 해도 그것을 통해 그 상대를 끌어올릴 수 있다면, 그 사람은 그대로 살아가는 것보다는 행복한 겁니다. 그러므로 그 부분(의 이치)은 이해할 수 있습니다. 다만 윤회전생을 확실하게 꿰뚫어볼 능력이 없는 사람이 그런 짓을 해서는 안 됩니다. 그런 일에 연관돼서는 안 된다는 뜻이죠. 타인이 죽은 이후를 확실하게 꿰뚫어보고 그 사람을 끌어올리는 일이 혹시라도 가능하다면 어쩌면 (저도) 했을지도 모르죠. 그러나 옴진리교 교단 안에는 그 수준까지 다다른 사람이 한 사람도 없었을 겁니다.

— 그런데도 그 다섯 사람은 해버린 거군요.

저 같으면 안 합니다. 그 차이는 있습니다. 그만한 행위에 책임을 질 능력이 저에겐 아직 없기 때문입니다. 그러니 두려움 때문에라도 그런 일은 절대 할 수 없습니다. 그 부분은 애매하게 가르면 안 됩니다. 타인의 전생을 꿰뚫어볼 수 없는 인간에게 타인의 생명을 빼앗을 자격은 없습니다.

— 아사하라 쇼코에게는 그것이 있었다?

그때는 있었다고 생각했습니다.

— 그것은 측정할 수 있습니까? 객관적으로 증명할 수 있나요?

아니요. 지금 단계에서는 전혀 불가능합니다.

─그렇다면 현세의 법률로 심판받고 어떠한 판결이 나오더라도, 그건 어쩔 수 없는 거겠군요.

네. 그렇기 때문에 옴진리교의 본질 전체가 옳다고 말하는 건 아닙니다. 다만 거기에는 너무나 가치 있는 것들이 많아서, 저로서는 그것을 어떻게든 해보고 싶다, 보통사람들에게 이익을 안겨주고 싶다, 그런 마음을 갖고 있는 거죠.

─그렇지만 지극히 상식적으로 말하자면, 보통사람들에게 그런 이익을 널리 나눠주기도 전에 그런 범죄가 발생했어요. 그로 인해 보통사람들을 죽이고 말았습니다. 그것을 내부에서 제대로 총괄하지 않고, '좋은 점도 있습니다'라고 이익을 호소해본들 누구도 납득하지 않겠죠.

그렇기 때문에 이제 더이상 옴진리교라는 형태로 그것을 내놓을 수는 없습니다. 저는 아직 옴진리교에 머물러 있지만, 그 이유는 지금까지 얻은 이익이 너무나 크기 때문입니다. 그 부분에 대해 아직 정리를 하지 못했어요. 거기에는 여전히 가능성이 있는 것처럼 여겨집니다. 숨겨진 비법(일종의 로지컬한 반전)이 있는 게 아닐까. 희망적인 전개가 있지 않을까. 그래서 지금은 아는 부분과 모르는 부분을 구별해서 그것들을 하나하나 명확하게 밝혀나가고 싶습니다.

이 년 정도 기다려보고, 그래도 옴진리교가 여전히 지금 같은 상태라면 탈퇴할 예정입니다. 그렇지만 그때까지는 여러 가지 생각을 해봐야 합니다. 옴진리교 교단은 '질리지도 않는다'는 면에서는 그야말로 세계 최강입니다. 무슨 말을 해도 전혀 듣지 않는다고 할까, 귀에 가 닿지 않는다고 할까, 전혀 대답하질 않아요. 비장함 같은 것도 없죠, 정말로. 지하철 사린사건에 관해서도 '그건 다른 사람의 일, 내 일과는 관계없습니다'라는 식입니다.

저는 그들과는 달라서 지하철 사린사건은 아주 나쁜 일이라고 생각합니다. 해서는 안 될 일이었습니다. 그래서 제 안에서는 '굉장히 나쁜 일'과 지금까지 제가 경험한 '굉장히 좋은 일'이 충돌하고 있습니다. 간단히 말해 '굉장히 나쁜 일'임을 더 강하게 인식한 사람은 탈퇴하고, '굉장히 좋은 일'이라는 인식이 이긴 사람은 남게 되는 것 같습니다. 제 경우는 아직 그 중간입니다. 상태를 살펴본다는 말은 그런 뜻이죠.

범행을 저지른 사람들도 그전까지 줄곧 교주가 하는 말을 듣고 그대로 행동했고, 그로 인해 큰 이익을 얻었죠. 그리고 그때까지의 단계에서는 범죄의 요소가 없었습니다. 그렇기 때문에 그 연장선 정도로 생각하고 나아가다가 빗나가버린 게 아닐까 하는 생각도 듭니다.

노스트라다무스의 예언에 맞춰 인생 계획을 짰습니다

하무라 아키오(1960년생)

후쿠이 현에서 태어났다. 아버지는 시멘트 회사에 근무. 삼남매로, 형과 여동생이 있다. 원래 대학에 들어가서 전부터 관심이 있었던 문학과 종교 공부를 하고 싶었지만, 완고한 아버지와 의견이 맞지 않아, '그럼 일하겠다'고 결론을 내고 후쿠이 시내에 있는 자동차 부품 판매회사에 취직했다. 고등학교 시절, 학교 공부가 싫어서 책만 읽었던 탓에 완전히 겉도는 학생이었다고 한다. 당시 읽은 책은 주로 종교철학 관련 서적.

그후 여러 직업을 전전하며 독서와 사색과 집필 생활을 계속했고, 다양한 종류의 종교에 꾸준한 흥미를 갖고 있었다. 그의 삼십여 년 인생 동안 일관된 생각은 '나는 이 현실세계에 맞지 않는다'는 확고한 인식이었다. 그래서 자기처럼 현세의 가치와는 다른 체계 속에서 살아가는 사람들과 연대하길 원했지만, 그러면서도 '이건 아닌데' 하는 회의를 떨쳐내기 힘들었다. 아무리 해도 전적으로 그 속에 빠져들 수 없었다. 옴진리교에 입신해서도 그런 마음은 변하지 않았다.

지금은 고향으로 돌아가 운송 관련 회사에 근무한다. 옛날부터 바다를 무척 좋아해서 지금도 자주 수영하러 나간다. 오키나와에 완전히 반해버렸다. 미야자키 하야오의 영화를 보고 실컷 울었던 일을 계기로, '아, 나도 인간의 마음을 지니고 살아가고 있구나'라고 확인했다고 한다.

*

고등학교를 졸업할 무렵, 저는 출가를 하거나 아니면 이대로 죽어버리는 게 낫겠다고 생각했습니다. 취직하기는 정말 싫었습니다. 할 수만 있다면 종교적인 생활에 전념하고 싶었습니다. 그러지 않으면 삶 자체가 그저 죄만 쌓아가는 일이니까, 그럴 바에는 차라리 죽어버리는 게 세상을 위해서도 나은 일이라고 생각했어요.

그런 생각을 품고 자동차 부품 판매회사에 근무하며 타이어 영업을 했으니 처음에는 좀처럼 판매 실적을 올릴 수가 없었죠. 주유소나 카센터 같은 곳에 "수고가 많으십니다"라고 인사를 건

네며 들어가긴 하는데, 도무지 그다음 말이 나오질 않았습니다. 그대로 꽁꽁 얼어붙어버렸죠. 이쪽도 힘들지만 상대도 곤란하긴 마찬가지죠. 그래서 처음에는 장사가 전혀 안 됐습니다.

그런데 개중에는 친절한 사람도 있어서, 회사 선배가 "나도 처음에는 말수가 적어서 고생했는데 영업을 해나가면서 점점 말을 잘하게 됐어"라며 따뜻하게 격려해주었습니다. 그런 영향도 있어서인지 저도 차츰 일에 익숙해졌고, 거래처도 몇 군데 따내서 물건도 조금씩 팔려나갔습니다. 그건 역시 좋은 인생 공부였죠. 그곳에서는 이 년쯤 근무했습니다. 그만두게 된 직접적인 원인은 운전면허가 취소된 일입니다. 회사에 폐를 끼치기도 싫었고, 이번 기회에 직장을 옮겨볼까 하는 생각도 있었습니다.

마침 친척 중에 도쿄에서 입시학원을 하는 사람이 있어서 그 사람에게 상의를 했더니, 그럼 자기 집으로 오라고 하더군요. 사실 저는 소설가가 되고 싶었습니다. 그런 얘기를 꺼내자, "초등학생들 글을 봐주면서 소설 공부를 하면 좋겠군" 하고 말했습니다.

그게 좋겠다 싶어서 1981년 초에 상경해서 오타 구에 있는 학원에서 일을 시작했습니다. 그런데 실제로 가보니 처음 얘기와는 전혀 달랐습니다. 친척은 "소설가 수업? 꿈같은 소리 작작해. 세상은 그렇게 만만하지 않아!" 하고 차갑게 쏘아붙이면서, 글쓰기 지도 같은 일은 아예 시키지도 않았습니다. 무능하다고 욕설을 퍼부으며 몰아세웠고 잡일만 시켰습니다. 학생들을 조용히

시키거나 청소를 하거나 간단한 채점이나 하는 일이었어요. 저는 아이들과 함께 지내는 건 좋았지만, 생활은 정말 고달팠습니다. 노동시간도 길고 잠도 하루에 두세 시간밖에 못 잤습니다. 거기서 근무하는 사람들은 너나 할 것 없이 그렇게 심하게 혹사당했습니다. 그래서 일 년 반쯤 참고 견디다 그만뒀습니다.

후쿠이에서 회사를 다닐 때 어느 정도 모아둔 돈이 있어서 그 돈으로 한동안 작가 수업을 하기로 결심했습니다. 무직이었죠. 그런 생활을 삼 년간 계속했습니다. 생활비는 한 달에 5만 엔밖에 안 썼습니다. 최소한의 음식 외에는 아무것도 사지 않았죠. 저는 원래 돈을 별로 안 씁니다. 그러고는 계속 책을 읽거나 글을 쓰면서 지냈습니다. 집 주변 환경은 굉장히 좋았어요. 주변에 도서관이 다섯 개나 있어서 책은 쉽게 공짜로 빌릴 수 있었습니다. 오늘은 이 도서관, 내일은 저 도서관 하는 식으로 조깅을 하며 돌아다녔습니다. 고독한 생활이었지만, 저는 고독이 그다지 고통스럽지 않았습니다. 보통사람은 분명 견디기 힘들었겠죠.

당시 읽은 책은 카프카나 『나자』 같은 초현실주의 소설이 많았습니다. 그리고 여러 대학 축제에 가서 그곳의 동인지 같은 것들도 섭렵했고, 그러다보니 문학을 얘기할 만한 친구도 만났습니다. 와세다 대학 철학과에 다니던 사람과 친해져서 그에게 다양한 책들을 소개받았습니다. 비트겐슈타인과 후설, 기시다 슈,

혼다 가쓰이치. 저는 그 사람이 쓴 소설을 읽고 감동을 받았지만, 지금 생각해보면 그건 하니야 유타카의 소설과 똑같았어요.

그가 아는 사람 중에 쓰다 씨라는 창가학회* 신자가 있었는데, 저에게 창가학회에 들어오라고 열심히 권유했습니다. 저는 틈만 나면 그와 종교적인 논쟁을 했는데, 결국 그가 "입으로 이러니저러니 떠들어봐야 아무 소용 없다. 실제로 경험해보면 반드시 다른 인간으로 변할 테니 속는 셈치고 한번 믿어봐"라고 권유해서, 한 달 정도 입주해 살면서 체험상 입회 비슷한 걸 해봤습니다. 그러나 역시 맞지 않더군요. 그쪽은 현세의 이익을 중시하는 종교니까요. 저는 그런 것보다는 좀더 순수한 교의에 매력을 느낍니다. 예를 들면 옴진리교 같은 거죠. 그쪽이 본래 불교의 가르침에 더 가깝지 않을까. 저는 그렇게 느꼈습니다.

그러는 와중에 돈도 슬슬 바닥이 나서, 세이부 운수라는 회사에서 백화점 짐을 나르면서 생계를 유지하기로 했습니다. 그 일을 이 년간 했습니다. 이케부쿠로 세이부 지점에서 짐 나르는 일을 한 거죠. 꽤 힘든 일이긴 했지만, 저는 원래 격투기에도 흥미가 있었고 몸을 단련하는 걸 좋아해서 육체노동이 그렇게 고생스럽지는 않았습니다. 아르바이트라서 급료는 쌌지만, 남들

---

* 일본의 승려 니치렌이 주창한, 불법(佛法)을 신앙의 근간으로 하는 종교.

보다 세 배는 더 열심히 일했습니다. 덕분에 근육이 꽤 많이 붙었죠. 일하면서 일본 저널리스트 전문학교 야간학부에도 다녔습니다. 그래서 가능하면 르포르타주 같은 걸 써보고 싶다는 생각을 가지게 됐습니다. 가마타 사토시 씨 같은 글을 쓰면 좋겠다 싶었죠.

그런데 그 무렵부터 도쿄 생활에 피로를 느끼기 시작했습니다. 제 마음이 삭막해져가는 걸 확연하게 느낄 수 있었습니다. 성격이 거칠어지고 화를 자주 냈습니다. 그 당시 저는 환경문제에도 관심을 갖게 되었는데 그런 이유도 있어서, '자연으로 돌아간다'는 취지에서, 슬슬 고향으로 돌아가는 게 좋겠다는 마음이 강해졌습니다. 저는 언제나 뭔가에 빠지면 정신 못 차리고 빠져드는 성격입니다. 그때는 환경문제에 푹 빠져 있었죠. 뭐 그건 그렇다 치고, 아스팔트 정글에 지쳐서 고향의 바다가 참을 수 없이 그리워졌습니다. 저는 옛날부터 바다를 무척 좋아했거든요.

그래서 고향 집으로 돌아가서 '몬주'라는 고속증식로 건설 현장에서 일하기 시작했습니다. 높은 곳에서 일하는 노무자였습니다. 저는 그 일 역시 트레이닝이라고 생각했지만, 사실은 정말 위험한 일이었습니다. 높은 곳에서 일하는 상황에 어느 정도 익숙해진 후에도, 위험은 늘 가까이 있었습니다. 몇 번인가 떨어져서 죽을 뻔한 적도 있었죠. 음, 그곳에서 일 년 정도 일했을까요. 몬주 건축 현장에서는 바다가 훤히 내려다보였죠. 제가 그 일을 선택한 데는 그런 이유도 있었습니다. 늘 바다를 바라보며 일할 수 있겠다 싶어서요. 정말로 아름다운 바다였어요. 사실 몬주 건설 현장에서 바라보는 바다는 그 일대에서 가장 아름다웠습니다.

—그런데 환경 보존을 지향하는 사람이 원자력발전소에서 일하는 건 좀 그렇지 않나요?

실은 그것을 르포르타주로 쓸 생각이었습니다. 그때 원자력 발전 건설에 가담한 건 분명하지만, 그에 관련된 르포르타주를 씀으로써 플러스 마이너스 제로로 만들 생각을 했던 거죠. 안일한 발상일지도 모릅니다. 왜 〈콰이강의 다리〉라는 영화 있잖습니까. 발상으로 치면 그 영화랑 비슷하죠. 열심히 만든 것을 마지막에 제 손으로 와르르 무너뜨린다. 물론 폭탄을 설치하는 건 아니지만, 뭐랄까, 어쨌거나 내가 제일 좋아하는 바다가 결국 누군가의 손에 의해 오염되어버린다면, 차라리 내 손으로 해버리자. 그래요, 분명 그런 복잡한 심경이었습니다. 마음이 찢어진다고 할까요.

일 년 만에 몬주 일을 접고 오키나와로 갔습니다. 막노동을 해서 모은 돈으로 중고차를 사서, 페리를 타고 오키나와까지 건너가서 차 안에서 먹고 자는 생활을 시작했습니다. 해안을 여기저기 느긋하게 돌아다니며 여행했습니다. 두 달쯤 그렇게 보냈어요. 그러다보니 오키나와의 자연이 너무나 좋아졌습니다. 오키나와 바다의 장점은 단조롭지 않다는 겁니다. 바다가 저마다 다른 얼굴을 가지고 있어요. 굉장히 복잡하죠. 그런 모습을 바라보는 게 좋았습니다. 오키나와의 자연이 좋아졌고, 그러고 나서는 오키나와 사람들과 문화가 좋아졌습니다. 그래서 해마다 여름이 되면 '오키나와 병'이 도져서 도저히 참을 수가 없었습니다. 나도 모르게 어느새 오키나와에 가버리고 말았죠. 그러다보니 정규 직장을 좀처럼 가질 수 없었습니다. 힘들게 직장을 구해도 여름만 되면 아무 말도 없이 회사를 빠지고 오키나와로 훌쩍 떠나버렸으니까요.

그런 식으로 임시 일터에서 육체노동을 하고 오키나와에 몇 번씩 여행을 다니는 사이 아버지가 돌아가셨습니다. 1990년 2월이었어요. 제가 곧 서른 살이 될 무렵이었죠. 저는 아버지와 계속 사이가 나빴습니다. 아니, 아버지는 가족 모두에게 미움을 받았습니다. 세간에는 '좋은 사람'으로 통했던 모양이지만, 집에서는 독재자라고 할까, 뭐든 자기 마음대로 하는 사람이었습니다. 술을 마시면 난동을 부렸죠. 어릴 때는 매도 맞았습니다. 그렇지만 시간이 흐르자 제가 육체적으로 더 강해졌고, 그런 후로는 무슨 소리를 듣기도 전에 제가 먼저 아버지를 때리기도 했습니다. 몹쓸 짓을 했다고 지금도 반성합니다. 좀더 효도했으면 좋았을걸.

실은 저희 아버지는 지역 공산당에서 지도급 위치에 있었습니다. 후쿠이는 지역 성향이 보수적이기 때문에 아버지가 그런 일을 하면 자식들도 취직자리를 구하기 힘듭니다. 저는 가능하면 선생님이 되고 싶었지만, 아버지가 공산당원이면 선생이 되기 힘들다는 말도 있어서 교육대학 진학을 포기했습니다. 그래서 아버지가 공산당원이라는 사실에 늘 원망의 마음을 품고 있었습니다. 인격적인 원망이나 미움도 있었지만, 그런 사상적인 것도 큰 원인이었습니다. 저는 원래 종교적인 성향이 강한 인간이었지만, 아버지는 그야말로 물질주의랄까, 합리주의랄까, 유물론자였습니다. 아버지와 저는 그것 때문에 늘 대립했습니다. 내가 무슨 종교적인 의견을 입 밖에 내면, "무슨 신들린 소리를 지껄여"라며 철저하게 바보 취급 했습니다. 무턱대고 화만 냈습니다. 그것이 저는 너무나 슬펐습니다. 왜 저렇게 심한 말을 할까, 내가 하는 일은 왜 하나도 인정해주지 않을까 하고.

아버지의 건강이 나빠진 것은 제가 오키나와에 있을 때였습니다. 그래서 곧바로 후쿠이로 돌아갔지만, 아버지는 머지않아 세상을 떠났습니다. 알코올성 지방간이라는 병으로 몹시 고통받다가 죽었습니다. 마지막에는 아무것도 못 먹고 술만 마셔서 바짝 말라버렸고, 거의 스스로 목숨을 끊은 거나 마찬가지였어요. 병상의 아버지가 "한번 탁 터놓고 얘기 좀 해보자"라고 했을 때, 저는 "제발 이제 그만 죽어주시죠"라고 대답했습니다. 어떤 의미에서는 제가 아버지를 죽였을지도 모릅니다.

장례를 치른 지 삼십오 일이 지난 후, 다시 오키나와로 돌아갔습니다. 당시 그곳 건축 현장에서 일하고 있었거든요. 그런데 후쿠이에 있는 가족들과 떨어져 혼자가 되자, 그제야 밑도 끝도 없이 침울해졌습니다. 아버지가 세상을 떠난 직후에는 태연했습니다. 아무렇지도 않았어요. 가족들이 모두 모여 꽤 시끌벅적하게 떠들며 즐거운 시간을 보냈죠. 그런데 오키나와로 돌아오자마자 난데없이 마음이 흔들렸습니다. 어쩐지 산 채로 지옥으로 끌려 들어가는 기분이 들었습니다. 아아, 난 이제 틀렸다. 틀림없이 지옥에 떨어질 거다. 이제 되돌릴 수 없다. 그런 기분이었죠. 식욕도 전혀 없고, 강도 높은 노이로제에 걸리고 말았습니다. 우울증이죠. 심한 우울증이었습니다. 정신이 점점 이상해지는 걸 스스로도 느낄 수 있었습니다. 비가 와서 일이 없는 날에는 방에서 하루 종일 이불을 뒤집어쓰고 잠만 잤습니다. 다들 파칭코를 하러 나간 후에도 혼자 멍하니 있었습니다. 주위 사람들이 따뜻한 말을 건네주었고, 그건 너무나 고마운 일이었지만, 그래도 도무지 다시 일어설 수 없었습니다.

어느 날, 새벽 3시에 눈이 떠졌는데 몸이 너무 안 좋아서 '이젠 틀렸다'는 생각이 들었습니다. 이대로 미쳐서 의식이 사라질 것 같았습니다. 그래서 곧바로 어머니에게 전화를 걸었죠. 어머니는 "지금 당장 집으로 돌아와"라고 했습니다. 그렇지만 후쿠이로 돌아가도 마음의 병은 좀처럼 낫지 않았습니다. 무슨 트라우마 같은 것이 줄곧 마음속에 남아 있었습니다. 무슨 일을 해도 기분이 나아지질 않았죠. 돌아가서 한 달 정도는 일도 안 하고 그저 집에서 멍하니 지냈습니다.

그 상태에서 저를 구해준 사람이 오키나와의 유타*였습니다. 저는 실은 라이얼 윗슨의 『아프리카의 하얀 주술사Lightening Bird: One Man's Journey into Africa』라는 책을 읽고 감동했었거든요.

—재미있는 책이죠.

주인공 보셔도 간질에다 분열증이잖아요. 그런데 그런 정신적인 병을 가진 사람이 스승을 만나 수행을 쌓음으로써 주술사가 될 수 있었습니다. 다시 말해 부정적인 요인을 긍정적으로 전환시킬 수 있다는 얘깁니다. 그래서 주위 사람들에게 존경을 받게 되죠. 아, 바로 이거다 싶은 생각이 들었습니다. 그래서 여러 가지로 찾아보니 오키나와의 유타와 관련해서도 완전히 똑같은 얘기를 쓴 글이 있었습니다. 오키나와에는 아직도 그런 구제의

---

* 오키나와 현과 가고시마 현 아마미 군도의 민간 영매로, 영적인 문제의 조언과 해결을 생업으로 함.

길이 남아 있었습니다. 그럼 나도 유타가 될 수 있지 않을까, 그럴 자격이 있지 않을까 하는 생각이 들었습니다. 그것이 저에게는 하나의 구원이 된 셈이죠.

그래서 오키나와로 갔고, 유명한 유타를 만날 기회가 생겼습니다. 몇십 명의 사람들과 같이 만났는데, 그중에서 유독 저만 부르더니 "자네 무슨 고민이 있지?" 하고 물었습니다. 제 마음을 읽은 것 같았습니다. 그러더니 "자네는 아버지 일로 괴로워하고 있군. 아버지에게 집착하고 있어. 그런 집착은 버려야 해. 이제 아버지는 잊고 새로운 걸음을 내딛도록 해. 어머니가 아직 살아 계시면 어머니를 잘 모셔야 해. 평범하게 살아가는 게 가장 중요해"라고 하더군요. 그 말을 듣고 나니 마음이 한결 편안해졌습니다. 아, 이제 구원을 받았구나 싶었죠. 그후로 한 회사에 계속 근무해왔습니다. 이제는 여름이 와도 오키나와로 훌쩍 떠나지 않습니다. 어머니를 잘 보살피고, 회사도 그만두지 않고 열심히 다니기로 마음먹었습니다.

─그렇군요. 에이드리언 보셔는 그쪽으로 가는 수밖에 없었지만, 당신의 경우는 아직 현세로 돌아갈 수 있으니 다시 돌아가는 게 좋다는 말을 들은 거군요.

그렇습니다. 바로 그겁니다. 평범하게 결혼해서 평범하게 아이를 키우며 사는 게 수행이라는 거죠. 그게 진정으로 가장 큰 수행이라고.

저는 상당히 오래전부터 종교를 꾸준히 관찰해왔습니다. 뭐랄까, 안테나를 세우고 여러 가지 종교를 살펴봤죠. 기독교에도 깊이 들어가봤고, 조금 전에도 말했듯이 창가학회와도 관계가 있었습니다. 교회는 지금도 다니고 있습니다. 그러니 기간으로 치면 옴진리교와 관련된 인생은 정말이지 아주 짧은 순간에 지나지 않았던 셈인데, 그런데도 그렇게까지 큰 충격을 준 걸 보면 역시 대단하다 싶습니다. 옴진리교가 그만한 힘을 가지고 있다는 뜻이겠죠.

1987년 옴진리교가 등장했을 무렵, 저는 옴진리교 교단에 안내 팸플릿을 보내달라고 편지를 썼습니다. 팸플릿은 곧바로 도착했습니다. 깜짝 놀랄 정도로 호화로운 팸플릿이었죠. 불과 얼마 전에 탄생한 종교단체일 텐데 이렇게 돈을 많이 들이는구나 하고 감탄했습니다.

그때는 후쿠이에 아직 옴진리교 지부가 없었습니다만, 후쿠이 바로 앞에 있는 사바에 시에서 오모리 씨라는 사람이 자기 아파트를 일주일에 한 번 개방해서 옴진리교 신자들이 모이는 장소로 제공하고 있었습니다. 저한테도 오라고 하기에 그쪽에 가끔 얼굴을 내밀게 되었죠. 그곳에서 옴진리교를 소개한 〈아침까지 생방송!〉 녹화 비디오를 보고 굉장히 감동을 받았습니다. 조유의 달변도 정말로 신선했죠. 감탄했습니다. 그는 옴진리교 신자들이 하는 일이 원시불교를 바탕으로 수행하여 쿤달리니*를 개발하는 것이라고 말했습니다. 무슨 질문이든지 그야말로 시원스럽게 척척 답변을 내놓았습니다. 대단하다는 생각이 들었습니다. 대단한 사람이고, 대단한 단체구나 싶었죠.

거기 와 있는 사람들은 모두 옴진리교 신자였지만, 저는 신자가 아니었습니다. 단지 견학하는 사람일 뿐이었죠. 모인 사람은 모두 대여섯 명쯤이었을까. 제가 거기에 그다지 깊이 들어가지 않은 실제 이유 중 하나는 돈이 들기 때문이었습니다. 아무튼 옴진리교라는 단체는 돈이 많이 들어요. 뭐 하나 하려면 30만 엔이죠. 무슨 코스는 카세트테이프 열 개에 30만 엔 하는 식으로요. 아사하라 존사尊師의 설법이라 효과가 엄청나다, 거기서 힘을 받을 수 있으니 오히려 싸다면서 다들 2, 30만 엔을 턱턱 내고 사갔습니다. 그런 모습을 보니 무서워졌습니다. 뭐 하긴, 저는 가난한데다 인색해서 유난히 그런 느낌이 강했을지도 모르지만.

---

* Kundalini, 요가의 한 개념으로, 인체의 척추 하단에 자리잡고 있다는 잠재력을 일컬으며, 이것을 각성시키면 우주의 에너지와 소통한다고 한다.

아사하라 쇼코를 처음으로 직접 본 것은 나고야에서였습니다. 모두 함께 버스를 타고 나고야까지 갔습니다. 같이 가자고 권했고, 저도 흥미가 있어서 따라갔습니다. 저는 신자가 아니라서 아사하라 쇼코에게 질문을 할 수는 없었습니다. 옴진리교는 결국 스텝업하지 않는 한 아무것도 할 수 없는 곳이고, 스텝업을 하기 위해서는 그에 따른 돈이 필요합니다. 어느 수준까지 올라가면 아사하라 쇼코에게 질문할 수 있고, 조금 더 스텝업하면 화환을 받을 수 있는 식이죠. 실제로 나고야에서 그런 모습을 봤는데, 왠지 유치하다는 생각이 들었습니다. 그런 식으로 아사하라 개인이 점점 신격화되어가는 겁니다. 그런 모습을 보니 혐오감이 들었습니다.

저는 옴진리교 기관지인 〈마하야나〉를 창간호부터 빠짐없이 읽었습니다. 그것도 처음에는 좋았어요. 신자 한 사람 한 사람의 체험을 아주 소중하게 다뤘습니다. 각자가 실명으로 쓴 '나는 어떻게 옴진리교에 들어왔는가'라는 체험담이 실려 있습니다. 읽다보면 '다들 굉장히 솔직하구나' 하는 생각에 깊은 감명을 받았습니다. 그래서 저는 그 잡지가 좋았어요. 그런데 차츰 신자들의 이야기가 아니라 아사하라 한 사람 위주로 얘기가 흘러갔습니다. 그를 점점 떠받들었고, 모두가 그를 절대 숭배하는 분위기로 변해갔습니다. 예를 들어 아사하라가 길을 걸어가면, 신자가 입고 있던 옷을 땅에 깔아 그 위를 밟고 걸어가게 합니다. 그 정도까지 되면 아무리 뭐래도 너무 지나친 거죠. 나카자와 신이치 씨가 "종교단체가 신자를 농락하면 그 종교는 이미 끝이다"라는 글을 썼는데, 정말이지 그 말이 옳다는 생각이 들었습니다. 이건 무섭다 싶었죠. 한 인간을 지나치게 숭배하면 자유는 사라지니까요. 게다가 아사하라 쇼코는 아내가 있는 사람으로 자식도 많이 낳았습니다. 그것은 본래 불교 교의로 보면 이상한 일이잖아요. 자기는 최종 해탈자라 그런 일을 해도 카르마가 쌓이지 않는다며 넘어갔지만, 실제로 그가 최종 해탈자인지 아닌지는 누구도 모를 일이죠.

저는 그런 의문을 주위 사람들에게 거침없이 제기했습니다. 옴진리교에서는 신자들이 교통사고 같은 걸로 꽤 많이 죽었습니다. 저는 그게 뭔가 이상하다는 생각이 들어서 다카하시 씨라는 친한 여성 신자에게 물었습니다. "신자가 이렇게 많이 죽는 건 아무래도 좀 부자연스럽지 않습니까?"라고. 그랬더니 그녀는 "아니에요, 그 사람들은 죽어도 괜찮아요. 존사가 40억 년 후에 미륵보살로 거듭 태어나서 지금 죽은 사람들의 혼을 거둬주실 테니까요"라고 대답했습니다. 저는 어처구니없는 얘기라고 생각했습니다. 그리고 옴진리교를 계속 비판하는 〈선데이 마이니치〉 편집장인 마키 다로 씨를 심하게 공격하기에 왜 그러느냐고 질문하자, "공격당하든 어떻든, 현세에서 존사와 어떤 식으로든 인연을 맺은 인간은 행복한 거예요. 지금은 설령 지옥에 떨어뜨

려도 나중에 꼭 거두어주실 테니까"라는 대답이 돌아왔습니다.

그런 까닭에 저는 옴진리교와는 거리를 두고 가깝지도 멀지도 않은 관계를 오랫동안 유지했습니다. 그런데 1993년에 기타무라라는 옴진리교 교단 남자가 시즈오카 지역 번호판이 붙은 자동차를 타고 난데없이 우리집으로 찾아왔습니다. 전화를 걸어 잠깐 얘기를 나누고 싶은데 만날 수 있겠느냐고 묻기에 만났습니다. 한동안 옴진리교와 접촉을 피하고 지냈기 때문에 지금은 어떻게 되었을까 하는 개인적인 흥미도 있었죠. 그런데 그의 얘기를 들어보니 점점 더 엉망이 되어가는 듯했습니다. 앞으로 3차 세계대전이 일어난다느니, 레이저 무기가 어떠니 플라스마 무기가 어떠니, 완전히 SF처럼 들렸습니다. 이야기 자체는 꽤 재미있었지만, 교단이 몹시 혼란스러워졌다는 느낌이 들었죠.

저는 그 무렵, 옴진리교에 입신하라는 권유를 강하게 받았습니다. 제가 결국 입회한 것은 아까도 말했던 다카하시 씨라는 여성과의 만남 때문이었습니다. 할머니가 돌아가셔서 몹시 침울해 있던 시기에 다카하시 씨가 저에게 전화를 걸어와 잠깐 얘기를 하고 싶다고 했습니다. "실은 저도 들어간 지 얼마 안 되었지만, 옴진리교에 관해 같이 생각해보지 않을래요?"라고 권유하더군요. 그래서 저는 그녀를 만났습니다. 저보다 여섯 살 연하였습니다. 그때는 스물일곱 살 정도였을까요. 저는 그때 그녀와의 만남을 일종의 운명이라 느꼈습니다. 아버지가 돌아가셨을 때 체험한 운명적인 느낌과 아주 비슷했습니다. 왠지 모르지만 마음속으로 그렇게 느꼈습니다. 그후로 저는 그녀와 상당히 깊은 수준까지 다양한 대화를 나누었습니다. 그리고 그런 과정을 밟아가는 사이, 결국 입회하고 말았죠. 1994년 4월이었습니다.

할머니가 돌아가신 것도 아마 어느 정도 영향을 끼쳤을 겁니다. 게다가 다니던 회사가 불경기 때문에 정리해고를 시작한 상황이기도 했죠. 그리고 앞에서도 말했지만, 저는 줄곧 원인 불명의 마음의 병 같은 것을 안고 있었습니다. 옴진리교에 들어가면 그런 병이 말끔하게 해소될지 모른다는 기대도 있었습니다.

그리고 그 다카하시 씨라는 여자도 신경이 쓰였습니다. 딱히 연애감정 같은 건 아닙니다. 그렇지만 왠지 모르게 그 사람이 굉장히 신경 쓰였습니다. 이 사람, 지금 옴진리교에 아주 심하게 빠져들었는데, 그래도 괜찮을까 싶었어요. 저는 옴진리교에 대해 꽤 회의적이긴 했지만 그녀와 그런 얘기라도 나누는 게 좋을 것 같았죠. 그리고 그러기 위해서는 오히려 제가 입회하는 게 빠를 거라고 생각했습니다. 다카하시 씨와 앞으로도 계속 만나 얘기를 나누기 위해서는 말입니다. 이런 식으로 말하면 조금 허울 좋은 소리처럼 들리겠지만.

다행히 입회비는 전보다는 훨씬 내려가서 1만 엔, 반년치 선불 회비가 6천 엔이었습니다. 테이프도 열 개가량 공짜로 받았습니다. 입회해서 입신 의례를 받으려면 옴진리교 비디오를 97개 보고, 옴진리교 책을 77권 읽어야 합니다. 엄청난 양이죠. 그래도 그것도 그럭저럭 해냈습니다. 마지막에는 만트라도 외웁니다. 인쇄된 종이를 들고 몇 번씩이나 되풀이해서 읽습니다. 그리고 계수기로 그 회수를 셉니다. 그래서 옴진리교 사람들은 모두 계수기를 갖고 있죠. 그걸 대략 7천 회 해야 합니다. 초기 단계의 7천 회 만트라입니다. 저도 조금 했지만, 바보 같아서 제대로 하진 않았어요. 그래서야 창가학회의 근행勤行과 다를 게 없었죠.

저는 출가 권유를 강하게 받았습니다. 그 무렵 교단은 한 사람이라도 더 출가시키려고 안간힘을 썼습니다. 저는 아직 입신 의례도 안 받은 사람이었지만, 그래도 상관없으니 빨리 출가하라고 재촉했습니다. 그렇지만 저는 끝까지 출가하지 않았습니다. 다카하시 씨는 그해 연말에 출가했습니다. 12월 20일에 그녀가 우리 회사로 전화를 걸어와서 "저는 이제 떠나요"라고 말했습니다. 그것이 마지막 대화였습니다. 그렇게 출가해서 알 수 없는 곳으로 가버린 겁니다.

사린사건이 일어났을 때, 저는 이미 옴진리교와 어느 정도 거리를 둔 상태였습니다. 다카하시 씨가 열심히 권유했던 사람들을 어떻게든 입신시키지 않으려고 직접 설득하고 만류했을 정도였죠. 그런데도 일단은 신자였기 때문에 1995년 5월에 경찰이 조사를 하러 왔습니다. 그 무렵 경찰은 이미 누가 신자인지 훤히 파악하고 있었습니다. 신자 명단을 손에 넣었을지도 모릅니다. 그리고 저는 상당히 전근대적인 취조를 받았습니다. "당신은 아사하라 쇼코의 사진을 밟을 수 있습니까?"라고, 급기야 에도 시대의 후미에* 같은 얘기까지 들었죠. 경찰이 무서운 곳이라는 걸 그때 절실히 실감했습니다.

1995년에 홋카이도에서 ANA항공 비행기 납치사건이 일어났을 때도 경찰이 곧바로 들이닥쳤습니다. "어이, 자네 뭐 아는 거 없나?"라면서. 툭하면 찾아왔습니다. 흡사 스토커에게 시달리는 여자 같은 심정이었죠. 무슨 일을 하든 누군가에게 늘 감시당하는 느낌이었습니다. 기분 나빴죠. 원래는 국민을 보호해야 할 경찰이 오히려 그런 공포를 주었으니까요. 이쪽은 잘못한 게 하나도 없는데 말이죠. 그렇지만 아무 잘못이 없는데도 어쩌면 체포될지 모른다는 불안은 늘 떠나지 않았습니다. 당시에는 옴진리교 신자는 가벼운 죄로도 무조건 체포되었으니까요. 사문서 위조니 어쩌니 적당한 이유를 갖다붙였죠. 저도 그런 일을 당하지 말라는 법이 없었어요.

전화도 수시로 걸려왔습니다. "옴진리교에서 무슨 연락 없었

---

* 踏み絵. 기독교를 엄금하기 위하여 막부 시대에 그리스도나 성모마리아의 상을 새긴 목판이나 동판 등을 밟게 하여 신자가 아님을 증명하게 했던 일.

습니까?" 하면서요. 사실은 그대로 쥐 죽은 듯이 있어야 했지만, 저도 어리석은 인간이라 그런 상황에서도 옴진리교에 대한 호기심은 엄청나게 강했습니다. 그래서 일부러 오사카까지 가서 그쪽 사티암에 있는 여성 사마나(출가신자)와 얘기를 나눴지 뭡니까. 경찰 경계가 삼엄한 와중에 "지금 당신의 심경은 어떻습니까?"라고 물어보기도 하고. 그리고 거기 있던 〈아눗따라 삿짜〉라는 옴진리교 기관지를 몇 권씩 사들고 왔습니다. 그 무렵에는 옴진리교 책이나 잡지는 더이상 서점에서 살 수 없었기 때문에 어떤 내용이 씌어 있는지 궁금했기 때문입니다. 그런데 사티암에서 나오자마자 경찰 두 사람이 멈춰 세우더니 "당신, 사티암에서 뭘 했어?"라고 불심검문을 했습니다. 왠지 무섭기도 하고 귀찮기도 해서 그들을 떨쳐내듯 도망쳐 돌아왔습니다. 그렇게 괜한 짓을 한 탓에 경찰의 감시만 더 심해졌죠.

―그때 당신은 지하철 사린사건이 옴진리교의 범행이라고 생각했나요?

그렇습니다. 틀림없이 옴진리교가 했을 거라고 생각했죠. 그런데도 옴진리교에 대한 호기심을 억누를 수 없었습니다. 왜 그렇게 호기심을 가졌냐고요? 세간으로부터 그렇게 심하게 공격당하고 어느 서점에서도 옴진리교 책을 받아주지 않는데도 여전히 활발하게 기관지를 내는 교단의 체질, 밟고 또 짓밟아도 다시 소생하는 섬뜩한 생명력에 호기심이 생겼던 것 같습니다. 그것이 어떤 내용인지, 또한 사마나가 지금 과연 어떤 생각을 하고 있는지가 궁금했습니다. 말하자면 저널리스트적인 눈이라고 할까요. 텔레비전에서도 그런 것은 전혀 보도해주지 않았으니까요.

—지하철 사린사건 자체는 어떻게 생각했나요?

절대 있어서는 안 되는 일이고 용서할 수 없는 일입니다. 그것은 분명합니다. 다만 아사하라 쇼코와 교단 말단에 있는 개개인의 신자는 구별해야 합니다. 말단 신자가 모두 범죄자인 건 아니니까요. 말단 신자 중에는 정말로 순수한 마음을 가진 사람이 있습니다. 저는 그런 사람들을 많이 알고 있어요. 그런 사람들이 가엾습니다. 결국 생각해보면, 세상의 시스템에 받아들여지지 못한 사람, 어딘가 잘 안 맞는 사람, 혹은 그로부터 배척당한 사람, 그런 사람들이 옴진리교에 들어간 겁니다. 저는 그런 사람들이 좋습니다. 그들과는 쉽게 친구가 될 수 있어요. 세상에서 평범하게 잘 살아가는 사람들보다 그런 사람들에게 훨씬 더 친근감을 느낍니다. 그래서 저는 나쁜 건 아사하라 쇼코 한 사람이라 해도 무리가 없다고 봅니다. 거기에 집약됐을 거라고. 아사하라는 역시 강하죠. 엄청난 힘을 가지고 있다고 생각합니다.

그런데 신기하게도 경찰과 여러 번 접촉하는 사이 왠지 모르게 친해졌습니다. 처음에는 그저 무섭고 기분 나빴는데, 그러는 사이 점점 친구 같은 느낌이 들었습니다. 영화 〈꼬마 유령 캐스퍼〉에 나오는 못된 유령을 아시나요? 맨 처음에는 무서운 놈인데 몇 번씩 접하면서 사이가 좋아지죠. 그것과 마찬가지입니다. 그래서 "옴진리교에서 온 우편물 같은 거 없나?"라고 물으면, "네, 이런 게 왔습니다"라며 가지고 있는 걸 남김없이 건네주곤 했습니다. 그런 식으로 하다보니 경찰도 나름의 성의를 가지고 친절하게 대해주더군요. 그래서 '아, 경찰 중에도 순수한 사람, 성실한 사람이 있구나'라고 생각했습니다. 그들도 모두 성실하게 열심히 일하는 것뿐이다 싶었죠. 그래서 저는 그런 사람들이 타당한 부탁을 하면 이쪽도 나름 타당하게 응해야 한다고 생각했습니다. 상대가 성의 있게 대하면 이쪽도 성의 있게 응해야겠다고요.

해가 바뀌고 다카하시 씨의 어머님에게서 연하장이 왔습니다. 그분은 '모든 게 제 잘못이었습니다'라고 썼습니다. 사실 다카하시 씨의 어머님도 처음에는 신실한 옴진리교 신자였어요. 이니시에이션도 받은 사람입니다. 그래서 저는 무슨 수를 써서라도 다카하시 씨를 만나야겠다고 생각했습니다. 그녀와 많은 얘기를 나누고 싶었죠. 저는 경찰에 그 얘기를 했습니다. "어떻게든 그 사람을 만나고 싶습니다"라고요. 그 연하장까지 경찰에 보여주었습니다.

아마 그 일 때문에 경찰이 퍼뜩 '이 녀석을 경찰 스파이로 내세우면 좋겠다'는 생각을 떠올렸을지도 모릅니다. 그래서 어느 날 ○○경찰서에 불려갔고, "자네, 경찰 스파이 한번 해볼 생각 없나?"라는 제안을 받았습니다. 실제로 스파이라는 단어를 썼는지 안 썼는지는 지금 확실하게 기억나지 않지만, 어쨌거나 그런 취지의 말을 들었습니다. 다시 말해 옴진리교 안에 들어가 정보를 빼내서 경찰에 넘겨주지 않겠냐는 얘기였죠. 저는 물론 스파이 같은 걸 할 마음은 없었습니다. 그저 옴진리교 사람들과 접촉해보고 싶었을 뿐입니다. 그렇지만 이미 배에 올라탄 후였고, 경찰과도 사이가 좋았으니 그래도 괜찮겠다는 생각이 들었습니다. 한번 해볼까 싶었죠.

저는 사실 기분파입니다. 고독하고 친구도 없습니다. 회사에 가도 늘 말단이고, 매일 야단만 맞았습니다. 저를 진지하게 상대해주는 사람은 어디에도 없었습니다. 그랬기 때문에 경찰이 "어떻게 잘해서 정보 좀 빼내줘"라고 성실하게 부탁해오니 너무나 기뻤습니다. 설령 상대가 경찰이라도 그런 소통을 할 수 있다는 게 고마웠습니다. 우리 회사(운송회사) 사람들하고는 얘기가 거의 안 통했고, 물론 친구가 생길 리도 없었습니다. 옴진리교 사람들도 없어지고, 다카하시 씨도 출가해서 어디로 갔는지 행방조차 알 수 없었습니다. 그러다보니 단기간이면 해봐도 괜찮겠다 싶었던 거죠. 그래서 "잠깐이면 할 수 있습니다"라고 말해버렸어요. 잘못된 판단이었죠.

―그렇지만 경찰 스파이를 한다고 당신한테 무슨 이익이 가는 건 아니잖습니까?

저는 어떻게든 다카하시 씨와 연락을 취하고 싶었습니다. 어떻게든 그녀를 되돌리고 싶었죠. 스파이니 뭐니 하는 걸 떠나서, 어떤 형식으로든 옴진리교 사람들과 접촉하고 싶은 심정이었습니다. 그렇지만 경찰에 협력하지 않고 계속 그런 행동을 한다면 저 역시 그쪽 사람으로 보일 테고, 그것이 두려웠습니다. 그랬다간 당장에 범죄자 취급을 당할 테니까요. 그럴 바엔 차라리 경찰 허가하에 행동하는 편이 순조롭게 진행되겠죠. 저는 신자를 한 사람이라도 더 설득해서 이쪽으로 돌려놓아야 한다는 생각이었습니다. 결국 교활한 건지도 몰라요. 교활하죠.

―교활하니 어쩌니 하는 문제는 둘째치고, 상당히 복잡한 얘기로군요.

복잡하죠. 그렇지만 그때 제 머릿속에는 이대로 내버려두면 다카하시 씨가 너무 가엾다는 생각만 가득했습니다. 이대로 가면 그녀도 틀림없이 범죄자 취급을 받게 됩니다. 그렇지만 설득하고 싶어도 그녀가 어디에 있는지조차 몰랐습니다. 그러니 경찰의 협력을 얻으면 그런 정보도 얻을 수 있을지 모른다고 생각했던 거죠. 하지만 결국 그녀의 행방은 알아낼 수 없었습니다. 수도 없이 물어봤지만, 경찰도 밝혀낼 수 없었던 모양입니다. 여전히 출가중이라는 사실 말고는 알아낼 수 없었습니다. 어쩌면 알면서 저에게 안 가르쳐줬는지도 모르죠.

어쨌거나 직접 옴진리교에 잠입한다는 계획은 실행에 옮기지 못했습니다. 옴진리교의 후쿠이 지부와 가나자와 지부가 그사이 사라졌기 때문입니다. 말하자면 호쿠리쿠 지역 옴진리교는 괴멸해버린 겁니다. 그러니 스파이가 있어도 써먹을 길이 없어진 셈이죠.

―뭐, 결과적으로는 잘된 일이군요. 그런데 노스트라다무스의 예언에는 관심이 있었습니까?

굉장히 많았습니다. 저는 지금 서른여섯 살(인터뷰 당시)인데, 우리 세대에는 노스트라다무스의 영향력이 굉장히 컸지요. 예를 들어 저 같은 경우는 노스트라다무스의 예언에 맞춰 인생계획을 짰습니다. 제게는 자살충동이 있습니다. 죽고 싶습니다.

지금 당장 죽어버리고 싶어요. 그렇지만 이제 이 년만 있으면 종말이 오니까 그때까지는 어떻게든 참아내자, 그렇게 생각하고 있습니다. 최후에 무슨 일이 벌어지는지 내 눈으로 똑똑히 보고 싶은 마음도 있고요. 그래서 종말을 설정하는 종교에 대해서도 흥미가 아주 많아요. 저는 옴진리교 외에 여호와의 증인 사람들과도 자주 만나 대화를 나눕니다. 그 사람들 이야기는 뒤죽박죽 두서가 없긴 하지만요.

─종말이란 결국, 현재 여기 있는 시스템이 전부 엉망이 되어버린다는 거죠.

리셋이죠. 인생의 리셋 버튼을 누르는 것에 대한 동경. 아마도 저는 그런 것을 그려봄으로써 카타르시스나 마음의 안정을 얻는 것 같습니다.

지난번에 미야자키 쓰토무* 사건에 관한 초등학생 인터뷰를 어느 책에선가 읽었는데, 거기에 "미야자키라는 사람은 머리가 좋아서 인간이 마지막에 다다를 곳을 알았기 때문에 뭘 해도 좋다고 생각한 거겠죠"라는 말을 한 아이가 있었습니다. 깜짝 놀랐습니다. 어린아이도 그렇게 생각할 수 있구나 싶었죠. '이런

---

* 사이타마 현에서 여아를 연쇄적으로 유괴, 살인하여 2008년에 사형당한 인물.

세상은 그리 오래가지 못해'라고 마음속으로 느끼는 사람은 많
을 겁니다. 특히 젊은 사람들, 아이들 중에요.

나에게 존사는 의문을 최종적으로 풀어줄 사람이었습니다

데라하타 다몬(1956년생)

데라하타 씨는 현재도 옴진리교 신자다. 다른 신자들 몇 명과 함께 도쿄에 있는 2층짜리 아파트에서 살고 있다. 옴진리교 신자라는 사실을 알고서도 받아주는 아파트는 거의 없지만, 그 집 주인은 대단히 이해심이 많아서 "(사회에 복귀하고 싶은데) 갈 곳이 없어 곤란하면 우리집으로 들어오라"고 해주었다. 그나저나 옴진리교 신자가 있는 곳에는 바퀴벌레가 늘어나는 건지 어쩐지 몰라도, 인터뷰 중에도 방바닥 위로 꽤 여러 마리가 기어다니는 광경을 보았다. 집 주인도 이런 부분은 곤란하다 싶을 것이다. 그들이 옴진리교 신자라는 걸 아는 이웃 사람들의 시선은 여전히 차갑다.

1956년 홋카이도 출생. 아버지는 공무원이라 전근이 잦았다.

형제는 남동생이 하나 있다. 겉보기에는 지극히 평범한 아이였지만, 어릴 때부터 '나는 왜 살까?'하며 골똘히 생각에 잠기는 경향이 있었다. 이런 경향은 옴진리교 신자의 한 가지 패턴일지도 모른다. 사상 면에서 보면, 철학에서 불교로, 그리고 티베트 밀교, 옴진리교 코스를 밟았다. 초등학교, 중학교 교사가 되었지만 서른네 살에 출가했다. 지하철 사린사건이 일어났을 때는 방위청에 소속되어 코스모클리너*유지보수 일을 맡고 있었다.

지금은 일주일에 한 번 하는 과외 아르바이트로 간신히 생계를 유지하고 있다. "어디 소개시켜줄 만한 학생 없습니까?"라고 물으며 빙그레 웃었다. 매우 성실하고 온화해 보이는 사람으로, 틀림없이 좋은 선생님이었을 거라는 상상이 간다. 교단 시설에서 출가신자의 아이들을 가르칠 때의 얘기가 나오자 얼굴에 환한 미소가 감돌았다.

방 안에는 작은 제단이 있었고, '아사하라 교주'의 사진과 '린포체 예하猊下(아사하라 체포 후 '신교주'로 불린 장남)'의 사진이 장식되어 있었다.

---

* 옴진리교가 개발한 팬 방식 공기청정기. 교단에서는 반대 세력이 독가스를 분무해 옴진리교를 공격한다고 주장했고, 그 공격을 막아내기 위해 교단 '과학기술성'에서 독자적인 공기청정기 개발을 진행했다.

*

　초등학교부터 고등학교까지 줄곧 홋카이도에 살았고 대학도 그곳에서 나왔습니다. 딱히 교사가 될 생각은 없었는데, 어머니가 "넌 선생이나 해야 되지 않겠냐"고 하더군요(웃음). 삼수해서 대학에 들어갔습니다. 일 년 동안은 건강이 안 좋았습니다. 철학적인 갈등도 있어서 몹시 괴로운 시기였는데, 병원에 가보니 혈압이 180이나 되더군요. 그래서 집에서 요양했습니다. 혈압강하제를 먹으면서요. 네, 뭔가에 깊이 골몰해버리는 성격입니다. 주위에도 신경을 쓰고. '철학적인 갈등'이란, 예를 들면 내가 '꼭 그렇게 해야 하는 일'이 있는데, 그럼에도 그것을 할 수 없어 자기혐오에 빠지는 식이에요. 지금 생각해보면 아직 젊어서 융통성이 없었던 것 같습니다.

　전공은 초등교육이었고, 연구실에서는 교육심리학을 공부했습니다. 초등학교를 선택한 이유는 아이들을 좋아했기 때문이기도 합니다. 한편 그와 동시에 제 안에는 저의 힘으로는 도저히 해결할 수 없는 문제가 있었습니다. 내가 과연 어떻게 살아가면 좋을까 하는 부분이었죠. 그래서 그런 생각을 해나가는 데 오히려 아이들에게서 배울 점이 있겠다 생각했습니다. 가르치면서 배운달까요.

　대학을 졸업하고 가나가와 현에 있는 초등학교에서 일자리를 구했습니다. 지방시험은 지바와 가나가와 두 군데에 붙어서 어느 쪽이든 갈 수 있었지만, 그냥 가나가와로 가기로 했죠. 홋카이도를 떠나는 게 딱히 고통스럽진 않았습니다. 이사도 익숙했고, 어디를 가든 친구를 사귈 수 있다고 생각했으니까요. 초등학교는 ○○시에 있었습니다. 시골이죠.

학교에서는 첫 해부터 담임을 맡았습니다. 2학년으로 시작해서 3학년, 5학년, 6학년이었죠. 한 반에 40명인데, 처음에는 정말 힘들었습니다. 그저 정신없이 일에만 매달린 느낌입니다. 맨 처음 생생하게 기억나는 일은, 제가 처음 학교에 가니까 아이들이 젊은 새 담임선생님이 왔다며 모두 달려들어 몸을 잡아당겼던 일입니다. "선생님, 선생님!" 외쳐대면서요. "나 달리기 진짜 잘하니까 좀 보세요"라고 해서 "그래 볼게"라고 했더니, 그대로 쌩하니 달려가 벽에 쾅 부딪쳐서는 빽빽 울어대는 겁니다. 첫날 시작부터 그랬습니다. 당장 양호실로 데려갔죠.

그래도 초등학교에서 가르치는 일은 즐거웠어요. 햇수로 십 년을 교직에 있었는데, 초등학교 5, 6학년을 가르쳤던 때가 저에게는 황금기였습니다. 학부형들과도 꽤 화기애애하게 잘 지냈습니다. 이따금 같이 노래를 부르기도 하고 모여서 과자를 만들어 먹기도 했죠. 교무실에서도 이렇다 하게 안 좋은 일은 없었어요. 하긴 젊다고 여러 가지로 많이 봐줬을지도 모르죠.

결혼 얘기도 몇 번인가 있었습니다. 학부형이 그런 얘기를 하

러 찾아오기도 했고요. 그리고 실제로 사귄 적도 있었습니다. 그
러나 제 마음속에는 늘 '난 언젠가는 출가하겠지' 하는 생각이
있었기 때문에……

— 이미 그런 생각이 있었군요.

네. 아직 옴진리교와 만나기 전이었지만, 출가할 생각은 있었
습니다. 그러나 그 당시 품고 있던 이미지는 60세에 정년퇴직을
하고 은거하듯이 출가하는 온건한 형태의 것이었죠.

대학 시절 초기에는 니체와 키에르케고르에 강하게 심취했었
지만, 차츰 동양적인 사상에 끌렸습니다. 특히 선禪에요. 그래서
다양한 선 관련 책을 읽고, 집에서 혼자 참선을 했습니다. 이른
바 야호선*이었죠. 그렇지만 선이 강조하는 금욕적인 부분에는
조금 납득할 수 없는 점이 있어서 그뒤에 — 시기적으로는 갓 취
직한 무렵이었던 것 같은데 — 진언밀교에 관심을 가지게 되었
습니다. 특히 구카이**에게 흥미가 있었죠. 그래서 고야 산에도
오르고, 여름휴가 때는 시코쿠를 돌아보고, 교토에 가면 도지東
寺를 방문하기도 했습니다.

---

* 野狐禪. 선을 수행하는 자가 아직 깨닫지 못했으면서도 이미 깨달은 체하며 사
람을 속이는 것을 여우에 비유하여 이르는 말.
** 空海. 일본 헤이안 시대의 불교 승려로 진언종을 일으킴.

일본의 불교는 흔히 장례식 불교라고 해서 우습게 여겨지곤 하는데, 반대로 말하면 어쨌거나 오랜 세월 풍파를 견뎌내고 오늘까지 이어져온 셈이죠. 그런 전통을 보아도 틀림없이 진지하게 불교를 실천하는 곳이 있을 거라 생각한 겁니다. 그런 의미에서 저는 신흥종교에는 별로 관심이 가지 않았습니다. 제아무리 그럴듯하게 보여도 고작해야 삼사십 년밖에 안 됐으니까요. 그래서 저는 진언종에서 수행하기로 마음먹었죠.

사 년 동안 초등학교에서 가르쳤는데, 갑자기 중학교로 가줄 수 없겠냐는 부탁이 들어왔습니다. 장소는 같은 시내였고, 초등학교와 운동장 하나를 사이에 둔 바로 건너편 중학교였습니다. 저는 별로 마음이 내키지 않았습니다. 그냥 초등학교에 남고 싶었습니다. 때마침 초등학교 학생 수가 줄고 중학생 수가 늘어난 시기였습니다. 이과 교사 자격증도 있었기 때문에 자격에는 문제가 없었지만, 초등학교와 중학교는 가르치는 방법 자체가 다르죠. 그런 간극 때문에 굉장히 고민했습니다. 게다가 엎친 데 덮친 격으로 제가 졸업시킨 6학년 학생이 그대로 그 중학교 학생이 되어버린 겁니다. 고스란히 다시 제 학생이 되었죠. 그렇다 보니 그 학생들을 대할 때 꽤나 신경을 많이 썼습니다. 제가 초등학교에서 보였던 교사로서의 성격을 그애들이 다 알고 있기 때문에 쉽지 않은 일이었습니다. 아이들은 점점 성장해가는데 저만 제자리걸음이니까요. 중학교 선생이 되더라도 아예 다른 중학교로 옮겨갔다면 그런 문제는 없었겠죠.

중학교로 옮기고 사 년쯤 지난 무렵에 처음으로 옴진리교 책을 접했습니다. 서점에서 〈마하야나〉라는 작은 판형의 잡지를 발견하고 사서 읽었습니다. 아직 초창기였죠. 4호였나, 5호였나. 거기에는 밀교적, 요가적인 부분이 집중적으로 다뤄져 있었는데, 저는 그 부분에 관해서는 별로 아는 게 없었습니다. 아직 나카자와 신이치의 책도 읽어보지 않은 무렵이었으니까요. 그래서 좀더 자세히 알고 싶었습니다.

어느 일요일, 동료 선생님과 함께 신주쿠로 교재를 사러 갔습니다. 돌아오는 길에 오다큐 선을 탔는데, 우연히 고토쿠지 역 근처에 옴진리교의 세타가야 도장이 있었습니다. 마침 시간도 있어서 잠깐 들러볼까 하는 생각이 들었습니다. 마침 조유 씨가 도장에 와서 얘기를 하고 있었습니다. '포아* 집회'라고 불리는 것이었습니다. 사람들의 정신성을 높여간다는 의미죠.

거기서 얘기를 들어보니 역시 대단하다 싶은 면이 있었습니다. 여하튼 명쾌했어요. 비유 방식도 그렇고. 특히 젊은 사람들에게 강하게 어필하는 부분이 있었습니다. 설법이 끝난 후에 질

---

* Phowa, 본래는 '죽음에 임해서 그 영혼이 높은 세계로 옮겨가는 것'을 의미하는 티베트 불교 용어이나, 옴진리교에서는 영혼을 높은 세계로 전생시키기 위해서라면 적극적으로 그 생명을 빼앗아도 된다는 '살인 정당화 교의'를 의미함.

문을 받았는데, 그에 대한 답변이 실로 적확했습니다. 상대에게 딱 맞는 대답을 들려주더군요.

그로부터 한 달쯤 지나 입신했습니다. 입신했을 때는 솔직히 삼 개월이나 육 개월쯤 지켜보자, 확인해보자 하는 마음이었죠. 입회비도 고작해야 2, 3천 엔이었고, 연회비도 1만 엔 정도였으니까요. 싼 편이죠. 입신하면 정기 간행물도 받고 설법회에도 나갈 수 있습니다. 설법회는 일반인 대상, 재가신자 대상, 출가신자 대상으로 나뉘어 있습니다. 처음에는 한 달에 한두 번 도장에 나가는 정도였습니다.

입신했을 때는 특별히 심각한 개인적인 문제는 없었습니다. 다만 아무리 좋은 상태일 때도 왠지 몸속에 커다란 바람구멍이 뚫려 있다고 할까, 마음속이 늘 휑하니 허전하고 바람이 휘휘 불었습니다. 늘 뭔가가 부족했죠. 외부에서 지극히 평범한 시선으로 볼 때는 문제 같은 건 하나도 없었습니다. 그래서 출가했을 때도 주변 사람들이 하나같이 그렇게 말했습니다. 도대체 뭐가 문제냐. 아무 문제도 없지 않느냐고.

─누구의 인생이나 몹시 힘들거나 슬프거나 침울한 일은 있다고 생각합니다. 존재를 뿌리째 뒤흔드는 듯한…… 당신은 그런 경험은 전혀 없었나요?

딱히 강렬한 경험은 없었습니다. 글쎄…… 생각이 안 나네요.

여름에는 2박3일 일정으로 갓 세워진 후지 총본부로 갔습니다. 그렇지만 도장을 열심히 다니게 된 것은 그해(1989년) 가을부터입니다. 매주 토요일 밤에 도장에 가서 일요일에 집으로 돌아오는 생활을 계속했습니다. 평일에는 집에서 혼자 수행했죠. 특히 샥티파트*를 받게 되면서부터는 어느 정도 몸을 단련해둘 필요가 있었습니다. 에너지 이입은 예민하고 까다로운 작업이기 때문에, 그것에 대비해 수행에 집중해야 했습니다. 아사나(요가)를 하고 호흡법을 하고 간단한 명상을 하고, 대체로 세 시간 코스인데 그런 것을 20단위 정도 따야 합니다. 그래서 그런 것들을 계속하다보니 역시 나 자신이 점점 변해가는 걸 느낄 수 있었습니다. 여러 가지 것들에 대한 사고방식도 긍정적으로 바뀌었고, 적극적으로 변했습니다. 확실히 변해갔죠.

도장 사람들은 모두 성실했어요. 착실한 사람이 많았습니다. 사師도, 지도하는 사람도 성실했고 느낌이 굉장히 좋았습니다. 다만 외부에 대한 대응이라는 면에서 말하자면, 뭐랄까, 좀더 잘 대처했으면 좋겠다 싶은 점은 있었죠. 하긴 그런 면은 지금도 있지만요. 왜, 학생이 갓 취직했을 때 보면 어딘가 융통성 없이 꽉

---

* Shaktipat, 힌두교의 영성 전통에서 '영력의 원형을 부여한다' 또는 '제자를 일깨운다'는 의미를 가진 산스크리트어.

막힌 면이 있잖아요. 사회 경험이 없으면 그런 게 아예 없을 수 없죠. 그와 마찬가지로 세상물정 모르는 학생이 그대로 들어온 것 같은 (미숙하고 경직된) 인상이 강했습니다.

저는 출가하기 위해 학교를 그만두려 했습니다. 그래서 교장 선생님을 만나 3월쯤 적당한 시기에 그만두고 싶다고 말했습니다. 옴진리교의 고제高弟라 불리는 사람과도 상담했습니다. 그런데 "그렇게 급하게 결론 내릴 필요는 없다. 일 년 더 일을 해보고, 어느 정도 책임을 진 후에 출가해도 좋지 않겠느냐"는 말을 들었습니다. 저도 나름 속으로 많이 고민했지만, 그렇게 말한다면 그대로 일 년 더 열심히 생활해보자 결심했습니다.

그런데 수행을 해나갈수록 애스트럴astral에 빠져든다고 할까, 잠재의식이 자꾸 튀어나와서 현실감이 점점 희박해졌습니다. 본래 그런 상태일 때는 현세에서 격리되어 있어야 합니다. 그 시기가 여름방학쯤이었으면 다행이었겠지만, 그게 우연히 휴가 전에 일어나버린 겁니다. 6월 하순쯤이었을까요. 극단적인 예를 들자면, 저는 이과를 가르치는데, 실험할 때 약품을 넣었는지 안 넣었는지조차 헷갈리곤 했습니다. 현실감이 사라지기 시작했으니까요. 기억이 애매해져서 내가 한 일이 꿈인지 현실인지도 판단할 수 없게 되었습니다.

저쪽으로 가버린 의식이 이쪽으로 돌아와야 하는데 영 돌아오질 않는 겁니다. 그것은 경전에도 씌어 있는 내용인데, 일정한 수행 단계에 이르면 그런 분열적인 상황이 얼굴을 내밀게 됩니다. 제가 그런 단계에 와 있는 거였습니다. 그렇게 되면 자기 안에 스스로 의지할 수 있는 확실한 뭔가가 사라져버리죠. 제 경우는 아직 '내가 놓여 있는 상황은 이렇다'는 자각이 있었으니 다행이지만, 자칫하면 그대로 분열증에 빠질 수도 있었습니다. 그러다보니 점점 무서워졌습니다. 그런 분열된 상태를 말끔하게 고쳐야 하지만, 그렇다고 정신과의사를 찾아가봐야 소용이 없죠. 수행으로 해결하는 방법뿐이니까요. 그렇게 되자 아무래도 출가할 수밖에 없었습니다. 내 안에 의지할 것이 사라졌으니 교단에 몸을 의지하는 수밖에 없었습니다. 게다가 저야 원래부터 언젠가는 출가할 마음이 있었던 사람이니까요.

교장 선생님을 다시 한번 만나서 아무래도 그만둬야겠다고 말했습니다. 교사가 학기 도중에 일을 그만두는 것은 대단히 심각한 상황입니다. 교장 선생님은 제 처지와 마음을 배려해서 일단은 여름방학이 끝날 때까지 병결 처리를 해주겠다고 하셨지만, 일단 출가해버리면 나 편할 대로 왔다갔다할 수는 없습니다. 그래서 꽤 강경하게 뿌리치듯이 학교를 그만두었습니다. 인사도 하지 않았습니다. 그런 부분에서는 여러 가지로 폐를 많이 끼쳤지요. '무책임한 놈'이라는 욕을 들어도 어쩔 수 없는 일이죠.

출가한 것은 7월 7일이었습니다. 학교 근무는 7월 말까지 했습니다. 출가할 때는 부모님에게도 연락했죠. 곧바로 찾아오셨습니다. 6월 말에 저는 이미 병가를 내고 집에 있었습니다. 부모님은 몹시 화를 냈습니다. 저는 온 힘을 다해 설득하려 했지만 힘들었습니다. 아무리 얘기를 해도 통하지 않았어요. 부모님은 제가 불교에 관심을 가지고 연구하는 것은 알고 있었습니다. 그러나 옴진리교를 불교로 보진 않았죠. 저는 그렇게 보여도 근본은 틀림없는 불교라고 설명했지만, 하긴 외면상으로는 그렇게 생각해도 어쩔 수 없는 부분이 있긴 하죠.

당장 홋카이도로 돌아오라고 하더군요. 홋카이도로 돌아갈지 '그쪽'으로 갈지 지금 당장 이 자리에서 선택하라고요. 젊을 때는 뭘 하든 처음부터 다시 시작할 수 있지만, 서른이 넘으면 다시 시작하고 싶어도 갈 곳이 없다고. 저도 그런 고민은 했습니다. 그렇지만 홋카이도 집으로 돌아가도 전과 같은 생활이 그대로 이어질 뿐입니다. 아무런 해결이 안 되죠. 저는 이런 (정신적으로 위험한) 상태에서는 역시 불교의 길을 가는 수밖에 없다고 생각했습니다. 그래서 바로 출가했어요. 그렇지만 그때는 나름대로 굉장히 많이 고민했습니다.

그리고 친하게 지내던 동료 교사 하나가 있었는데, 그 친구가 매일 우리집으로 맥주를 사들고 와서 "너, 절대 가면 안 돼"라며 울며 설득했습니다. 그렇지만 제가 하려던 일은 어릴 때부터 줄곧 원했던 것이었습니다. 그래서 "미안하지만, 이것만은 막지 말아줘"라고 말할 수밖에 없었죠.

출가하고 곧바로 아소 군의 나미노손으로 갔습니다. 그곳에서 토목공사를 했습니다. 그때는 막 교단시설의 지붕 정도가 만들어졌을 무렵이었어요. 일은 힘들었지만, 그것 나름으로 재미있었어요. 주어진 일이 지금까지 한 번도 해본 적 없는 낯선 분야라서, 뇌의 전혀 다른 부분을 활용한다는 느낌이 신선했습니다. 그러고 나서 후지로 돌아갔고, 거기서 여러 가지 작업을 거친 후에 제2 사티암을 만들러 가미쿠이시키무라로 갔습니다. 철근반이라는 데 소속되어 전직 철근공이었다는 사람 밑에서 작업했습니다.

출가하고 얼마 지나지 않은 시기에는, '공덕을 쌓는다'고 표현하는데, 주로 그런 봉사 작업을 합니다. 수행도 조금은 합니다만 거의 대부분은 작업입니다. 그래도 교사 때와는 달리 대인관계 같은 것도 전혀 생각할 필요가 없었고, 책임 같은 것도 없었습니다. 평범한 회사의 신입사원처럼 제일 밑에서 위에서 시키는 일만 하나하나 해나가면 끝이죠. 정신적으로는 아주 편했습니다.

그렇긴 해도, 부모님 얘기처럼 서른이 넘어서 세상의 현실 가치관에서 떨어져나온 것에 대한 불안이 전혀 없었던 건 아닙니다. 일이 잘못되면 어떡하나 싶었죠. 그러나 그렇기 때문에 더더욱, 이제는 평생 수행을 해나갈 수밖에 없다, 이제 와서 되돌릴 순 없다는 마음이 강해졌습니다. 응석은 통하지 않죠. 이미 출가한 이상 소중한 뭔가를 확실하게 붙잡지도 못하고 그만두면 비참해질 뿐이니까요.

그 이듬해(1991년) 9월에는 다시 아소로 갔습니다. 그때는 '어린이반'에 들어가서 가족 단위로 출가한 아이들을 가르치는 일을 맡았습니다. 아이들은 총 70명인가 80명쯤이었죠. 저는 이과를 전문으로 가르쳤습니다. 그밖에도 국어나 영어를 전문으로 가르치는 사람도 있었습니다. 대체로 전직 교사나 자격증을 가진 사람들이었죠. 교과 과정을 짜서 진짜 학교에 가까운 형태로 진행했습니다. 기쿠치 나오코 씨도 교육반에서 음악을 가르쳤습니다. 그 사람은 교육대학을 나왔으니까요.

—거기에서 종교적인 교육도 많이 시켰나요?

국어시간에는 교재를 경전 중심으로 쓰기도 했습니다. 그렇지만 이과는 교의와는 거의 관계가 없습니다. 이과에서는 옴진리교 형식 같은 수업 방식을 취하면 약간 문제가 있어서 "어떻게 할까요?"라고 교주(아사하라)에게 물어봤습니다. 그랬더니 "이과 자체가 곧 현세이니 어떻게 가르치든 상관없네"라고 대답하더군요. 정말로 그래도 되냐고 되묻긴 했지만요(웃음). 그래서 꽤 편했습니다. 텔레비전 프로그램을 녹화해서 교재로 활용하기도 했습니다. 그리고 제가 예전에 가르쳤던 내용을 그대로 사용하기도 하고, 저 나름의 교과 과정을 짜서 수업했습니다. 그일은 재미있었죠. 도중에 아소에서 가미쿠로 장소가 바뀌었습니다. 아이들은 이쪽저쪽으로 옮겨다녔죠. 교주의 자녀도 가르쳤기 때문에 이따금 "재미있게 공부하는 것 같더군" 하는 말을 (아사하라에게) 듣기도 했습니다. 그렇지만 아이들을 가르친 것은 대략 일 년 정도고, 그후에는 수행에 들어갔습니다.

존사는, 종교적인 영역에 한정한다면 분명 굉장한 힘을 가진 사람이었습니다. 그 생각은 역시 절대적입니다. 상대를 보고 그 사람에게 맞게 설법하는 것도 뛰어났고, 에너지도 매우 강했습니다. 저는 한참 후에야 방위청이라는 곳으로 옮겨갔고, 그곳에서 코스모클리너라는 공기청정기 설치와 유지보수 일을 맡았습니다. 그래서 일 관계로 일주일에 두 번 정도 정기적으로 존사의 자택을 방문했습니다. 존사 자동차의 클리너 유지보수도 제 담당이었습니다. 그럴 때 직접 얘기를 들을 기회가 있었는데, 여러 가지 조언을 들었습니다. 그 말을 듣고 있으면, 이 사람은 정말로 나를 위해, 나의 성장을 위해 진심으로 마음을 써주는구나 하는 게 절절히 느껴지죠. 그런 모습과 지금 공판에서 보이는 여러 모습을 비교해보면 엄청난 차이가 있습니다.

재판 증언에서 "존사의 명령에는 절대복종했다"는 말이 자주 나왔죠. 그런데 제 개인적인 경우를 말씀드리면, 어떻게 하라는 명령을 받아도 뭔가 납득이 가지 않으면 "그렇지만 이건 이렇지 않습니까?"라고 의문을 제기했고, 그러면 "알았네, 그럼 그렇게 하지"라고 변경한 적이 몇 번이나 있었습니다. 의견을 말하면 이쪽이 충분히 납득할 수 있게 변경해주었습니다. 그래서 제 경험상으로는 그 사람에게 강압적인 분위기는 별로 없었어요.

—명령의 종류나 명령하는 상대에 따라 다른 얼굴을 보였을지도 모르겠군요.

그건 알 수 없습니다. 영화 〈라쇼몽〉처럼, 각자 자기가 가진 존사의 이미지가 달랐다는 거겠죠.

—데라하타 씨에게 존사 아사하라는 어떤 존재였습니까? 한마디로 구루니 멘토니 해도, 신자 개개인이 가진 이미지는 조금씩 달랐겠죠.

저에게 존사는 정신적인 지도자였습니다. 예언 같은 의미에서가 아니라, 불교적인 가르침의 면에서 말하자면, 저의 의문을 최종적으로 풀어줄 사람이었습니다. 해석해준다는 뜻이죠. 불교라는 것은 제아무리 원전을 읽는다 한들 어디까지나 글자에 불과합니다. 혼자서 아무리 꼼꼼히 원전을 독파해도, 야호선까지는 아니더라도 자기 멋대로 왜곡된 해석을 하게 됩니다. 그럴 게 아니라 올바른 수행을 통해 한 단계씩 정확하게 이해를 발전시켜나가야 합니다. 한 단계 올라가면 멈춰 서서 여러 가지를 재검증하고, 아, 나는 이 정도 걸어왔구나, 하고 확인해야 합니다. 그런 과정의 반복이죠. 그리고 그것을 계속해가기 위해서는 올바른 방향으로 수행을 이끌어줄 스승이 필요합니다. 수학 공부나 마찬가지죠. 어느 수준에 도달할 때까지는 선생님이 하는 말을 믿고 따라갈 수밖에 없습니다. 일단 이 공식을 익히고, 다음에는 이런 수식의 사용법을 익혀나가는 식이죠.

— 그렇지만 그 중간 단계에서 '이 선생님이 정말로 제대로 가르치는 걸까?' 하는 의문이 솟구치기도 하죠. 예를 들면 아마겟돈이라거나 프리메이슨 같은 얘기를, 데라하타 씨는 납득했습니까?

프리메이슨은 부분적으로 있다고 생각해요. 저도 물론 프리메이슨 운운하는 얘기를 그대로 다 받아들이는 건 아닙니다. 그렇지만 좀더 넓은 의미에서의 상황을 프리메이슨이라는 말로 정의하는구나 하는 생각은 듭니다. 정신을 황폐시키는 물질주의 같은 것들을요.

―도중에 옴진리교 교단은 체질이 변하기 시작했죠. 폭력적인 부분이 농후하게 드러났습니다. 총을 제조하거나, 독가스를 개발하거나, 집단폭행을 저지르거나. 그런 전환에 관해 뭔가 기미를 느꼈습니까?

자각하진 못했어요. 그런 일이 있었다는 것도 나중에야 알았고, 그 안에 있을 때는 전혀 몰랐습니다. 다만 안에 있을 때 외압이 매우 강해졌다는 건 느꼈습니다. 컨디션이 나빠지거나 건강을 해친 사람도 늘어났습니다. 이런 말을 하긴 뭣하지만, 스파이 같은 사람도 속속 들어왔고요.

―실제로 누가 스파이인지 알았나요?

그건 모릅니다. 그렇지만 공안이 바짝 붙어 감시하고 있었으니 당연히 스파이도 꽤 들어왔을 겁니다. 증명할 순 없지만요.

지하철 사린사건도 세간에서는 처음부터 끝까지 전부 옴진리교가 저질렀다고 믿고 있지만, 과연 그럴까요. 분명 범행의 주체는 옴진리교였을지도 모르지만, 그밖에도 많은 사람들, 여러 단체가 이런저런 부분에서 관련되어 있는 것으로 보입니다. 그렇지만 그런 사실을 명백하게 밝히면 문제가 커지니까 이 정도로 덮어두자는 의지가 작동하고 있는 것 같습니다. 물론 그걸 증명하긴 어렵겠지만.

—어렵겠죠. 그럼 교단생활로 화제를 돌려보죠. 교단생활은 별 문제 없었습니까?

아뇨, 역시 나름대로 갈등은 있었습니다. 맨 처음 아소에서의 시기에도 왜 이렇게 낭비투성이인 일이 많을까 어이없어했던 일도 있었죠. 힘들게 갓 완성한 건물을 곧바로 무너뜨리기도 했으니까요. 만들긴 했는데 용도가 안 맞는다면서 와르르 무너뜨리는 겁니다. 무슨 학교 축제 같다는 생각이 들었습니다. 축제 모델 같은 걸 다같이 열심히 만들지만, 끝나고 나면 가차 없이 망가뜨려버리잖습니까. 그거나 마찬가지죠. 학교 행사 중에서 축제가 돈이 제일 많이 듭니다. 그런데도 굳이 하는 이유는 모두가 힘을 모아 만들어가는 과정에서 다양한 요소를 배울 수 있기 때문입니다. 인간관계를 맺는 방법이나 각각의 기술이나, 그런 눈에 보이지 않는 요소들입니다. 그렇기 때문에 열심히 만들었다 망가뜨리죠. 수행이란 어떤 의미에서는 그런 것이기도 합니다. 그런 공동작업 속에서 자기 자신의 심리 상태가 나타나는 거죠.

—어쩌면 단순히 계획을 엉터리로 세워서였는지도 모르죠.

그럴지도 모르죠(웃음). 그렇지만 그래도 어쩔 수 없어요. 그건 그것대로 받아들일 수밖에. 기업들도 많든 적든 모두 그렇지 않습니까.

─그렇지만 댐을 만들었다 곧바로 허물어버리는 기업은 없죠.

물론, 그렇게까지 하진 않겠죠.

─그런 어설프고 황당한 상황에 불평이나 불만을 제기하는 사람은 없었습니까?

있었죠. 말하는 사람도 있고, 말 안 하는 사람도 있고, 사람 나름입니다.

한동안 과학반에 들어가서 무라이 씨 밑에서 일한 적이 있었습니다. 그때는 북을 만든다고 돼지가죽 무두질하는 방법을 연구했습니다. 온갖 일을 했죠(웃음). 그래서 가죽 무두질 연구소에 배우러 가기도 하고, 나무는 어떤 걸 쓰면 좋은지 조사하러 다니기도 했어요. 뭐든지 아예 기초부터 시작하는 겁니다. 북에 적합한 나무를 어디서 구해야 하는지도 전혀 모릅니다. 뭐 그냥 대충대충이긴 했지만요. 그리고 또, 아까도 말했던 코스모클리너 개발 일도 했습니다. 말하자면 거대한 공기청정기입니다.

그래서 코스모클리너 일과 관련해서 갓 설립된 '방위청'으로 이동했습니다. 1994년이었습니다. 명칭이 대단하죠(웃음). 토목에서 과학, 그리고 방위청. 저는 놀이라는 생각으로 일했어요. 기본적으로는 초등학교 반 나누기나 마찬가지죠. 함께 역할을 정하고, '총리대신'이 되는 아이도 있고요. 설마 하니 진짜 국가를 만들자는 생각은 전혀 없었어요.

제가 하는 일은 코스모클리너의 유지보수였습니다. 외부에 설치할 거대한 코스모클리너를 총 60개 정도 만들었습니다. 그 후에 클리너는 실내용 코스모, 활성탄 코스모로 진화해갔습니다. 그것들을 전부 저희가 관리했던 거죠. 솔직히 말해 만드는 것보다 관리하기가 더 힘듭니다. 문제도 많았으니까요. 물이 샌다거나, 모터가 안 돌아간다거나.

—사린 공장이 있었던 제7사티암에도 코스모클리너가 설치되어 있었죠?

저는 거긴 못 들어갔어요. 혹시 들어갔다면 분명 지금 여기엔 없겠죠.

1995년 3월 20일, 지하철 사린사건 당일 저는 제2 가미쿠에 닥칠 예정이었던 강제수사에 대비해 대기하고 있었습니다. 경찰의 강제수사가 있으리라는 것은 그때 이미 알고 있었으니까요.

매스컴에서도 몇 명인가 왔었을 겁니다. 그런데 오전 9시에도 아직 수사가 시작되지 않아서, 아, 오늘은 안 하는구나 생각하고 일하러 돌아갔습니다. 그런데 라디오를 켜니까 도쿄 쪽에서 지하철 이변이 일어났다는 소식이 나왔습니다. 물론 원래는 라디오를 들으면 안 되지만, 저도 모르게 켜버렸죠(웃음). 그래서 옆에 있던 동료랑 "이런 일도 옴진리교 탓으로 돌리는 거 아냐"라는 얘기를 나눴죠. 강제수사반이 우르르 밀어닥친 것은 이틀 후였습니다.

—데라하타 씨는 옴진리교 교단의 일부가 지하철 사린사건을 일으켰다는 것을 지금은 인정합니까?

인정합니다. 아까도 말했듯이 여전히 납득이 안 가는 부분이 몇 가지 있지만, 당사자들이 그렇게 자백하고 공판을 받은 이상, 그 말이 맞겠죠.

—아사하라의 책임에 관해서는 어떻게 생각합니까?

혹시 책임이 있다면 법률로 심판받아야 하겠죠. 다만 아까도 말했듯이 제 안에 있는 (아사하라에 관한) 부분과 (재판장에 있는 현재 아사하라의) 괴리가 너무나 커서…… 구루와 종교가로서는 (아사하라에게) 역시 엄청난 무언가가 있었고, 그래서 지금은 그저 상황을 지켜볼 수밖에……

옴진리교에 들어온 후에 제가 얻은 긍정적인 부분도 상당히 큽니다. 그러나 그건 그거고 나쁜 점은 나쁜 점이라고 확실하게 경계를 지어야겠죠. 저는 지금 그러고 있습니다. 제 안에서. 앞으로 과연 어떻게 될지는 솔직히 말해 잘 모르겠습니다. 저 자신이 어떻게 될지도.

일반인들은 불교와 옴진리교가 전혀 다르다는 인상을 가지고 계실 겁니다. 단순히 '마인드컨트롤'이라는 말로 치부한다면, 저는 적어도 그렇게 단순하진 않다고 말하고 싶습니다. 제가 20대에서 30대까지, 과장되게 말하면 '실존'을 걸고 추구해온 것이니까요.

―티베트 밀교 수행은 구루와 제자의 일대일 관계, 절대귀의를 통해 진행된다고 하더군요. 그런데 예를 들면 이럴 땐 어떨까요. 처음에는 훌륭한 스승이었던 사람이 도중에 어떤 이유로 이상해지는 경우, 컴퓨터로 말하면 바이러스에 감염되어 기능이 이상해지는 경우, 그것을 점검하는 제3자적 시스템은 없는 거죠.

그건 알 수 없습니다.

─그렇다면 거기에는 본래 위험성이 내재되어 있는 거군요. 절대 귀의니까요. 이번 사건에는 데라하타 씨가 관련되지 않아서 다행이지만, 논리적으로 따지면, 구루가 "수행을 위해 포아하라"라고 하면, 하지 않을 수 없다는 얘기가 되겠군요.

그건 어찌 보면 모든 종교에 해당하는 부분이 아닐까요. 그렇지만 설령 하라고 시켰어도 저는 할 수 없었을 겁니다. 음, 그 정도 귀의는 아니었다고 해야 할까요(웃음). 나의 모든 것을 건 것은 아니다. 반대로 말하면 저에게는 그런 나약함이 있었다고 할 수 있겠죠. 그리고 저는 그 무엇에도 치우치지 않고, 납득이 안 가면 실행하지 않는 성격입니다. 상식적이라고 표현할 수 있을까요.

─그럼 납득이 갔다면, 어쩌면 실행했을지도 모르겠군요. "데라하타, 지금 상황은 이렇다. 그러니 지금 포아해야 해"라고 제대로 설득시켰다면 어떨까요?

아, 그건 잘 모르겠네요. 과연 어땠을지. 음, 역시 어렵군요.

─제가 알고 싶은 것은 옴진리교라는 종교 교의 안에서 '자기'라는 개념이 어떻게 자리잡고 있는가 하는 겁니다. 수행중에 과연 어디

까지 구루를 의지하고 어디까지 개인이 관리하는가. 얘기를 들어봐도 그 부분이 영 보이질 않습니다.

자기라는 것이 그 무엇에도 간섭받지 않고 독자적으로 성립한다는 건 실제로도 불가능한 일이죠. 다양한 환경의 영향하에 있기 때문입니다. 혹은 경험이나 특정한 사고 패턴의 영향하에 있죠. 그렇다면 어디까지가 순수한 자기인지 알 수 없게 됩니다. 불교에서 자신을 자각한다는 것은, 사실은 자기가 진정한 자기가 아니라는 것을 자각하는 데서부터 시작됩니다. 이른바 '마인드컨트롤'에서 가장 멀리 있는 게 실은 불교인 셈이죠. 소크라테스의 '무지의 지'에 가까울지도 모르겠군요.

─자기라는 존재는 표층적인 부분과 그 깊은 곳에 자리한 무의식적인 존재, 블랙박스 같은 부분으로 나뉜다고 해도 좋다고 봅니다. 그리고 어떤 유형의 사람들은 그 블랙박스를 여는 것을 진리 탐구를 위한 하나의 사명으로 삼죠. 당신이 말하는 애스트럴 같은 것에 가까울지도 모르겠습니다만.

그래서 그걸 알기 위한 수단으로 명상 수행이라는 게 있고, 그걸 통해 자기 안의 가장 깊은 부분으로 다가가는 거죠. 불교적 관점에서 말하자면, 잠재의식 깊은 곳에는 개인의 본질적인 왜

곡 같은 게 있습니다. 그것을 고쳐나가는 겁니다.

　─저는 인간이란 블랙박스를 여는 작업과 그것을 그대로 억누르는 두 가지 작업을 동시에 행해야 하며, 그러지 않으면 여러 국면에서 위험해진다고 생각합니다. 그런데 실행범들의 발언을 들으며 그게 이뤄지지 않았다는 느낌을 받았습니다. 다시 말해 해석과 직감의 공존이 없어요. 좀더 깊이 얘기하자면, 해석만 하고 직감은 잠정적으로 누군가에게 맡겨버리는 겁니다. 사물을 보는 관점이 굉장히 고정되어 있어요. 그렇기 때문에 다이너미즘을 지닌 아사하라가 이렇게 하라고 명령하면 노라고 대답하지 못하는 게 아닐까요.

　그 부분은 저도 어떻게 판단해야 할지 잘 모르겠습니다. 그렇지만 아무튼 무슨 말씀인지는 알겠습니다. 다시 말해 지혜 부분과 지식 부분이겠죠.

　그렇지만 말입니다, 이 사건과는 아무런 관계 없이 성실하고 진지하게 자기 마음의 성장이나 해탈을 목표로 노력하는 사람들이 한편에는 있다는 겁니다. 물론 교단에서 나쁜 일을 했으니 어쩔 수 없다면 어쩔 수 없긴 하지만, 그래도 실제로는 아무런 잘못도 없는 사람들이 문제 삼을 필요도 없는 가벼운 죄로 체포당하고 여러 가지 피해를 입고 있어요. 예를 들면 제가 잠깐만 밖에 나다녀도 경찰이 미행을 합니다. 취직하려 해도 온갖 방해를 하죠. 교단 시설에서 나온 사람들은 살 곳조차 구할 수 없습니다. 매스컴은 멋대로 일방적으로 떠들어댑니다. 그런 일을 경험하다보면 세상을 점점 더 신용할 수 없게 되죠.

교의를 버리면 받아주겠다고 하지만, 출가하는 사람들은 순수한 동기를 갖고 있고, 어떤 의미에서는 정신적으로 나약한 부분이 있습니다. 그냥 재가신자로 평범하게 일하면서 수행하고 자기를 높여갈 수 있다면 더할 나위 없겠죠. 그러나 그럴 수가 없기 때문에 출가라는 일시적인 격리 상태를 선택하게 되는 겁니다. 그런 사람들은 현세적인 굴레와 같은 문제에 관해서는 아무래도 저항감이 있어요.

우리 체제도 꽤 많이 변했습니다. 기본적인 부분부터 변했죠. 하긴 바깥사람들 눈으로 보면 아무것도 안 변한 것처럼 보일지도 모르지만, 내부적으로는 꽤 많이 변혁하고 있습니다. 일단 요가 단계부터 시작했던 초기의 형태로 돌아가려는 겁니다. 개조開祖의 자식을 그대로 교주로 앉히는 괘씸한 처사는 뭐냐, 반성은 무슨 반성을 했느냐고 따질지도 모르지만.

─괘씸하다고 생각하는 건 아니지만, 공식적인 형태로 자신들이 저지른 일을 총괄도 반성도 사죄도 하지 않고 그대로 어영부영 활동을 계속한다면, 세상 사람 누구도 납득하지 않을 것 같군요. "그건 다른 사람들이 한 일이다. 교의는 기본적으로는 잘못되지 않았다. 우리

도 피해자다"라고 말하고 넘길 만큼 단순한 일은 아니라고 봅니다. 교단의 체질이든 교의 성립 과정에서든 이미 위험인자가 내포되어 있었을 겁니다. 교단은 그것을 총괄해서 세상에 발표할 의무가 있다고 저는 생각합니다. 그러고 나서 자신들이 생각하는 종교 활동을 계속해야 하지 않을까요.

조금씩, 전부는 아니지만, 그것을 중간보고 형식으로 발표할 계획은 있습니다. 완벽한 총괄까지는 좀처럼 이르지 못하지만요. 그런데 그것을 발표해줄 만한 매스컴이 없습니다. 우리도 잘못된 점이 있으면 계속 배워나가고 싶습니다. 그런데 일본 불교계에서는 가타부타 말이 없고, 아예 상종조차 안 합니다.

—그건 당신들 쪽에서 당신들의 언어와 문법으로만 얘기하려 하기 때문이 아닐까요. 평범한 언어와 평범한 논리로 평범한 사람들에게 말할 수 없다면 이루어지기 힘들겠죠. 내려다보는 위치에서만 말하려 하니까 아무도 듣지 않는 겁니다.

음, 어렵군요. 평범한 말로 얘기하면 어떻게 될까요(웃음). 그렇지만 말이죠, 어쨌거나 매스컴에 그렇게 일방적으로 당하고 나면 이젠 아무것도 신용할 수 없달까, 혐오감이 앞서버립니다. 무슨 말을 해도 매스컴에 나올 때는 전혀 다른 문장이 되어버립니다. 이쪽의 본래 의도를 전해주는 미디어는 하나도 없어요. 이렇게 진지하게 얘기를 들어주는 취재는 전혀 없었습니다. 그런 상황에서는 성의를 가지고 말하려 해도 솔직히 어렵습니다. 하긴 우리의 노력이 부족하다는 말도 일리는 있겠지만요.

다만 어디까지 파고들 수 있느냐 한다면, 역시 가장 중요한 아사하라 교주 자신의 진의는 거의 거론되지 않았다고 생각합니다. 이 사건은 결국 모두 거기로 귀결된다고 보여요. 그런 상황 속에서도 할 수 있는 일들은 열심히 해나갈 생각입니다만, 사건의 전체적 통찰을 세상 사람들이 이해할 수 있게 설명하는 것은 실제로는 상당히 어렵습니다.

저는 이렇게 교단에 남아 있습니다만, 이해해주셨으면 하는 점은, 나간 사람들이 '교단이 백 퍼센트 나쁘다'고 생각하는 것도 아니고, 남아 있는 사람이 '교단이 백 퍼센트 옳다'고 생각하는 것도 아니라는 점입니다. 그 어느 쪽도 아닌 '50 대 50'의 흔들림 때문에 탈퇴하거나 혹은 남는 사람들도 많다고 봅니다. 그렇기 때문에 매스컴이 묘사하듯이 남아 있는 신자들이 모두 확고한 신념을 가진 맹렬 신자는 아닙니다. 오히려 아사하라교 사람들은 거의 다 나갔어요.

망설이면서 교단을 탈퇴한 사람이 내일 돌아올지도 모르고, 망설이면서 남아 있던 사람이 내일 나갈지도 모릅니다. 모두 여러 가지로 깊이 고민하고 있어요. 나간 사람이 개인적으로 상담을 요청해서 얘기를 나눈 적도 있습니다. 저도 지금은 조금 여유를 찾았지만, 한때는 오로지 어떻게 하면 사회로 복귀할 수 있을까 하는 생각만 했던 적도 있습니다.

지금은 과외 아르바이트로 생활하고 있습니다. 여기 있는 구성원들과 서로 도와가며 공동생활을 하죠. 같이 사는 동료는 지금 토목 관련 아르바이트를 하러 나갔습니다. 무라카미 씨를 만나고 싶어했는데, 일 때문에 나갔습니다(웃음). 모두 프리터처럼 일하고 있습니다. 옆방에 사는 사람은 트럭 운전을 합니다. 꽤 오래전부터요. 옴진리교 신자라고 했다간 절대 일자리를 못 구하니까, 직장에는 물론 비밀이죠.

이 집 임대료는 한 달에 4만2천 엔입니다. 샤워기는 있지만, 욕조는 없어요. 임대료 외에는 거의 돈이 들지 않습니다. 텔레비전도 안 봅니다. 식사는 지급받습니다. 기호품 같은 건 일절 사지 않습니다. 그밖에는 전기료와 난방비가 조금 드는 정도죠. 그래서 둘이서 한 달에 6만 엔 정도로 생활하고 있어요. 요즘은 학생들도 한 달에 10만 엔 정도는 쓰지 않나요. 우리는 모두 그 정도로 빠듯하게 생활하고 있습니다.

매스컴은 옴진리교가 활발한 경제활동을 하는 것처럼 말하지만, 그렇지 않습니다. 물론 '주식회사 알레프'라는 옴진리교 관련 회사는 계속 운영하고 있지만, 경찰이 간섭하는 탓에 경영이 좋은 상황은 아닙니다. 출가신자 중에는 밖에 나가 일할 수 없는 노인도 있고 병자도 있습니다. 우리는 그들도 보살펴야 합니다. 그런 사람들이 먹고살 돈을 벌고, 모두 같이 지켜나가야 합니다. 그렇기 때문에 솔직히 말해 경제적 여유 같은 건 있을 수 없죠.

 —데라하타 씨가 가르친 옴진리교 아이들은 지금 어떻게 되었나요?

 일단은 모두 (세간으로) 돌아가서 일반 학교에서 공부하고 있어요. 아이들을 부양하려면 아르바이트 정도로는 부족하기 때문에 부모들은 모두 출가를 포기하고 정식 직업을 찾았습니다. 직장 구하기가 만만치 않았겠지만요.

 아이들이 어떻게 되었는지, 저도 자세한 사정은 잘 모릅니다. 부모와 강제로 떨어져서 어딘가로 가버린 예도 많기 때문에 그런 충격이 트라우마처럼 남아 있는 아이도 있을지 모르죠. 아직도 강제로 떨어져 지내는 아이도 있고요. 그렇지만 아이들은 원래 터프하다고 할까, 모두 고집이 세서 안에서 가르칠 때도 힘들었으니 꽤 잘해나가고 있을지도 모르죠(웃음). 왜들 그렇게 터프한지, 원. 정말 모를 일이에요. 아무튼 바깥 아이들과는 달리 굉장히 에너지가 넘쳐서 마치 옛날 개구쟁이들을 보는 느낌이었죠. 도통 말을 안 들어요. 다루기 벅차서 정말 힘들었어요.

우리의 지도방침 자체가 체벌 같은 폭력적인 수단은 거의 사용하지 않습니다. 차분히 얘기를 나누면서 이론적으로 상대를 설득해가는 게 우리의 기본 방침이죠. 우리는 출가자이기 때문에 출가자의 계戒를 제대로 안 지키면 설득도 먹혀들지 않습니다. 예를 들면 자기는 담배를 피우면서 상대에게 담배를 피우지 말라고 하는 것과 마찬가지죠. 설득력이 없어요. 아이들은 어른들의 그런 점을 유심히 지켜보니까요. 무슨 시설로 데리고 간 것 같은데, 보나마나 그쪽 사람들도 꽤나 힘이 들었을 겁니다(웃음).

(데라하타 씨는 그후 교단을 탈퇴했다.)

그것은 거의 인체실험에 가까웠죠

마스타니 하지메(1969년생)

1969년, 가나가와 현에서 태어났다. 아버지는 회사원. '지극히 평범한 가정'이었지만, 그 속에서 점점 위화감을 느꼈고, 언제부턴가 가족과는 거의 대화를 나누지 않게 되었다. 운동에도 공부에도 전혀 흥미가 없었지만, 그림 그리기는 좋아해서 초등학교 무렵부터 계속 미술부 활동을 했다.

대학에서는 건축 디자인을 공부했다. 본래 종교적인 것에 딱히 관심이 있었던 건 아니지만, 접촉해오는 몇몇 신흥종교에 흥미를 가지게 되었고, 그들 각각의 얘기를 들어본 결과 옴진리교의 교의에 가장 이끌려 입신했다.

지하철 사린사건이 일어나기 얼마 전에 교단의 운영 방침을 비판했고, 그 결과 가미쿠이시키의 독방에 갇힌 뒤, 신변의 위험을 느끼고 탈출한다. 그 결과, 교단에서 파문당했다.

매사를 논리를 세워 생각하려는 사람이다. 따라서 기본적으로는 옴진리교에 비판적이지만, 납득할 수 있는 면은 좋게 평가한다. 수행 과정에서 몇 가지 신비체험을 했지만, 소위 세간에서 말하는 '초능력'이나 종말론, 프리메이슨의 음모설에는 거의 관심이 없었다. 나중에 교단이 그런 방향으로 흘러가는 데에는 내부에 있을 때부터 왠지 꺼림칙한 느낌을 받았다. 그러나 그런 의문과 실망을 느끼면서도 현실적으로 신변의 위험이 육박해오기 전까지는 교단을 빠져나올 결심을 하기 힘들었던 것 같다.

지금은 '신자'였다는 사실을 숨기고 아르바이트를 하며 혼자 생활하고 있다. 오랜 시간에 걸쳐 심경을 토로해주었다.

*

살아나가는 데 이렇다 할 큰 불만이 있었던 것도 아니고, 곤란을 느꼈던 것도 아닙니다. 다만 나 자신이 이렇게 현실사회에서 살아간다는 것에 대해 뭔가가 '부족하다'는 느낌은 늘 있었습니다. 예술에 관심이 있었고 그림에 몰두하기도 했지만, 그러면서도 이렇게 그저 그림을 그리고 그 일로 얼마간 수입을 얻으며 살아갈 뿐이라고 생각하면, 왠지 정신이 퍼뜩 들곤 했어요. 그런 와중에 대학에 다닐 때 서점에서 옴진리교 관련 책을 발견해서 읽었고, 그 내용에 공감해서 어쩌면 이렇게 그림이나 그리는 것보다는 종교적인 실천을 지향하는 것이 내 안의 리얼리티 같은 것에 더 가까이 다가설 수 있을지도 모른다는 생각을 하게 되었습니다.

맨 처음 옴진리교 도장에 간 것은 교토에서였습니다. 우연히 혼자 간사이 여행을 갔을 때 교토에 도장을 개장한다는 걸 알았고, 마침 잘됐다 싶어 들러봤죠. 도장은 굉장히 검소했어요. 임대 빌딩 같은 곳이라 제단도 아주 간단했습니다. 기존의 몇몇 종교처럼 외관을 화려하게 꾸미는 데 돈을 들이지도 않아서 그때는 상당히 청렴하다는 인상을 받았습니다. 입고 있는 옷도 아주 검소했고요. 마쓰모토*(아사하라 쇼코) 씨도 와 있어서 설법을 들을 기회까지 얻었습니다.

마쓰모토 씨의 이야기 내용은 솔직히 이해가 잘 안 갔습니다(웃음). 여독 때문에 도중에 꾸벅꾸벅 졸고 말았어요. 그러나 설법 자체에는 강렬한 흐름 같은 게 느껴졌고, 뭔가 심오한 이야기를 한다는 인상은 받았습니다. 지금 돌이켜보면 그 무렵의 저는 오히려 예술적 직감이나 신비주의적 감동 쪽에 관심이 쏠려 있어서 매사를 별로 논리적으로 생각하지 않았던 것 같습니다.

설법이 끝난 후 좀더 자세한 이야기를 나누고 싶은 사람은 남

---

* 아사하라 쇼코의 본명은 마쓰모토 지즈오이다.

으로라고 하기에 그 자리에 남아서, 해탈했다고 일컬어지던 무라이 히데오와 일대일로 대화를 나눴습니다. 무라이 씨는 딱히 신들린 듯한 분위기는 없었고, 평범한 수행자의 한 사람으로 보였습니다. 몸에 관한 것 등 이런저런 얘기를 나눈 후, 지금 생각해보니 이건 옴진리교의 상투적인 수단입니다만, 그쪽에서 "자, 그럼 입신합시다"라는 말을 꺼냈습니다. 원래 뭔가가 결여된 사람, 뭔가를 찾는 사람이 그런 데 가는 경우가 많으니까요. 뭐, 도장 분위기도 나쁘지 않았고, 너무나 태연하게 "입신합시다"라고 해서 분위기에 휩쓸려 그 자리에서 입회용지를 기입했습니다. 입회금은 3만 엔 정도였는데, 그때는 돈이 없어서 도쿄에 돌아와서 냈어요. 그것이 대학교 1학년 때였죠.

얼마 지나서 세타가야 도장에 나가기 시작했는데, 하는 일이라곤 오로지 교단 전단지 돌리기였습니다. 수행에 앞서 그런 활동으로 '공덕을 쌓자'는 겁니다. 도장에 가면 도쿄 지도를 몇 군데로 분할해두었는데, 오늘은 무슨 지구라고 정해주고, 밤에 차로 나가서 "너는 이 구역을 맡아" 하며 지역을 나누어 흩어졌습니다. 그리고 우편함에 전단지를 넣으며 돌았죠. 꽤 열심히 했어요. 한 차례 일을 마치면 '아아, 몸을 움직이니 기분이 좋다' 하는 보람 같은 게 느껴졌습니다. 그래서 당시에는 '공덕을 쌓았으니까 구루(존사)한테서 에너지가 전해져온 거다'라고 생각했습니다.

―말하자면 학교에 다니는 것보다 전단지 돌리기가 더 재미있었던 거군요.

　그렇다기보다, 인생의 지향점이 이미 바뀌어버렸습니다. 제 아무리 건축 디자인 공부를 하고 일이 잘 풀린다 해도 그걸로 끝이라면 무슨 의미가 있을까? 그보다는 꾸준히 수행을 쌓아 최종적으로 해탈에 이르게 된다면, 그게 훨씬 좋다는 생각이 들었습니다.

　―그 시점에서 이미 현실생활에는 흥미가 사라졌고, 정신적인 성취 쪽으로 인생의 목표를 돌렸다, 그렇게 받아들여도 될까요?

　그렇습니다.

　―그런 본질적인 의문을 고민하는 사람은 젊을 때부터 다양한 책을 읽고, 다양한 사상을 접하고, 검증을 쌓아서, 그러한 집적 속에서 어떤 사상 체계를 선택해가는 패턴인데, 당신은 그러지 않았군요. 굳이 나누자면 분위기에 앞서 옴진리교로 자연스레 빨려들어간 것처럼 보입니다.

그게 바로 젊었던 탓이 아닐까요. 다양한 사상을 접하기도 전에 종교와 맞닥뜨리고 만 셈이죠.

어쨌거나 학교와 옴진리교를 병행하는 게 점점 더 어려워졌습니다. 아무래도 비중이 자꾸 옴진리교 쪽으로 옮겨갔어요. 수업도 거의 안 듣고 학점도 놓치다보니 차츰 유급이 훤히 보이기 시작했습니다. 그 무렵 마쓰모토 씨와 면담을 했는데 그가 "자네는 출가해"라는 말을 서슴없이 던졌고, 때마침 그런 미묘한 시기이기도 해서 그냥 이대로 출가해버릴까 하는 생각이 들었습니다.

그 면담은 시크릿 요가였는데, 마쓰모토 씨가 앉아 있고, 그 옆에 고제高弟 같은 간부 몇 명이 앉고, 제가 그 앞에 앉아 개인적인 상담을 하거나 혹은 참회를 하는 자리입니다. 그 당시에는 아직 그런 자리가 있었습니다. 일반신자도 직접 얘기를 나눌 수 있었어요. 당시는 교단 확대를 위해 사마나(출가신자) 수를 늘리려 애썼던 시기였으니, 저를 진심으로 생각해서 이래라저래라 했다기보다는 그저 한 사람이라도 많이 출가시키자는 의도였겠죠. 교단에서 일하는 사람들도 "현세가 잘 안 풀리는 건 '출가 카르마'가 찾아왔기 때문이야"라는 말을 했습니다. 그후 곧바로 출가했죠. 그때는 이미 옴진리교에 푹 빠져 있었기 때문에 딱히 망설임은 없었습니다. 하긴 뭐, 구루가 "출가하라"고 했으니 제자가 출가하는 건 당연합니다. 그 당시의 마쓰모토 씨는 저의 의문에 답해줄 수 있는 사람으로 보였습니다. 설법을 듣다보면 그런 신뢰감을 가질 수 있었죠.

출가 전 일반신도였던 시기에 중의원 선거활동도 했는데, 그건 그냥 적당히 도왔습니다. 구루의 뜻이니 할 수 있는 범위에서 주어진 일은 했지만, 선거에는 전혀 흥미가 없었죠. 하는 일들이 하나같이 '뭐야, 이게?' 싶었고, 감각의 차이 같은 걸 느꼈습니다(웃음). 그렇지만 저에게 무엇보다 가장 중요한 것은 '해탈'이었고, 그밖의 일들은 본질과는 별로 관계없다고 명쾌하게 결론 내렸습니다. 혹시 거기에 내 감각과 융화되지 않는 부분이 있다손 치더라도, 나의 감성이나 사고방식이 전부는 아닐 테고, 해탈자가 "그것이 옳다"고 말한다면 거기에는 내가 엿볼 수 없는 어떤 의미가 있을지도 모른다고 생각했죠. 옴진리교 신자는 그런 사고방식을 가지는 경향이 있는 것 같습니다. 나는 알지 못하지만 뭔가 심오한 의미가 있겠지 하는.

가족은 반대했지만, 애당초 제 안에서 가족의 존재는 희박했어요. 그렇기 때문에 무슨 갈등이 있었던 건 아닙니다. 대학도 그만두고, 아파트도 비우고, 짐도 처분하고 교단으로 들어갔습니다. 맨 처음 간 곳은 후지 산 총본부였습니다. 가지고 들어갈 수 있는 짐의 양은 옷상자 두 개로 정해져 있었습니다. 그것 말고는 달랑 몸뚱이 하나였죠. 그것이 1990년이었어요. 저는 말하자면 초창기 출가신자라고 할 수 있습니다.

그후에 아소의 나미노손으로 보내졌습니다. 그때는 부지에 아직 아무것도 없어서 일단 건축 작업을 시작해야 했습니다. 처음 한 건 산을 깎아 평지로 만드는 육체노동이었습니다. 대학 때 건축 디자인 공부를 했다고 건축 관련 일을 맡긴 듯한데, 건축이라고 해봐야 학교에서 배운 건 단순한 제도製圖뿐이었죠. 건장한 사람들을 제치고 제가 구성원으로 뽑혔기 때문에 무슨 오해가 아닌가 싶어서 "이건 좀 잘못된 거 아닙니까"라고 물었습니다. 그런데도 "일단 가세요"라고 해서 갔죠. 결국은 야외작업은 딱 하루 하고, 상사인 나로파 사(나구라 후미히코)에게 "전 이 일은 못하겠습니다"라고 분명하게 말했습니다. 체력도 달려서 그런 노동은 애당초 무리였습니다. 그래서 생활반으로 돌려졌습니다. 식사 준비를 하거나 세탁물을 모으는 담당입니다. 그 일 때문에 주위에서 빈축을 샀죠. 그런데도 생활에 익숙해질 때까지 꽤 힘들었습니다. 그러나 구루가 내린 과제를 완수해내는 것이 귀의라고 생각하고 열심히 노력했어요. 그러는 사이 점점 익숙해져서 '이런 것쯤이야'라고 느끼게 되었죠.

도중에 그만두는 사람도 많았어요. 아소에서는 작업이 힘들었기 때문에 그만두고 돌아가는 사람이 많았습니다. 그렇지만 이제 와서 현세로 돌아갈 수도 없는 노릇이다 싶어서 그대로 남았습니다. 그리고 역시 거기에는 그곳만의 만족감이 있었습니다. 음식은 '옴 식食'이라고 부르는데, 이 년 묵은 오래된 쌀과 야채찜, 매일 그것뿐이었습니다. 그런 생활을 계속하다보면 '이 것도 먹고 싶다. 저것도 먹고 싶다'는 생각이 머릿속에서 떠나질 않죠. 그러나 '번뇌란 그러한 고뇌에 머무는 것'이라 생각하고, 그런 것에 얽매이지 않으려 노력했습니다. 그런 고뇌를 승화시 켜가는 것이 곧 수행이니까요. 저의 경우는 원래도 채식주의에 가까운 생활을 했기 때문에 음식은 그다지 고통스럽진 않았어 요. 오히려 현세의 갖가지 것들에 미혹되지 않으니, 느긋한 마음 으로 지낼 수 있었습니다.

나미노손에는 얼마나 있었을까…… 달력이 없어서 날짜감각 이 전혀 없습니다. 상당히 오래 있었던 것 같아요. 건물이 몇 개 씩 완성될 때까지 있었습니다. 오랫동안 그런 폐쇄된 공간에서 변화 없는 단조로운 생활을 하다보니 심리적으로 안절부절못하 고 초조해지는 일이 많아졌습니다. 그런 막다른 심경과 해탈을 추구하는 마음 사이에 꽤 심한 갈등이 있었습니다.

그후 애니메이션반에 들어가기 위해 후지 산 총본부로 불려 갔습니다. 그 무렵 아소는 더이상 교단의 중심 활동거점이 아니 고 완전히 뒤처진 장소였기 때문에 솔직히 말해 아소에서 나오 는 게 기뻤습니다. 애니메이션반에서는 그림을 그렸습니다. 그 런데 그 애니메이션이 너무 조잡해서, 대체 이게 뭔가 싶어 황당했습니다. 마쓰모토 씨에게 초능력이 있다는 걸 애니메이션으로 설명하는 겁니다. 공중에 붕 떠 있는 그림 같은 거죠. 그렇지만 실사라면 또 몰라도, 그런 애니메이션을 보여준다고 누가 납득하겠나 싶었죠. 완성도도 불만이었어요. 그 무렵부터 마쓰모토를 접할 기회가 늘었는데, 그에 따라 제 안에서 마쓰모토와 옴진리교에 대한 불신이 조금씩 생겨나기 시작했습니다.

그후 이런저런 업무를 맡았는데, 마침내 아사하라 쇼코가 "자네는 수행에 들어가게"라는 지시를 내렸습니다. 수행에는 교학과 명상, 그리고 이어서 입위예배*가 있습니다. 수행은 정신적으로 만족스러운 부분도 있지만 역시 많이 힘들죠. 화장실 용무나 식사 때 외에는 하루 종일 계속 앉아 있습니다. 잠도 앉은 채로 잡니다. 몇시부터 몇시까지는 교학과 시험을 치고, 몇시부터 몇시까지는 호흡법을 한다. 그런 식으로 매일매일 진행해나갑니다.

그런 수행을 몇 개월, 한 반년쯤 했을까요. 날짜감각이 애매해져서 기억이 확실하진 않지만…… 길게 하는 사람은 몇 년씩이나 계속하기도 합니다. 언제 끝날지도 몰라요. 구루가 적당한 때를 봐서 내보내거나 그대로 계속 시키기도 합니다. 저는 어쩌다

---

* 立位礼拜. 옴진리교의 대표적 귀의 수행. 온몸을 대지에 던지는 오체투지로, 동작과 함께 '구루와 시바 신에게 귀의합니다'라고 외친다.

보니 꽤 오랜 기간 수행을 했습니다. 수행에 들어갔다 다시 업무로 돌아오고, 또다시 수행에 들어가는 생활이 이어졌습니다.

— 스테이지가 올라가는 것은 아사하라 쇼코가 결정하나요? 자네는 내일부터 이 스테이지로 가라는 식으로?

그렇죠. 그런데 저는 스테이지가 전혀 올라가지 않았어요. 홀리네임*조차 못 받았습니다.

— 그래도 당신은 교단에 꽤 오래 있었고, 수행도 열심히 했잖습니까. 왜 못 올라갔을까요?

옴진리교는 현실적인 의미에서 교단에 막대한 공헌을 한 사람을 우선으로 해탈을 부여하는 경향이 있습니다. 물론 영적인 스테이지 같은 것도 어느 정도 평가에 포함되지만, 현실적인 공헌 점수가 상당히 컸다는 생각이 들어요. 예를 들면 남자의 경우는 학력이 큰 역할을 합니다. 도쿄 대학을 나온 사람에게는 보통 수준보다 빨리 해탈을 부여한다거나, 중요한 일을 맡겨 간부로

---

* 옴진리교의 출가신자에게 주는 교단 내의 이름. 일정 정도 스테이지에 도달했을 때 아사하라 쇼코가 직접 지어준다.

앉히는 일이 자주 있었습니다. 여자는 또 조금 달라서 미인이냐 아니냐가 크게 좌우했습니다. 맞아요, 현실세계와 거의 다를 게 없죠(웃음).

그런 의미에서 보자면 저는 마쓰모토 씨에게 별로 도움이 안되는 인간이었을 겁니다. 저도 어느 시기까지는 제 스테이지가 안 올라가는 건 노력 부족이라고 받아들였습니다. 그렇지만 그와 동시에 '도쿄 대학 출신은 존사에게 굉장히 사랑받는구나' 하는 생각은 누구나 가지고 있었을 거예요. 주위 친구들과도 그런 얘기를 자주 나눴죠. 저런 건 아무래도 좀 이상하다고. 그러나 말은 그렇게 해도 최종적으로는 '그런 생각을 하는 건 결국 나의 더러움 때문'이라거나 '카르마다'라고 납득하고, 거기서 얘기가 끝나버렸죠. 그래서 어떤 의문이 머릿속에 떠올라도 잘못은 모두 자기 자신의 더러움 때문인 거예요. 또 반대로 좋은 일이 있으면, '이건 모두 구루 덕분'이라고 생각했던 것 같습니다.

—굉장히 유효한 시스템이군요. 리사이클이라고 할까, 내부에서 모든 것이 완결되는 식이에요.

그런 것이 결국 우리가 자아를 없애가는 과정이었다고 저는 생각합니다.

다들 교단에 들어왔을 때는 나름 높은 뜻이 있었습니다. 그런데 안에서 생활해가면서 차츰 그것을 잃어가는 경향이 있었습니다. 그러나 아무리 옴진리교에 대한 불만이 쌓여도 현세로 돌아가 번뇌의 진창 속에서 살아가는 것보다는 낫다고 생각하죠. 같은 생각을 가진 사람들이 모여서 생활하기 때문에 정신적으로도 거기 남아 있는 게 편했고요.

— 1993년 무렵부터 교단은 변질되기 시작했고, 폭력성을 더해갔습니다. 그런 기미를 느꼈습니까?

그건 느꼈습니다. 설법이 점점 탄트라 바지라야나로 이행돼갔고, "이제부터는 탄트라 바지라야나다"라고 기염을 토하는 사람이 늘어가는 가운데, 이렇게 (목적 달성을 위해) 수단을 가리지 않는 교의는 따라갈 수 없겠다는 걸 느꼈습니다. 나랑은 안 맞는다는 생각이 들었죠. 물론 그 시점에는 그것이 실제로 어떤 형태로 실행에 옮겨질지는 모릅니다. 그렇지만 수행 내용도 차츰 이상해졌고, 일상생활에 무도武道가 도입되는 등, 교단 분위기가 급속하게 변해갔습니다. 그런 환경에서 앞으로 어떻게 살아가야 할까 꽤 많이 고민했습니다.

그렇지만 제가 어떻게 생각하든 교단은 강인하게 그쪽으로 향해갈 뿐이고, 또한 해탈한 (당시에는 그렇게 생각했던) 마쓰모토 씨도 그것이 가장 빠른 길이라고 말했습니다. 그렇다면 그건 이미 어쩔 수 없는 일입니다. 남느냐 떠나느냐 둘 중 하나를 선택할 수밖에 없죠.

또한 그 무렵부터 수행에 '거꾸로 매달기'까지 도입되었습니다. 듣기에는 별것 아닌 것 같겠지만, 그건 명백한 '고문'입니다. 반복해서 매달리는 사이, 묶인 다리 부분에 피가 안 통해서 정말로 다리가 끊어지는 것 같았다고 그 일을 당한 당사자들이 말했습니다.

파계란 예를 들면 성욕을 억제하지 못해 여자와 관계를 맺었다거나, 스파이 혐의를 받았다거나, 만화책을 소유했다거나 하는 일입니다. 일하고 있을 당시 제 방이 후지 도장 바로 아래 있었는데, 위에서 "으아아아아아!" 하는 커다란 비명소리가 들려오곤 했습니다. "차라리 그냥 죽여줘. 이대로 죽는 게 낫다!"라고 말 그대로 절규합니다. 끝도 없이 이어지는 격렬한 고통과 괴로움을 견디지 못해 쥐어짜내는 끔찍한 비명이었습니다. 너무 끔찍해서 공간이 비틀려버릴 것 같은 느낌이었습니다. 일을 하다보면, "존사, 존사, 제발 살려주세요! 이제 다시는 안 하겠습니다!"라는 눈물 어린 애원의 목소리가 울려퍼집니다. 그런 소리를 들으면 절로 소름이 끼칩니다.

과격한 수행도 물론 그 나름의 의의는 있겠죠. 그러나 그렇게까지 심하게 하는 게 무슨 의미가 있을까 내심 고개를 갸웃거리지 않을 수 없었습니다. 그런데 신기하게도 실제로 거꾸로 매달렸던 사람들은 지금도 교단에 꽤 많이 남아 있어요. 말하자면 무지막지한 고통을 당해 죽기 직전에, 극한에 이른 마지막 순간에 "잘 참아냈다"고 따뜻한 말을 던져주는 겁니다. 그러면 그 한마디에 '아아, 난 주어진 시련을 극복했구나. 구루여, 감사합니다!'라고 생각하는 겁니다.

물론 자칫했다간 죽죠. 우리에게는 알려지지 않았지만, 실제로 오치 나오키 씨는 그러다가 죽었습니다. 그리고 이어서 약물 이니시에이션이 시작되었습니다. 저도 당연히 받았죠. 그것을 받은 사람들은 LSD일 거라고 말했습니다. 환각은 봤지만, 해탈에 이르는 수단이라기엔 의문을 품지 않을 수 없었습니다.

수행중에 누가 죽었다느니, 탈주를 기도하다 붙잡혀서 어떻게 되었다느니 하는 이야기가 안에서도 조금씩 퍼져갔습니다. 그러나 옴진리교의 소문은 어디까지나 소문일 뿐 정보는 아니었기 때문에, 과연 어디까지가 진실이고 어디까지가 그냥 소문인지 확인할 방법은 없었습니다. 또한 어느 정도 확실한 정보가 전해진다 해도, 그 무렵에는 탄트라 바지라야나 교의가 도입되어 있었기 때문에 신자들 사이에서는 선과 악의 관념이 붕괴되어 있었습니다. 결국 "이건 구제일 거야" 하는 선에서 얘기가 끝나버렸을 겁니다. 요컨대 "구제 전에는 무슨 일이든 생길 수 있다"는 게 교의였으니까요.

당시 스파이 설이 교단 안에 퍼져서 거짓말 탐지기를 이용해

색출하려 했습니다. 교단 전원이 이니시에이션이라는 이름하에 거짓말 탐지기를 통과해야 했습니다. 이상한 일이죠. 정말로 구루가 교단 전체를 장악하고 있다면, 굳이 그런 기계를 안 써도 스파이인지 아닌지 한눈에 알아볼 수 있을 거 아닙니까. 그런 것도 몰라서야 이렇게 많은 사람들을 해탈까지 이끌 수 있을까 하는 의심이 들었습니다. 그런데도 다들 '뭔가 숨겨진 의미가 있겠지' 하면서 묵인하는 겁니다.

스파이 탐색과는 별개로 어느 날 저는, 독방에 들어간 가장 친한 친구와 관련해 조사를 받았습니다. 거짓말 탐지기 앞에서 여러 가지 질문을 받았는데, 그중에 납득할 수 없는 불쾌한 질문이 있었습니다. 그래서 끝난 후에 "대체 왜 그런 걸 묻는 겁니까. 무슨 의미가 있습니까?"라고 위에 따졌습니다. 실제로 그건 구태여 확인할 이유도 없는, 개인의 프라이버시에 관련된 추잡한 질문이었습니다. 하지만 분명 윗사람 비위를 건드렸을 테죠. 그후 곧바로 니미 도모미쓰가 "부서 이동이다. 지금 당장 짐을 싸!" 하더니 그대로 독방에 가뒀습니다. 갇히는 이유를 물어봐도 대답해주지 않았습니다. 그때부터는 대체 뭐가 뭔지 영문을 알 수 없었습니다. 원래 독방은 해탈을 위해 수행하는 곳이었는데, 이제는 그냥 벌칙의 일부가 되어버렸죠.

독방은 다다미 한 장 정도 넓이입니다. 끌려간 곳에는 그런 방이 총 열 개쯤 있었던 것 같습니다. 방이 나뉘어 있고, 문밖에서 자물쇠를 채웠습니다. 여름이라 가만히 있어도 더운데 거기에 난로까지 들여놓았습니다. 그리고 옴진리교에서 만든 페트병에 든 음료수를 마셔야 했죠. 찌는 듯한 무더위 속에서 땀을 흘리고 그걸 마시고 다시 땀으로 배출하는 수행을 그곳에서 계속했습니다. 무슨 나쁜 요소를 밖으로 내보낸다는 걸 테죠. 당연히 목욕도 할 수 없으니 온몸이 때투성이였습니다. 때가 뚝뚝 떨어졌어요. 화장실도 안에서 요강으로 해결했습니다. 멍해져서 머리도 거의 돌아가지 않았습니다.

─용케 안 죽었네요.

아뇨, 차라리 죽는 게 낫지 싶어서 죽어버리고 싶은 생각까지 들었습니다. 그런데 인간은 그런 상황에서도 꽤나 질기게 버텨내는 존재죠. 독방에 들어간 사람은 주로 마음이 흔들린 사람, 도움이 안 되는 사람들이었습니다. 물론 언제 밖으로 나갈 수 있을지도 알 수 없습니다. 그래서 저는 처음에는 '좋아, 여기서 열심히 수행해주마' 라고 결심했습니다. 어영부영하다가는 언제까지고 나갈 수 없을 테니 '일단은 긍정적으로 생각하고 견뎌내는 수밖에 없다'고 생각했습니다.

수행 일과 중에 '바르도 인도引導*'라는 이니시에이션이 있습니다. 일단 개인실로 들어가 눈을 가리고 손을 뒤로 돌려 수갑을

채우고 어려운 좌법坐法을 취하게 합니다. 그리고 드럼 같은 것을 이용해 요란하게 징을 울리며 염라대왕 퍼포먼스를 하는 겁니다. 그리고 "수행하자. 수행하자"라거나 "다시는 현세로 돌아가지 않고 열심히 하겠습니다"라는 말들을 미친 듯이 큰 소리로 외치게 합니다. 그런데 어느 날 거기로 끌려가서는, 난데없이 시하(도미타 다카시)와 하시모토 사토루가 코와 입을 강하게 틀어막았습니다. 도저히 숨을 쉴 수 없는 상태였습니다. 그러더니 "넌 윗사람들을 우습게 알아"라고 말하더군요. 죽을지도 모르는 상황이었죠. 그래서 저는 있는 힘을 다해 간신히 뿌리친 후, "진지하게 노력하려는 사람한테 이게 무슨 짓입니까!"라고 강하게 항의했습니다. 그때는 그럭저럭 진정이 되어 독방으로 돌아갈 수 있었지만, 저는 그 일 이후로 완전히 이성을 잃었습니다. '자, 열심히 수행해보자!'라고 결심하고 노력하는 사람한테 그럴 순 없는 거죠.

그후 독방에서 그리스도 이니시에이션** 같은 것을 몇 번이나 받았습니다. 그건 거의 인체실험에 가까웠죠. 니미 도모미쓰가

---

* '시체 비디오'로 유명한 옴진리교의 세뇌 이니시에이션. 창도 없는 비좁은 독방에 넣고 컴컴한 어둠 속에서 시체나 사람이 죽는 순간만을 편집한 비디오를 보게 한다. 화면과 동시에 '사람은 죽는다. 반드시 죽는다. 절대 죽는다, 죽음은 피할 수 없다……'는 저주 같은 말을 계속해서 듣게 한다고 한다.
** LSD를 넣은 액체를 마시는 이니시에이션. 옴진리교에서 LSD 환각작용으로 손쉽게 신비체험을 시키기 위해 마련한 수행 방식.

약물을 줄 때의 태도도 극히 비인간적이었고, 눈빛이 흡사 실험동물을 바라보는 것 같았습니다. "마셔!"라고 명령하는 말투도 너무나 매정해서 버림받은 느낌이었습니다. 그러고 나서 지바카(엔도 세이이치)와 바지라 텟사(나카가와 도모마사, 아사하라 쇼코의 주치의)가 상황을 살피러 독방을 돌아다니는 모습이 보였습니다. 약 때문에 의식이 가물가물했지만, 그것은 또렷하게 기억합니다. 그들은 약물 반응을 확인하러 온 거였어요. 그래서 독방에 들어간 사마나를 약물 실험에 이용한다는 걸 알았습니다. 살려둬야 도움이 안 되니까 인체실험에라도 써서 공덕을 쌓게 하겠다는 속셈이었겠죠. 그런 생각이 들자, 나 자신이 처한 운명에 관해 심각하게 고민하지 않을 수 없었습니다.

여기서 이대로 죽어가도 좋은가? 이렇게 마르모트로 죽어가도 좋은가? 그렇다면 다시 현세로 돌아갈 수밖에 없다고 생각했습니다. 너무 심하고 너무 비인간적인 처사였습니다. 옴진리교는 대관절 어떻게 되어버린 걸까, 너무 놀라워서 정신이 아찔했습니다.

약물 이니시에이션 후에는 문을 열어둡니다. 모두 축 늘어져 있기 때문에 일시적으로 문을 열어두는 거죠. 저는 약기운이 꽤 빨리 깨는 편이고 그리 심하게 늘어져 있진 않았기 때문에, 깨끗한 옷을 한 벌 준비해놓고 주위를 확인한 후, 재빨리 옷을 갈아입고 그대로 도망쳐나왔습니다. 경비원이 있었지만, 틈을 잘 노려서 빠져나올 수 있었습니다.

(마스타니 씨는 길에서 만난 지역 주민에게 교통비를 빌려서 도쿄 집으로 돌아왔다. 탈주한 지 한 달이 지난 후 자기가 옴진리교 교단에서 파문당했다는 사실을 알았다. 파문 이유는 사실무근이라고 한다.)

그렇게 해서 현세로 돌아오긴 했지만, 돌아온 이유는 현세에서 생활하고 싶어서가 아니라 단지 옴진리교를 더이상 따라갈 수 없었기 때문입니다. 달리 갈 곳이 없었기 때문에 집에 몸을 의지했다는 게 솔직한 심정이에요. 그때는 가족도 "잘 돌아왔다"고 기뻐해줬지만, 이미 오 년 정도나 육친과 정을 끊고 살아왔기 때문에 심정적으로는 가족의 유대를 되찾을 수 없었습니다. 옴진리교가 좋냐 나쁘냐는 별개로 하고, 제 안에는 현세에 만족할 수 없는 마음이 분명히 존재했기 때문이죠. 그렇지만 부모님은 그런 저를 이해하지 못했어요. 그러니 결국 또다시 어긋나서 파탄이 났습니다. 가족과 부딪혔고, 저는 집을 나왔습니다.

—그전 1995년 3월에 지하철 사린사건이 일어났는데, 그 일에 관해서는 어떤 감상을 느꼈나요?

처음에는 옴진리교 짓이라고 상상조차 할 수 없었습니다. 탄트라 바지라야나가 설파되어 교단 내부의 분위기가 상당히 이상해진 건 분명하지만, 설마하니 사린까지 방출할 줄은 꿈에도 몰랐습니다. 그도 그럴 것이 바퀴벌레조차 못 죽이는 교단이었으니까요. 게다가 교단 안에 있을 때 '과학기술성'의 우스운 실패담을 자주 들었기에 그런 어려운 일이 가능할 리 없다고 생각했습니다. 텔레비전과 신문 같은 데서는 "옴진리교 짓이다"라고 말했지만, 옴진리교 교단의 조유 후미히로도 "우리는 하지 않았다"고 단언하니까 처음에는 그쪽 말을 믿었습니다. 그러나 수사가 진행됨에 따라 교단의 답변에서 모순이 발견되었고, 점점 믿을 수 없게 됐습니다. 그리고 차츰 '옴에서 했을지도 모른다'는 생각이 들었습니다. 일기를 다시 읽어보니, 제 마음이 옴진리교를 떠난 것은 그해(1995년) 8월 무렵이었습니다. 그땐 지하철 사린 사건을 옴진리교가 일으켰다는 것을 이미 사실로 여기게 되었죠.

교단을 이해할 수 없다, 이런 일은 도저히 실천할 수 없다며 뛰쳐나오긴 했지만, 돌아온 현세에는 역시 익숙해질 수 없었습니다. 현세와 옴진리교를 비교하면, 번뇌를 넘어서고자 하는 옴진리교의 자세가 아무래도 더 바람직하게 보였습니다. 내가 몸을 던졌던 옴진리교는 과연 무엇이었을까 다시 한번 곰곰이 생각했습니다. 도대체 그것은 어떤 부분이 옳고 어떤 부분이 잘못된 것이었을까 하고.

집을 나온 후에는 편의점에서 일하거나 아르바이트를 하면서 생활했습니다. 지금은 부모님과도 화해했어요. 옴진리교 시절 친구와는 연락을 주고받고 만나기도 합니다. 개중에는 아직도 전면적으로 옴진리교를 인정하는 사람도 있고, 지하철 사린사건 등으로 잘못을 저지른 점은 인정하지만 교의 자체는 잘못되지 않았다고 생각하는 사람도 있습니다. 다양하죠. 그러나 어느 쪽이든, 옴진리교를 단번에 끊어내고 현세로 돌아와 현세의 가치관으로 살아가는 사람은 거의 없습니다. 저로 말하자면 옴진리교에 대한 관심은 이제 완전히 사라졌고, 지금은 원시불교로 향하고 있습니다. (탈퇴한) 다른 사람들도 어떤 형태로든 모두 종교적인 부분을 간직한 채 살아가는 것 같습니다.

—욕망이나 번뇌를 소멸시키는 것은 물론 개인의 자유겠지만, 그때 자기 자아의 행동원리 같은 것을 타자=구루에게 맡겨버리는 건 객관적으로 볼 때 상당히 위험을 내포한 행위라고 저는 생각합니다. 그런 인식이 없는 신자나 옛 신자가 아직 많다는 뜻인가요?

그 부분에 확연하게 선을 그은 사람은 드물지 않을까요. 고타마 붓다는 "자기야말로 자기의 주인이다" "자기를 섬으로 삼고 다른 것에 의존하지 말라"고 했습니다. 요컨대 불제자는 진정한 자기를 찾기 위해 수행하는 셈이죠. 그래서 거기 있는 더러움,

번뇌를 철저히 밝혀내고 그것을 없애고자 합니다.

그런데 마쓰모토가 하는 건 간단히 말하면 '자기'와 '번뇌'의 동일화입니다. 에고를 없애려면 자기도 함께 없애라고 하니까요. 인간은 결국 '자기'를 사랑하기 때문에 그토록 괴로운 것이니, 그 '자기'를 버리면 눈부시게 빛나는 자기 자신을 찾을 수 있다고. 그런데 이 말은 불교의 가르침과는 전혀 다릅니다. 일종의 가치전도죠. 자기란 찾아내야 할 대상이지, 버려야 할 대상이 아닙니다. 지하철 사린사건 같은 테러 범죄는 그런 안이한 자기상실 과정에서 생겨났다고 저는 생각합니다. 자기가 사라지면, 사람은 무차별 살인이나 테러에도 무감각해져버리죠.

결국 옴진리교가 한 일은 번뇌의 근원적 해결을 마련해주기보다는, 자기를 버리고 시키는 대로 순종할 인간을 만들어내는 것이었습니다. 따라서 옴진리교 성취자란 다시 말해 '옴진리교 색깔에 완전히 물든' 사람을 가리키는 것이지, 진리를 체득한 진정한 '해탈자'는 아닙니다. 현세를 버리고 출가한 신자가 '구제'라는 이름하에 미친 듯이 보시布施 모으기에 연연하는 것은 잘못돼도 한참 잘못된 일이죠.

저는 마쓰모토가 '처음에는 멀쩡했지만 점점 이상해졌다'고 생각하진 않습니다. 그는 부분적으로라도 처음부터 그런 것을 염두에 두었다고 봅니다. 잘못은 처음부터 내재되어 있었고, 그가 그것을 단계적으로 추진해나간 거죠.

렸던 사람들은 지금도 교단에 꽤 많이 남아 있어요. 말하자면 무지막지한 고통을 당해 죽기 직전에, 극한에 이른 마지막 순간에 "잘 참아냈다"고 따뜻한 말을 던져주는 겁니다. 그러면 그 한마디에 '아아, 난 주어진 시련을 극복했구나. 구루여, 감사합니다!' 라고 생각하는 겁니다.

물론 자칫했다간 죽죠. 우리에게는 알려지지 않았지만, 실제로 오치 나오키 씨는 그러다가 죽었습니다. 그리고 이어서 약물 이니시에이션이 시작되었습니다. 저도 당연히 받았죠. 그것을 받은 사람들은 LSD일 거라고 말했습니다. 환각은 봤지만, 해탈에 이르는 수단이라기엔 의문을 품지 않을 수 없었습니다.

수행중에 누가 죽었다느니, 탈주를 기도하다 붙잡혀서 어떻게 되었다느니 하는 이야기가 안에서도 조금씩 퍼져갔습니다. 그러나 옴진리교의 소문은 어디까지나 소문일 뿐 정보는 아니었기 때문에, 과연 어디까지가 진실이고 어디까지가 그냥 소문인지 확인할 방법은 없었습니다. 또한 어느 정도 확실한 정보가 전해진다 해도, 그 무렵에는 탄트라 바지라야나 교의가 도입되어 있었기 때문에 신자들 사이에서는 선과 악의 관념이 붕괴되어 있었습니다. 결국 "이건 구제일 거야" 하는 선에서 얘기가 끝나버렸을 겁니다. 요컨대 "구제 전에는 무슨 일이든 생길 수 있다"는 게 교의였으니까요.

당시 스파이 설이 교단 안에 퍼져서 거짓말 탐지기를 이용해

건 이미 어쩔 수 없는 일입니다. 남느냐 떠나느냐 둘 중 하나를 선택할 수밖에 없죠.

또한 그 무렵부터 수행에 '거꾸로 매달기'까지 도입되었습니다. 듣기에는 별것 아닌 것 같겠지만, 그건 명백한 '고문'입니다. 반복해서 매달리는 사이, 묶인 다리 부분에 피가 안 통해서 정말로 다리가 끊어지는 것 같았다고 그 일을 당한 당사자들이 말했습니다.

파계란 예를 들면 성욕을 억제하지 못해 여자와 관계를 맺었다거나, 스파이 혐의를 받았다거나, 만화책을 소유했다거나 하는 일입니다. 일하고 있을 당시 제 방이 후지 도장 바로 아래 있었는데, 위에서 "으아아아아아!" 하는 커다란 비명소리가 들려오곤 했습니다. "차라리 그냥 죽여줘. 이대로 죽는 게 낫다!"라고 말 그대로 절규합니다. 끝도 없이 이어지는 격렬한 고통과 괴로움을 견디지 못해 쥐어짜내는 끔찍한 비명이었습니다. 너무 끔찍해서 공간이 비틀려버릴 것 같은 느낌이었습니다. 일을 하다보면, "존사, 존사, 제발 살려주세요! 이제 다시는 안 하겠습니다!"라는 눈물 어린 애원의 목소리가 울려퍼집니다. 그런 소리를 들으면 절로 소름이 끼칩니다.

과격한 수도도 물론 그 나름의 의의는 있겠죠. 그러나 그렇게까지 심하게 하는 게 무슨 의미가 있을까 내심 고개를 갸웃거리지 않을 수 없었습니다. 그런데 신기하게도 실제로 거꾸로 매달데 안에서 생활해가면서 차츰 그것을 잃어가는 경향이 있었습니다. 그러나 아무리 옴진리교에 대한 불만이 쌓여도 현세로 돌아가 번뇌의 진창 속에서 살아가는 것보다는 낫다고 생각하죠. 같은 생각을 가진 사람들이 모여서 생활하기 때문에 정신적으로도 거기 남아 있는 게 편했고요.

— 1993년 무렵부터 교단은 변질되기 시작했고, 폭력성을 더해갔습니다. 그런 기미를 느꼈습니까?

그건 느꼈습니다. 설법이 점점 탄트라 바지라야나로 이행돼갔고, "이제부터는 탄트라 바지라야나다"라고 기염을 토하는 사람이 늘어가는 가운데, 이렇게 (목적 달성을 위해) 수단을 가리지 않는 교의는 따라갈 수 없겠다는 걸 느꼈습니다. 나랑은 안 맞는다는 생각이 들었죠. 물론 그 시점에는 그것이 실제로 어떤 형태로 실행에 옮겨질지는 모릅니다. 그렇지만 수행 내용도 차츰 이상해졌고, 일상생활에 무도武道가 도입되는 등, 교단 분위기가 급속하게 변해갔습니다. 그런 환경에서 앞으로 어떻게 살아가야 할까 꽤 많이 고민했습니다.

그렇지만 제가 어떻게 생각하든 교단은 강인하게 그쪽으로 향해갈 뿐이고, 또한 해탈한 (당시에는 그렇게 생각했던) 마쓰모토 씨도 그것이 가장 빠른 길이라고 말했습니다. 그렇다면 그

앉히는 일이 자주 있었습니다. 여자는 또 조금 달라서 미인이냐 아니냐가 크게 좌우했습니다. 맞아요, 현실세계와 거의 다를 게 없죠(웃음).

그런 의미에서 보자면 저는 마쓰모토 씨에게 별로 도움이 안 되는 인간이었을 겁니다. 저도 어느 시기까지는 제 스테이지가 안 올라가는 건 노력 부족이라고 받아들였습니다. 그렇지만 그와 동시에 '도쿄 대학 출신은 존사에게 굉장히 사랑받는구나' 하는 생각은 누구나 가지고 있었을 거예요. 주위 친구들과도 그런 얘기를 자주 나눴죠. 저런 건 아무래도 좀 이상하다고. 그러나 말은 그렇게 해도 최종적으로는 '그런 생각을 하는 건 결국 나의 더러움 때문'이라거나 '카르마다'라고 납득하고, 거기서 얘기가 끝나버렸죠. 그래서 어떤 의문이 머릿속에 떠올라도 잘못은 모두 자기 자신의 더러움 때문인 거예요. 또 반대로 좋은 일이 있으면, '이건 모두 구루 덕분'이라고 생각했던 것 같습니다.

— 굉장히 유효한 시스템이군요. 리사이클이라고 할까, 내부에서 모든 것이 완결되는 식이에요.

그런 것이 결국 우리가 자아를 없애가는 과정이었다고 저는 생각합니다.

다들 교단에 들어왔을 때는 나름 높은 뜻이 있었습니다. 그런

보니 꽤 오랜 기간 수행을 했습니다. 수행에 들어갔다 다시 업무로 돌아오고, 또다시 수행에 들어가는 생활이 이어졌습니다.

─스테이지가 올라가는 것은 아사하라 쇼코가 결정하나요? 자네는 내일부터 이 스테이지로 가라는 식으로?

그렇죠. 그런데 저는 스테이지가 전혀 올라가지 않았어요. 홀리네임*조차 못 받았습니다.

─그래도 당신은 교단에 꽤 오래 있었고, 수행도 열심히 했잖습니까. 왜 못 올라갔을까요?

옴진리교는 현실적인 의미에서 교단에 막대한 공헌을 한 사람을 우선으로 해탈을 부여하는 경향이 있습니다. 물론 영적인 스테이지 같은 것도 어느 정도 평가에 포함되지만, 현실적인 공헌 점수가 상당히 컸다는 생각이 들어요. 예를 들면 남자의 경우는 학력이 큰 역할을 합니다. 도쿄 대학을 나온 사람에게는 보통 수준보다 빨리 해탈을 부여한다거나, 중요한 일을 맡겨 간부로

---

* 옴진리교의 출가신자에게 주는 교단 내의 이름. 일정 정도 스테이지에 도달했을 때 아사하라 쇼코가 직접 지어준다.

했습니다. 마쓰모토 씨에게 초능력이 있다는 걸 애니메이션으로 설명하는 겁니다. 공중에 붕 떠 있는 그림 같은 거죠. 그렇지만 실사라면 또 몰라도, 그런 애니메이션을 보여준다고 누가 납득하겠나 싶었죠. 완성도도 불만이었어요. 그 무렵부터 마쓰모토를 접할 기회가 늘었는데, 그에 따라 제 안에서 마쓰모토와 옴진리교에 대한 불신이 조금씩 생겨나기 시작했습니다.

그후 이런저런 업무를 맡았는데, 마침내 아사하라 쇼코가 "자네는 수행에 들어가게"라는 지시를 내렸습니다. 수행에는 교학과 명상, 그리고 이어서 입위예배*가 있습니다. 수행은 정신적으로 만족스러운 부분도 있지만 역시 많이 힘들죠. 화장실 용무나 식사 때 외에는 하루 종일 계속 앉아 있습니다. 잠도 앉은 채로 잡니다. 몇시부터 몇시까지는 교학과 시험을 치고, 몇시부터 몇시까지는 호흡법을 한다. 그런 식으로 매일매일 진행해나갑니다.

그런 수행을 몇 개월, 한 반년쯤 했을까요. 날짜감각이 애매해져서 기억이 확실하진 않지만…… 길게 하는 사람은 몇 년씩이나 계속하기도 합니다. 언제 끝날지도 몰라요. 구루가 적당한 때를 봐서 내보내거나 그대로 계속 시키기도 합니다. 저는 어쩌다

---

* 立位礼拜. 옴진리교의 대표적 귀의 수행. 온몸을 대지에 던지는 오체투지로, 동작과 함께 '구루와 시바 신에게 귀의합니다' 라고 외친다.

─다시 말해 그의 머릿속에는 장차 탄트라 바지라야나로 향하겠다는 도면이 처음부터 확실하게 자리잡고 있었다는 뜻인가요? 도중에 망상이 점점 부풀어 엉뚱한 곳으로 방향이 틀어져버린 게 아니고?

　양쪽 다일 겁니다. 맨 처음부터 하나의 요인으로 있기도 했을 테고, 예스맨 추종자들에 둘러싸여서 차츰 현실감각을 잃어버린 결과 망상이 부풀었을 수도 있고.
　다만 그와 동시에 그 사람도 나름대로 구제에 관해 진지하게 고민했을 겁니다. 그렇지 않다면 사람들이 출가를 하면서까지 따르진 않았겠죠. 어떤 신비적인 요소도 약간은 있었겠죠. 저 자신도 그렇지만, 요가나 수행은 신비체험을 가져다주니까요.

　─지금 교단은 아사하라 쇼코를 빼고, 문제의 탄트라 바지라야나를 금하고, 나머지는 지금까지와 같은 교의를 바탕으로 계속 이끌어가려 하는데, 거기에 대해서는 어떻게 생각하십니까?

　교단의 교의나 체질은 하나도 바뀌지 않았기 때문에, 설령 지금 당장 벌어지진 않더라도 결국은 새로운 범죄가 또다시 생겨날 위험은 당연히 있다고 봅니다. 게다가 지금 교단에 남아 있는 사람들은 사린사건도 잠재적으로는 받아들이고 있을 겁니다. 아마 신자들은 똑같은 교의를 이어가는 것이 위험하다는 자각은 갖고 있지 않을 겁니다. 교단이 범죄를 일으켰다는 자각도 아마 없겠죠. 그들은 자기들의 이익과 교단의 좋은 측면으로만 눈을 돌리고 있을 테니까요.

지하철 사린사건의 피해자 여러분이나 직접 범죄를 일으키고만 옛 동료들을 생각하면, 여전히 옴진리교를 믿고 활동하는 사람들에게 "지금 뭐 하는 거야!"라고 따지고 싶은 마음이 굴뚝같지만, 그들에게 직접 부딪쳐본들 아마 점점 더 껍질을 굳히고 안으로만 파고들 겁니다. 조금씩이라도 사실을 드러내서 스스로 알아차리게 해나가는 방법밖에 없습니다.

저 자신이 앞으로 현세와 어떻게 타협하며 살아갈 것인가, 그건 어려운 문제입니다. 어떤 단체에 소속되는 건 이미 지긋지긋하고, 이제는 저 혼자 헤쳐나갈 수밖에 없습니다. 뭐, 제 안의 욕망을 없애기 힘든 부분도 있습니다만, 혼자 힘으로 한 발 한 발 노력해가는 수밖에 없겠다 싶네요.

—대학 1학년 때부터 이래저래 칠 년 동안이나 옴진리교 교단에 있었던 셈이군요. 그 세월을 빼앗겼다는 느낌은 없습니까?

그렇지는 않습니다. 분명 잘못이었을지도 모릅니다. 그러나 그것을 극복해감으로써 가치를 찾을 수 있을 거라 생각합니다. 하나의 전환으로 말이죠.

　개중에는 옴진리교의 경험을 모조리 지워버리고 신문 보도조차 안 보려는 사람도 있습니다. 눈을 질끈 감고는 신문이고 뉴스고 아무것도 안 봅니다. 그렇지만 그러면 실패에서 아무것도 배울 수가 없겠죠. 그렇게 행동하면 또다시 똑같은 잘못을 범하게 될지도 모릅니다. 틀린 시험문제와 마찬가지로, 어디에서 잘못되었는지 끝까지 밝혀내야 합니다. 그러지 않으면 다음에도 또 똑같은 곳에서 실수를 저지를 테니까요.

사실 저는 전생에 남자였어요

간다 미유키(1973년생)

1973년에 가나가와 현에서 태어났다. 아버지는 회사원이었고, 지극히 평범한 중산층 가정이었다. 어릴 때부터 신비적인 것에 이끌리는 경향이 있었다. 열여섯 살 때 아사하라 쇼코의 책을 읽고 감명을 받아 오빠 둘과 함께 삼남매가 한꺼번에 옴진리교에 입신했다. 그리고 곧이어 수행에 집중하기 위해 고등학교를 중퇴하고 출가했다.

그녀와 얘기를 나누다보면, 이 사람에게 옴진리교가 이상적인 '그릇'이었다는 것을 납득하게 된다. 분명 '현세'에서 살아가는 것보다는 교단에 들어가서 수행하는 편이 이 사람으로서는 훨씬 행복했을 것이다. 현세의 그 무엇에서도 전혀 가치를 발견할 수 없었고, 자기 안의 정신세계를 추구하는 것 외에는 거의 흥미가 없었다. 따라서 현실에서 벗어나 외곬으로 정신수행에만 매진할 수 있는 옴진리교 교단은 하나의 낙원 같은 것이었다.

물론 열여섯 살에 교단에 들어가 순수 배양되었다고, '유괴나 세뇌' 같은 형태로 볼 수도 있겠지만, 내 마음은 그보다는 오히려 '세상에 이런 사람 하나쯤 있어도 괜찮지 않을까' 하는 생각 쪽으로 기울어버렸다. 너나 할 것 없이 모든 사람이 굳이 '현세'에서 부대끼며 절박하게 살아갈 필요는 없을 것이다. 세상에 직접 도움이 되지 않는 것에도 뼈를 깎는 진지함으로 임하는 사람들이 조금은 있어도 좋을 것이다. 문제는 이런 사람들을 받아들일 적절한 네트워크가, 아사하라 쇼코가 이끄는 옴진리교 교단 외에는 거의 찾아볼 수 없었다는 데 있다. 그리고 결과적으로 그 네트워크가 우연하게도 거대한 악의 요소를 내포하고 있었던 셈이다. 단순하게 표현하자면, 결국 낙원 같은 것은 어디에도 없는 것이다.

동기의 순수함이라는 면을 생각해보면, 현실은 몹시 무거워진다. 순수함이 배제된 현실이 심지어 어딘가에서 복수의 기회를 엿보고 있는 것처럼 보이기도 한다. 미유키 씨와 얘기를 나누다가 불현듯 그런 생각이 들었다.

현세 사람과 이렇게 오래 얘기를 나누면 더러움이 옮는 거 아닙니까, 라고 헤어질 때 물었더니, 잠시 머뭇거리다가 "이론적으로는 분명 그렇습니다"라고 정직하게 대답했다. 진지한 사람이다. 직접 만든 빵을 대접받았는데, 담백하고 꽤 맛이 좋았다.

*

태어난 곳은 가나가와입니다. 가족으로는 부모님과 오빠 둘
이 있고요. 아버지는 비교적 탄탄한 회사에 근무했습니다. 음,
꼭 회사원이라서 그런 건 아니겠지만, 일반적으로 볼 때 역시 성
실한 분위기를 풍기는 사람이었습니다. 일은 매우 확실하게 하
신다는 얘기를 다른 데서도 들은 적이 있어요. 그렇다보니 굳이
나누자면 가정보다는 회사 일에 중심을 뒀지만, 그래도 일요일
같은 때는 우리를 여기저기 데리고 다녔죠. 엄마는 상냥한 사람
이었습니다. 여러 가지로 걱정해주고, 내가 알아채지 못하는 것
도 챙겨주고, 그렇게 세심하게 보살펴주는 타입이었습니다. 네,
지극히 평범한 가정이었죠. 다른 집이랑 딱히 다른 점은 없었어
요. 이렇다 할 가정 문제도 없었고.

저는 어릴 때부터 신비체험을 많이 했습니다. 그 예로 꿈을 꿔
도 현실과 전혀 다르지 않았어요. 꿈이라기보다 일종의 이야기
라고 할까요, 아주 길고 굉장히 뚜렷해서 눈을 떠도 세세한 부분
까지 전부 기억이 났습니다. 꿈속에서 다양한 세계를 돌아다니
고, 유체이탈 같은 것도 경험했습니다. 그런 체험을 매일같이 되
풀이했어요. 철이 들 무렵부터 줄곧 그랬죠. 유체이탈 때는 몸이

딱딱하게 고정되고, 호흡이 정지되고, 날아가는 듯한 상태가 됩니다. 특히 피곤해서 잠들었을 때는 강렬한 체험이 더 잦았습니다. 일종의 신비체험이죠.

꿈속에서는 이 세상에는 있을 수 없는 일들을 경험할 수 있어요. 예를 들면 꿈속에서 초능력을 발휘하거나, 하늘을 날거나, 요즘 세상에는 존재하지 않는 물체를 타고 직접 운전하기도 합니다. '내가 어떻게 이런 걸 운전하지?' 하고 스스로도 신기해했죠.

그건 보통 '꿈'과는 다릅니다. 모든 것이 현실과 전혀 다르지 않아요. '이건 꿈이지 현실이 아니야'라고 분명하게 구분할 수 있으면 좋겠지만, 현실과 비슷한 것이 꿈속에 나오면 '어, 이게 현실일까? 꿈일까?' 하고 혼란에 빠져버립니다. 점점 그 둘 사이의 구별이 흐릿해져갔습니다. 어느 쪽이 진짜 현실인지 알 수 없게 되었고, 오히려 꿈이 훨씬 리얼하게 느껴지기도 했어요. 그것 때문에 저는 무척이나 고민했습니다. '이 세상에서는 대체 뭐가 진실일까? 어느 쪽이 진정한 나의 의식일까?' 하고요.

그런 체험의 영향은 역시나 매우 강했던 것 같아요. 아버지와 어머니에게도 그런 얘기를 했지만, 아무래도 내 얘기를 잘 이해할 수 없었던 모양이에요. "그런 일이 있을 수 있나?"라며 반신반의하는 반응이었습니다.

저는 굳이 말하자면 내향적인 성격이지만, 친구도 조금 있었고, 학교에서도 평범하게 지냈습니다. 공부는 별로 좋아하는 편이 아니었지만 자신 있는 과목은 꽤 열심히 했던 것 같아요. 예를 들면 국어 같은 과목이요. 책 읽기도 좋아했습니다. SF판타지 종류가 좋았어요. 그런 책들은 오빠가 추천해줬죠. 만화나 애니메이션도 자주 봤습니다. 수학은 영 아니었어요. 운동도 별로 좋아하지 않았고.

엄마는 공부하라는 말을 자주 했습니다. 공부해야 좋은 학교에 갈 수 있고, 좋은 학교에 가야 좋은 회사에 취직할 수 있고…… 뭐 그런 흔한 얘기죠. 그렇지만 솔직히 공부에는 별로 관심이 없었습니다. 특히 고등학교 입시 같은 것에서 전혀 가치를 발견할 수 없었습니다. 저는 도무지 그게 중요하다고 생각할 수 없었어요.

꿈은 계속 꿨습니다. 꿈속에서 저는 실로 다양한 체험들을 했어요. 여러 세계를 돌아다녔죠. 그런데 그게 뭐랄까, 일시적으로는 즐거울지 몰라도 영속되진 않았어요. 언젠가는 무너져버리는 거죠. 전쟁 같은 것도 체험했습니다. 꿈속에서 수많은 사람들이 죽어갔어요. 그럴 때는 죽음에 대한 공포가 생생하게 느껴졌고, 주위 사람들이 죽어가는 모습에 깊은 슬픔도 겪었습니다. 그런 체험을 몇 번씩 되풀이하면서, 이 세상이 무상하다는 걸 깨달았습니다. 그 무엇도 영원히 이어지진 않는다, 이 세상은 무상하기 때문에 괴로움이 있는 거라고요.

──결국 당신에게는 현실생활과 나란히 의식 속에 '또 하나의 생활'이 있었고, 현실생활에서보다는 오히려 그 '또 하나의 생활'에서 다양한 감정적인 체험을 겪음으로써 그런 명확한 인식에 도달했다는 얘기군요?

맞아요. 가까이에서 현실적인 죽음을 체험한 적은 없었지만, 텔레비전에서 병든 사람이 죽어가는 모습을 보면, '아아, 역시 현실세계도 무상하구나. 여기에도 똑같은 불행이 있어' 하는 생각이 들었습니다. (내 안에서 꿈과 현실이) 그런 방식으로 연결된 거죠.

고등학교는 가나가와의 공립 고등학교였습니다. 고등학생이 되니, 역시 중학교 때랑은 대화의 화제가 달랐습니다. 이성교제나 패션, 노래방 얘기 등, 화제의 중심은 대체로 노는 내용이었습니다. 그렇지만 저는 그런 것에서 전혀 가치를 찾을 수 없었습니다. 얘기에 끼어들 수가 없었어요.

그래서 혼자 책을 읽는 일이 많았습니다. 혼자 글을 써보기도 했죠. 제 경우는 꿈이 곧 이야기였기 때문에, 줄거리를 따라 써나가면 그대로 책과 같은 형태가 만들어졌어요. 실제로 작가 중에도 그런 사람이 있지 않나요? 꿈을 소재로 삼거나, 거기에서 힌트를 얻어서 소설을 쓰는 사람.

저는 딱히 남자친구가 필요하다는 생각은 없었습니다. 주변 친구가 연애를 해도 부럽다는 생각이 안 들었어요. 그런 데서는 가치를 찾을 수 없었던 거죠.

열여섯 살 때, 오빠가 "이거 좋은 책이야"라며 옴진리교 책을 몇 권 빌려주었습니다. 처음에는 『생사를 초월하다』와 『이니시에이션』, 『마하야나 수트라』 정도였던 것 같아요. 그 책을 읽고 '아, 이게 바로 내가 지금껏 찾아왔던 거야' 하는 생각이 들었습니다. 책을 읽자 당장이라도 입신하고 싶었습니다.

책 속에는 우리가 진정한 행복을 얻기 위해서는 해탈해야 한다는 내용이 씌어 있었습니다. 저는 생활 속에서 행복을 느껴도 그것이 언제까지나 영속되지는 않는다는 사실 때문에 어릴 때부터 늘 무상함 같은 걸 느꼈잖아요. 그런데 만약 행복이 영원히 지속된다면 얼마나 멋질까 생각했죠. 그것도 저 혼자만이 아니라 모든 사람이 그럴 수 있다면 얼마나 좋을까 생각했어요. 그런 의미에서 저는 '해탈'이라는 말에 강하게 매료되었습니다.

—당신이 말하는 그 '행복'이란 구체적으로 예를 들면 어떤 것일까요?

예를 들어 친구랑 이런저런 얘기를 나누다보면 굉장히 즐거울 때가 있잖아요. 가족과 얘기를 해도 아주 즐거울 때가 있어요. 그런 때는 행복을 느꼈습니다. 그때 느끼는 그런 기분이 언제까지고 이어지면 좋겠다는 생각이 들었습니다. 그래요, 저에게는 대화가 중요했어요. 노는 것 자체에는 별로 흥미가 없었습니다.

해탈이란 무엇인가 하면, 일단 어쩔 수 없이 고통이 있고, 단순하게 말해 그런 것들이 모두 사라져버리는 상태가 아닐까 하고 이해했습니다. 그러니 해탈하면 이 무상한 세상의 고통에서 벗어날 수 있을 거라고 믿었죠. 해탈에 이르는 구체적인 수행법이 책에 나와 있어서, 입신할 때까지는 한동안 매일 혼자서 따라 했습니다. 집에서 책을 보며 아사나(요가)를 하고, 호흡법도 매일 했어요.

오빠 둘도 책을 읽고 옴진리교에 이끌려 입신하고 싶다고 말했습니다. 네, 역시 세 남매가 어딘지 모르게 사고방식이 비슷했던 거죠. 저처럼 강렬하진 않았지만, 큰오빠도 대체로 비슷한 꿈을 꾸곤 했습니다. 작은오빠도 적잖이 그런 체험을 한 것 같았고요.

그래서 셋이 같이 세타가야 도장으로 가서 접수처에서 입신 신청서를 달라고 했습니다. 처음부터 입신할 생각이었기 때문에 곧바로 이름과 주소를 써넣었는데, "잠깐 얘기를 들어볼까요"라고 하기에 안쪽으로 안내를 받아 그 도장 대사大師와 이야기를 나눴습니다. 왜 입신하고 싶으냐고 동기를 물어서 세 사람 다 "깨달음과 해탈을 얻기 위해서입니다"라고 대답했더니 굉장히 놀라워했어요. 음, 보통은 현세의 이익이나 초능력 같은 동기가 많았던 모양이에요.

그리고 대사에게 여러 가지 얘기를 들었는데, 그때의 느낌은 뭐랄까, 도장 안에 있으니 굉장히 안심이 되었어요. 공간 자체가 편안함을 가져다주었죠. 그래서 결국 세 사람 다 그날 바로 입신했습니다. 입회비는 반년치 월회비까지 포함해서 한 사람당 3만 엔 정도였다고 기억해요. 저는 가진 돈이 조금 모자라서 오빠한테 빌렸죠.

—자식들 셋이 한꺼번에 옴진리교 신자가 되어버렸는데, 부모님은 별 말씀이 없었나요?

네. 그때는 아직 세간에서도 별로 시끄럽지도 않았고, 우선은 요가원 같은 거라고 말했으니까요. 나중에 교단이 세간의 입에 오르내리게 된 후로는 여러 가지 일들이 있었지만.

입신해서 한동안은 계속 전단지를 접었습니다. 이른바 봉사 활동이라는 거예요. 교단 선전 전단지를 접어서 우편함에 넣거나 혹은 길에서 직접 나눠주기도 했습니다. 일요일에는 자주 지부에 가서 그런 활동을 했습니다. 즐거웠어요. 봉사활동 후에는 역시나 '해냈다!'는 보람이 느껴졌습니다. 왜 그런지는 잘 모르겠지만, 마음이 밝아져요. 그런 경험을 했죠. 봉사활동은 곧 공덕이다. 공덕을 쌓으면 상승 에너지가 강해진다. 옴진리교에서는 그런 말을 자주 들었어요.

거기서 친구도 생겼어요. 나중에는 중학교 때 친구도 들어와서 같이 전단지를 돌리기도 했고요. 아뇨, 적극적으로 권했던 건 아니에요. 그냥 제가 "이런 것도 있다"고 했더니 "아, 나도 입신하고 싶어"라는 얘기가 나온 것뿐이에요.

입신한 후에는 수행을 계속했고, 얼마 지나지 않아 다르두리 싯디*라는 것을 체험했습니다. 공중부양의 전 단계로 불리는 건데, 말하자면 몸이 폴짝폴짝 튀어오르는 거예요. 집에서 호흡법을 하는데 갑자기 그런 현상이 나타났죠. 그후로는 언제든 자유롭게 할 수 있게 되었어요. 처음에는 나도 모르는 사이에 그렇게 튀어올랐지만, 차츰 내 힘으로 어느 정도 조절할 수 있었습니다.

그렇지만 처음에는 너무 놀랍고 힘들었어요. 막 튀어오르니까요(웃음). 어떻게 해야 할지 몰라 곤란했습니다. 가족들도 깜짝 놀라서 쳐다봤죠. 저는 굉장히 이른 편이라고 하더군요. 역시 어릴 때부터 영적으로 발달해 있었던 것 같아요.

입신해서 얼마 동안은 고등학교를 다니면서 교단 활동을 했지만, 학교 생활에서는 가치를 찾을 수 없다는 생각이 제 안에서

---

* darduri-siddhi, 공중부양의 원형. 쿤달리니가 각성하여 그 강력한 에너지가 상승함으로써 몸이 개구리처럼 높이 튀어오르는 현상.

점점 더 강해졌습니다. 의미가 없다고 할까, 솔직히 말해 오히려 '싫다'는 느낌이 들었습니다. 모든 게 정반대예요. 예를 들어 반 친구들은 모두 선생님 험담을 마구 하는데, 옴진리교에는 '남의 험담을 하지 않는다'는 계율이 있습니다. 그런 점에서 강한 모순을 느껴서 섞이기 힘들었어요. 주위 얘기에도 전혀 장단을 맞출 수가 없었죠. 요즘 고등학생들은 입만 열면 어떻게 하면 즐겁게 놀까 하는 얘기만 합니다. 그러나 옴진리교에서는 '즐거움을 좇지 않기 위한 실천'을 합니다. 정반대죠. 당연히 얘기가 통하지 않았어요.

그리고 해탈과 깨달음을 얻기 위해서는 집에서 수행하는 것보다 출가해서 하는 편이 빠른 건 사실입니다. 그렇다보니 어떻게든 빨리 출가해서 해탈과 깨달음을 얻고 싶다는 생각이 머릿속에서 떠나지 않았습니다. 집에서 수행하면서 내가 점점 변화를 이뤄내는 걸 실감할 수 있었고, 좀더 변하고 싶은 마음이 강했습니다.

출가하고 싶다는 희망을 교단에 전하자, "그렇게까지 출가하고 싶으면 해도 괜찮습니다"라고 말했습니다.

—출가란 번뇌를 버리고 간다는 뜻인데, 미유키 씨는 버리기 힘들었던 '번뇌'가 있었습니까?

출가할 때는 역시나 망설임과 갈등이 심했습니다. 이제껏 가족과 함께 살아왔는데 앞으로는 자유롭게 만날 수조차 없으니까요. 저는 그게 가장 힘들었습니다. 출가하면 앞으로는 식사도 규정된 음식밖에 못 먹습니다. 뭐, 식사 문제는 실제로 그렇게 힘들지는 않았지만, 그것 말고도 '과연 잘해낼 수 있을까' 하는 불안감이 컸어요.

큰오빠는 이미 대학을 중퇴하고 출가한 상태였습니다. 부모님은 "적어도 대학은 졸업해라. 출가는 그후에 해도 되잖니"라며 설득했지만, 마음을 바꾸지 않았죠. 작은오빠는 줄곧 재가신자였고 출가할 의사는 없었던 것 같아요.

제가 집에서 나올 때 부모님은 많이 울었습니다. 강하게 말렸죠. 그렇지만 제가 계속 그 상태면 진정한 의미로 부모님에게 좋은 영향을 줄 수는 없다고 생각했어요. 저는 일반적으로 일컬어지는 '애정'이 아니라, (좀더 큰 의미의) '사랑'을 선택하고 싶었습니다. 제가 진정으로 변함으로써 결과적으로 부모님에게도 좋은 영향을 줄 수 있을 거라고 믿었어요. 물론 헤어지는 건 힘들었죠. 그래도 스스로를 그렇게 타이르며 결단을 내렸습니다.

출가해서 맨 처음 간 곳은 야마나시 현의 청류정사*였습니다.

---

* 淸流精舍. 1990년에 후쿠시 강변에 건설한 옴진리교 종교 시설.

그곳에서 수행을 하고, 그후에 다시 도쿄의 세타가야 도장으로 옮겨왔습니다. 지부 활동 업무에 배속되었기 때문이죠. 구체적으로는 재가신자들을 응대하는 업무를 맡았습니다. 전단지를 인쇄해서 신도 분들에게 가져다주기도 했어요. 그러면 신도들이 그것을 돌리는 거죠. 새로운 생활이라 아무래도 '외롭다'고 느낄 때는 있었지만, 출가한 것은 후회하지 않았습니다. 교단에서 새로운 친구들도 사귀었습니다. 그 당시에 제 또래 여자아이들이 잇달아 출가해서, 세타가야 도장에서도 그애들과 함께 꽤 즐겁게 생활했습니다. 대화가 잘 통했어요. 화제요? 그야 어떻게 하면 수행을 발전시킬 수 있는가 하는 거죠(웃음). 모두 현세에서 가치를 찾지 못해 그곳에 들어온 사람들이라, 아무래도 그런 이야기만 나누게 됩니다. 일 년쯤 세타가야 도장에 있었고, 다시 후지 산 총본부로 이동해서 그곳에서 사무 업무를 했어요. 거기서 일 년 반 지냈고, 그후에는 가미쿠이시키무라의 제6사티암으로 갔습니다. 그리고 그곳에서 '공물供物' 만드는 일을 담당했습니다. 신들에게 식사를 공양하는 일이죠. 신들에게 공양한 후에 사마나(출가신자)가 먹으며 공양하는 거예요.

— 식사 말이군요. 대체로 어떤 음식을 만들었습니까?

음, 빵이나 쿠키 종류, 어떤 때는 햄버그스테이크를 만들기도 하고, 밥이나 다시마, 튀김 등등, 그때그때 상황에 따라 메뉴는 조금씩 달랐고, 라면을 올렸던 시기도 있었어요. 원칙적으로는 채식입니다. 육류는 사용하지 않아요. 햄버그스테이크도 콩 단백질로 만들죠.

만드는 인원수는 상황에 따라 많기도 하고 적기도 하지만, 마지막 무렵에는 셋이서 했어요. 모두 여자였고, 정해진 사람만 그곳에서 일할 수 있었죠. 신에게 올리는 공물은 신성하니까요.

—미유키 씨는 그런 일을 할 자격이 있다고 인정받은 셈이군요?

네, 그렇다고 생각합니다. 그렇지만 실제로는 굉장히 힘든 일이에요. 거의 육체노동이라고 해도 좋을 정도죠. 매일 아침부터 밤늦게까지 (식사를) 만들고, 녹초가 되어 나가떨어질 때도 있었어요. 한때는 사마나 수가 굉장히 많았기 때문에 만드는 양도 늘어나서 그것만으로도 한나절이 걸렸습니다. 정말이지 쉴 틈도 없이 계속 일만 했어요.

맞아요. 사마나가 백 명이면, 백 명분의 식사를 만들어서 그것을 제단에 바치는 거예요. 그냥 만들기만 하는 게 아니고 그걸 제단 방까지 들고 가서 펼쳐놓아야 합니다. 올린 후에 다시 사마나에게 나눠줘야 하죠.

메뉴는 윗사람이 결정해요. 일단 기본적으로 현대인에게 필요한 영양소를 계산하고, '이 정도면 문제없다'는 선에서 메뉴를 작성했지 싶어요. 맛이요? 외부에서 오신 분들에게도 가끔 대접했는데, 역시 다들 '담백하다'고 말씀하셨죠. 맛이 너무 좋으면 번뇌가 늘어날 염려가 있기 때문에 그런 부분은 적당히 맞추는 면도 있었습니다. 말하자면 '미각에 현혹되지 않는 식사'인 셈이죠. 맛있는 음식을 만드는 게 아니라, 어디까지나 살아가고 활동하는 데 필요한 영양을 공급하는 게 우리 일의 근본 목적이었으니까요.

빵과 쿠키도 우리가 직접 구웠습니다. 공장이 넓어서 밀가루를 반죽하는 기계, 자르는 기계, 굽는 기계까지 다 갖춰져 있었어요. 식품 구입은 그것을 전문으로 하는 사람이 별도로 했고요.

음, 조리를 하기 위한 특별훈련 같은 건 없었습니다. 개조(아사하라 쇼코)에게 자주 주의를 들었던 것은 "하나하나에 마음을 담아 정성껏 만드십시오"라는 거였죠. 그리고 (식사를) 만든 후에는 기계를 닦는데, "기계를 닦을 때는 자기 마음을 연마한다는 마음가짐으로 닦으라"는 말도 했습니다. 그래서 평소에 음식을 만들 때도 조금이라도 더 정성을 들이기 위해 최대한 신경을 썼어요. 출가 전에 집에 있을 때는 요리에 별 관심이 없었어요. 가끔 하긴 했지만, 일상적으로 만들진 않았죠. 그런데 가미쿠이시키에 간 후로 사 년 동안 매일같이 제6사티암에서 공물을 만들었습니다.

—제6사티암에는 아사하라 쇼코가 살았죠?

네. 몇 군데 거처가 더 있었지만, 제6사티암이 중심이었어요. 그렇지만 같은 사티암이라 해도 우리가 있는 곳과는 꽤 떨어져 있었습니다. 이따금 얼굴을 볼 기회는 있었지만요. 간혹 우리가 만든 음식을 먹을 때도 있었지만, 그런 일은 거의 드물었죠. 평소에는 다른 분이 (교주의 식사를) 만들었을 거예요.

일과 병행해서 수행을 계속해나갔는데, 역시 수행하는 중에 차츰 여러 가지 것들을 깨닫게 되었습니다. 저의 번뇌 상황이나, 에너지 면에서 지금 내가 어떤 상태인지, 그런 것들이 또렷하게 보였어요. 그래서 그에 맞추는 형태로 수행 내용을 바꾸기도 하죠. 해탈하기까지 사 년이 걸렸습니다.

—해탈했다는 것은 교주가 정하나요? "됐어, 넌 이제 해탈에 이르렀다"는 식으로?

네, 최종적으로는 그렇죠. 해탈하는 데는 여러 가지 조건이 필요한데, 그 몇 가지 조건을 완수했다는 판단을 받은 후에 해탈했는지 어떤지 (교주에게) 점검을 받습니다. 일반적으로 말하면 집중적인 수행에 들어가 있을 때 해탈을 이루는 게 거의 대부분

일 거예요. 해탈하기 위한 '극엄極嚴 수행'이라는 게 있어요. 그 수행을 할 때 여러 가지 신비체험 같은 게 일어나는데, 그것이 어느 정도 갖춰지고, 더불어 마음의 상태도 맑아진 시점에서 해탈의 단계에 이르게 됩니다.

해탈하면 홀리네임을 받아요. 나중에는 체제가 바뀌어서, 해탈하지 않더라도 어느 정도 단계에 이르면 홀리네임을 받기도 했죠.

—당신의 경우는 어릴 때부터 꿈이나 유체이탈 같은 경험을 했었는데, 출가해서 교단에 들어간 후로는 어땠나요?

출가한 후로는 영성이 더욱 높아져서 더 다양한 신비체험을 하게 됐죠. 또한 전과 비교해 그런 것을 제 힘으로 조절할 수 있게 되었어요. 꿈을 꿔도 '이건 꿈이다'라고 인식할 수 있었고, 그것을 제 마음대로 조절할 수 있었습니다. 그리고 저의 전생을 떠올리거나, 또 주위 사람들이 다음에는 어떤 세계에 환생할지도 보이기 시작했습니다.

전생을 떠올릴 때는 지금의 현실에 있으면서도 그때 일어난 일을 생생하게 체험할 수 있습니다. 그럴 때는 '이건 내 전생이다'라는 걸 한순간에 퍼뜩 알아차립니다. 순간적으로 이해할 수 있죠. 일종의 깨달음 같은 거예요.

사실 저는 전생에 남자였습니다. 제가 어렸을 때를 떠올리면 아닌 게 아니라 여러 가지 일들이 딱 들어맞아요. 저는 어릴 때 늘 남자아이로 오해받았죠. 그래서 '이상하다, 왜 그럴까' 하고 항상 궁금해했어요. 그런데 제가 전생에 남자였다면, '아, 역시 그랬구나' 하고 확실하게 이해가 가죠.

—성별 외의 것은 어떤가요? 예를 들면 전생에 저지른 죄가 지금의 인생에도 영향을 주나요?

그렇습니다. 저의 경우를 예로 들면, 어릴 적 경험에서 즐거운 일도 있었지만, 괴로운 일도 있었죠. 그건 결국 전생의 나쁜 부분을 청산해야 했다는 뜻이 아닐까요.

—절대 꼬투리를 잡을 생각은 없지만, 많든 적든 누구나 그렇지 않을까요? 영성이나 환생 같은 것과 상관없이, 보통 누구나 안 좋은 일쯤은 있게 마련이죠.

그렇긴 하죠. 그래요. 다만 아직 너무 어려서 좋은 상태도 나쁜 상태도 없고, 현실생활을 거의 하지 않았을 무렵부터 그런 경험을 했다는 건, 아무래도 전생에서 이어져오는 부분이 있을 거라고 생각해요.

— 현실생활을 아직 시작하지 않은 단계라도, 예를 들면 굉장히 배가 고플 때 밥을 주지 않는다, 엄마에게 안기고 싶은데 안아주지 않는다…… 그런 건 불행한 체험이죠. 전생이나 죄와 상관없이. 연령적 단계의 차이야 있겠지만, 그건 자기가 현실과 어떻게 관계를 맺어갈 것인가 하는 '고통'의 문제일 것 같은데요.

그러니까, 그걸 깨닫는다는 건 확실히 특이한 경우겠죠.

지하철 사린사건이 일어났을 때(1995년 3월)는 평소와 마찬가지로 제6사티암에서 공물을 만들고 있었습니다. 사건은 옴진리교 사람에게 들었어요. 이런 일이 도쿄에서 일어났는데, 옴진리교 짓이라고 생각하는 것 같다는 내용이었습니다. 저는 절대 옴진리교 짓이라고 생각하지 않았습니다. 누가 했는지는 몰라도, 다른 누군가가 한 걸 세상에서 옴진리교 탓으로 돌린다고 생각했죠.

그전에 가미쿠이시키 시설 안에 사린이 뿌려졌다, 독가스 공격을 받았다는 말을 들었는데, 그건 어느 정도 진실로 받아들였어요. 주위에 건강이 안 좋아진 사람이 급격하게 늘었기 때문이죠. 저도 그중 한 사람이었어요. 폐에서 피가 나오고, 입에서도 피가 나는 상태였습니다. 건강이 나빠져서 드러누운 적도 있었죠. 그리고 피가래가 나오고, 두통, 구토증에다 전보다 몸이 쉽게 지쳤습니다. 그렇다보니 독가스가 뿌려졌다는 건 역시 사실일 거라 생각했죠. 그렇지 않다면 모두가 그렇게 급격하게 동시에 건강이 나빠질 리는 없으니까요. 그때까지 그런 일은 한 번도 없었어요.

강제조사가 들이닥쳤을 때는 솔직히 깜짝 놀랐습니다. 우리는 잘못이 하나도 없다고 생각했으니까요. 왠지 일방적으로 그런 식으로 (악한 사람) 취급을 받는 기분이 들었습니다. 제6사티암에도 조사가 들어왔죠. 공물을 만드는 곳도 전부 수색당했고, (식사를) 만드는 것도 중단시켰습니다. 그러니 사마나에게 식사도 배급할 수 없었어요. 그래서 다함께 한 끼를 단식할 수밖에 없었습니다. 경찰은 역시 무섭더군요. 주위 사람들이 폭행을 당하는 모습을 봤어요. 떠밀려서 뇌진탕을 일으키기도 했고요.

─당신은 계속 제6사티암에서 지내면서, 그 사건 전후로 주위에서 뭔가 이상한 일이 일어난다는 걸 느끼지 못했습니까?

못했습니다. 저는 줄곧 제6사티암에서 공물만 만들었으니까요. 그런 얘기를 들은 적도 없고, 직접 본 적도 없습니다. 저희가 다른 신자들과 횡적 관계를 맺는 경우는 제6사티암 내부에서뿐이에요. 일이 바빠서 거의 밖에 나갈 일도 없었기 때문에 다른 사정은 잘 모릅니다. 자주 얘기를 나누는 친구라고 해봐야 같이 공물을 만드는 동년배 여자들이죠. 사이는 좋았어요.

—사린사건 실행범이 체포되고 자백하기 시작하자, 그에 따라 교단이 사건과 관련되었다는 사실이 명확해졌습니다. 그 점에 대해서는 어떻게 생각하십니까?

음, 그런 뉴스는 실제로는 들어오지 않아요. 거의 못 들었어요. 적어도 제가 있었던 곳은 그랬죠. 워낙에 마을과 많이 떨어진 깊은 산속이니까요. 신문도 텔레비전도 없어요. 그렇기 때문에 거의 알지 못했어요.

물론 그렇지 않은(정보를 수집했던) 사람도 개중에는 있었죠. 뉴스도 마음만 먹으면 접할 수 있었습니다. 하지만 저는 그런 데 흥미가 없었어요. 옴진리교가 했다는 생각도 전혀 없었고. 텔레비전이나 애니메이션을 보고 싶은 마음도 딱히 없었기 때문에, 그런 것도 되도록 접하지 않았어요.

마음이 흔들린 것은 이듬해가 되어 파괴활동방지법 적용 이야기가 흘러나왔을 때였어요. 그것이 적용되면 지금까지 같이 지낸 동료들이 모두 뿔뿔이 흩어져야 합니다. 그러면 집중해서 수행할 수도 없고, 지금처럼 안전한 환경에서 생활할 수도 없어요. 혼자 힘으로 생계를 꾸려나가야 하니까요. 그런 면에서는 불안을 느꼈습니다.

　—다시 말해 파괴활동방지법이 적용되면 출가생활을 할 수 없게 되고, 일해서 돈을 벌어야 한다. 그러면 수행에 방해를 받는다. 그 사실에 비로소 충격을 받았다. 그렇지만 '옴진리교가 했을지도 모른다'는 의문은, 사건이 발생한 지 일 년이 지난 그때에도 미유키 씨 내면에는 전혀 없었던 거군요.

　네. 그래요. 의심 같은 건 없었어요. 주위 사람들도 모두 똑같은 마음이었죠. 제6사티암에 있었던 사람들은 대체로 외부와의 접촉이 거의 없었으니까요. 아마도 그런 정보가 들어오지 않아서 그렇게 생각한 걸 거예요.

　결국 가미쿠이시키에서 강제 퇴거당하는 날까지, 저는 제6사티암에서 공물을 만들었습니다. 공물 만들기가 중단되면 사마나가 먹을 음식도 없죠. 마지막에는 사마나 수가 상당히 줄었어요. 하나둘씩 밖으로 나갔습니다. 전부 다 갑자기 밖으로 내몰리면 생활 기반이 없어서 살아갈 수 없으니까요. 처음에 어느 정도 아르바이트라도 하지 않으면 아파트 임대료도 못 내잖아요. 사마나는 업재業財 밖에 못 받았기 때문에—업재란 매달 사마나가 받는 돈이에요—손에 쥐고 있는 돈이라고 해봐야 얼마 안 되죠. 그래서 생활의 기반을 만들어두는 게 좋겠다는 생각에 조금씩 먼저 밖으로 나가서, 남아 있는 사마나 수가 차츰 줄어들었습니다. 역시 쓸쓸했어요. 빗살이 하나둘 빠지듯이 사람들이 점점 줄어들고, 제가 맨 마지막에 남은 거나 다름없었죠. 퇴거한 것은 1996년 11월 1일이었습니다.

거기서 나와서 사이타마로 이동했습니다. 그곳에는 옴진리교 사람이 열 명쯤 모여 살고 있었습니다. 주인이 마음이 좋아 "옴진리교 사람이라도 괜찮다"고 했죠. 하긴, 세가 잘 안 나가는 그 저그런 건물이라 그랬던 것도 있겠죠. 약간 빌딩 느낌이 나는 건물이었어요. 생활비는 모두 아르바이트로 벌었죠. 일할 수 있는 사람이 밖에 나가 일해서, 일할 수 없는 아이나 노인을 보살피는 식으로 꾸려나갔습니다.

저는 제6사티암에서 공물을 만든 경험을 살려서, 기회가 오면 빵집을 시작할 생각으로 그 빌딩 1층에 가게를 낼 준비를 하고 있었어요. 자본금은 가족에게 지원을 받았고요.

—부모님이 굉장히 이해심이 많으시군요.

네. 이해심이 많은 편이라고 생각해요(웃음). 아무튼 그래서 지금은 빵집을 하고 있습니다. 맨 처음에는 '하늘을 나는 과자집'이라는 귀여운 이름으로 시작했는데, 매스컴 보도 때문에 난관에 부딪혔습니다. 개점 신고서를 내자마자 신문과 텔레비전에

쫙 나가버렸죠. 아마 관청 쪽에서 매스컴에 흘렸지 싶은데. 아무튼 가게 이름도 다 밝혀지고 텔레비전에 영상까지 나왔어요. 그 일 때문에 거래처에서 "댁과는 거래할 수 없습니다"라고 거절당했습니다. '옴진리교 신자가 연 가게'라는 이유 때문이죠. 결국 현실적으로 더이상 장사를 할 수 없는 상태라 한동안 곤경에 빠졌습니다.

그렇게 된 이상, 일반 손님에게는 팔 수 없죠. 홈페이지도 만들었는데 그 사실이 밝혀지는 바람에 모두 취소했습니다. 가게 이름을 바꿔서 다시 시작하려 했지만 그것도 좀처럼 잘 풀리질 않았습니다. 거래처에서 물건을 실어다주는 걸 경찰이 막는 거예요. "저기 뭐 하러 갑니까? 저기는 옴진리교에서 하는 가게예요. 알고 있습니까?"라며 가로막는 거죠. 그래서야 장사가 안 되죠. 밖에 나가서 팔아볼까 하고 자동차 판매 허가도 땄는데, 지금 상황을 고려해보면 어차피 경찰이 따라붙어 이래저래 방해를 할 테고, 그러면 도저히 생계를 이어갈 수 없겠죠.

그런 까닭에 지금은 빵을 만들어서 사마나와 신도한테만 팔아요. 일주일에 두 번 빵을 만들어서 사마나에게 배달하는 거죠. 그걸로 그럭저럭 꾸려가고 있어요. 외부에는 전혀 팔지 않죠, 지금 당장은.

그런데도 경찰은 지금도 여전히 가게 앞에 지키고 서 있어요. 그리고 평소 못 보던 사람이 가게에 들어오려고 하면 불심검문을 해요. "여기는 옴진리교에서 하는 가게예요"라고 말하는 모양이에요. 의도는 잘 모르겠지만, 경찰도 뭔가 일을 하고 있다는 표시를 내야 해서가 아닐까요. 경찰이 와서 빵을 달라고 하기에 줬던 적도 있어요. 그랬더니 나중에 다시 와서 조금 더 달라지 뭐예요. 그래서 "돈 내고 사가세요"라고 대꾸했어요.

이웃 사람들에게 이따금 우리가 만든 케이크 같은 걸 들고 찾아가기도 해요. 그리고 이런저런 얘기를 나누죠. "무슨 수상쩍은 일을 하면 어쩌나 걱정했는데, 멀쩡한 빵이랑 케이크를 만드네"라는 말을 듣기도 합니다. 그런 건 역시 매스컴의 영향이겠죠.

—사티암에서 나와 이렇게 현세에서 생활하게 되었는데, 지금은 사린사건 혹은 사카모토 변호사 사건에 관해서 어떻게 생각하나요? 세상 사람들의 99퍼센트는 그 일련의 사건을 옴진리교 교단이 일으켰다고 생각하는데요.

글쎄요. 아무래도 지금까지 제가 생활하고 경험해온 옴진리교와 외부에서 말하는 옴진리교의 차이가 너무 커서, 제 안에서도 정리가 잘 안 된다고 할지, 어떻게 판단해야 할지 망설여져요.

사건에 관해 말하자면, 지금은 그게 진실일지도 모른다고 생각하게 됐어요. 지금 재판에서도 자꾸만 증언이 바뀌잖아요. 무

엇이 진실이고 무엇이 진실이 아닌지조차 혼란스러운 건 어쩔
수 없어요.

— '그때 누가 어떻게 말했다' 하는, 사실과 관련한 세세한 증언은
바뀌는 게 사실이지만, 그 교단 간부 다섯 사람이 불특정 다수의 승
객을 죽이기 위해 지하철 안에 사린을 뿌렸다는 사실에는 변함이 없
죠. 제가 알고 싶은 것은 그 사실에 관한 의견입니다. 딱히 당신 개인
을 비난할 생각은 없습니다. 다만 당신이 그에 관해 어떻게 생각하고
있는지 알고 싶을 뿐입니다.

음, 역시 믿을 수 없다, 생각조차 할 수 없다고 할까요. 출가생
활을 하면서 저는 살생이라는 행위를 단 한 번도 한 적이 없습니
다. 바퀴벌레 한 마리, 모기 한 마리 죽이지 않았어요. 제가 지금
껏 그렇게 실천해왔고, 주위 사람들도 그런 실천을 하는 걸 제
눈으로 봐왔습니다. 그렇기 때문에 믿을 수가 없어요. 도대체 어
떻게 된 일인가 싶죠.
탄트라 바지라야나에 관한 설법은 분명히 들은 적이 있어요.
그렇지만 그것이 현실에 맞는다고 생각한 적도 없고, 그걸 따라
행동한 적도 없습니다. 지금까지 들었던 방대한 교의 중, 마지막
의 극히 일부로 받아들였을 뿐이죠.
저에게 구루는 수행하는 데 곤란한 점이 있으면 도움을 청할

수 있는 존재였어요. 저는 그렇게 인식하고 있었어요. 그런 의미에서 저에게 필요한 존재라고 판단했습니다.

—절대적인 존재는 아니었나요? 절대귀의가 아니었나요?

절대적…… 글쎄요, 물론 개조가 "이 일을 할 수 있습니까?" 하는 식으로 물어본 적은 있습니다. 그렇지만 그때도 스스로 판단해서 "그건 좀 어렵습니다"라고 대답하곤 했었죠. 무슨 말이든 네네 하면서 따른 건 아닙니다. 주위에서도 그런 일은 없었습니다. 그래서 제가 느끼기엔 절대적인 존재는 아니었어요. 매스컴에서는 그런 이미지로 파악하는 것 같지만.
역시 사람마다 다르지 않을까요. 개중에는 시키는 대로 네네 하며 따르는 사람도 있겠지만, 자기 생각을 확고하게 가지고 그에 따라 행동하는 사람도 많았다고 생각해요.

—혹시 당신이 그런 처지에 놓였다면 어떨까요? 교주를 절대적인 구루라고 인정하고 있고, 우리를 이끌어줄 사람은 저 사람뿐이라고 믿는데, 그런 짓을 하라고 지시한다면.

지하철 사린사건의 실행범이라는 사람들만 해도, 실제로 제 눈으로 직접 보지는 못했지만, 상당히 확고한 자아를 가진 사람

170

들일 거라고 저는 생각해요. 자기가 이렇다고 생각하면, 누구 앞에서든 그 의견을 분명하게 말할 수 있는 사람들이었다고 봐요. 그렇기 때문에 저는 그렇게 가정하는 것 자체가 쉽지 않아요. 제가 내부에서 봤던 그들의 모습을 떠올리면, 도무지 그런 걸 상상할 수가 없어요. 그 사람들이 완벽하게 실천하는 모습을 실제로 봤다면 물론 납득할 수도 있겠지만, 그렇지 않은 부분도 꽤 보고 들어왔기 때문에 정말로 그럴까 하는 의문도 들고, 아무래도 석연치 않죠.

그래서 저는 개조의 재판을 봐도 여전히 애매한 부분이 너무나 많아요. 그러니 지금은 그저 지켜보는 수밖에 없다고 생각합니다. 개조가 실제로 그것을 밝힐 때까지, 지금 단계에서 저는 아무 판단도 할 수 없을 것 같아요. 개조의 변호사도 말했듯이, 개조가 정말로 명령을 했느냐 안 했느냐는 아직 진실이 밝혀지지 않았죠.

—그럼 판단은 마지막까지 유보하겠다는 뜻입니까?

물론 했을 가능성이 제로라는 뜻은 아니에요. 그렇지만 지금 단계에서 딱 잘라 판단하기는 너무 이르다는 거죠. 좀 더 확실한 사실이 밝혀지지 않으면 진심으로 납득할 수 없습니다.

─빵집 개업 자본을 부모님이 내주셨다고 했는데, 계속 그런 원만한 관계를 이어온 겁니까?

　네, 첫 성취를 이룬 후에 집에 갔었고, 몇 번 전화도 걸었습니다. 의절당하거나 그런 건 전혀 아니에요. 언제든 오라고 하셨죠. 그렇지만 현세로 돌아가는 건 무리예요. 현세에 어떤 훌륭한, 저를 향상시킬 만한 것이 있다면 마음이 변할지도 모르지만, 그런 건 지금 상황에는 없습니다. 옴진리교 안에서밖에 발견할 수 없어요.

　칠팔 년이나 교단 안에서 생활하는 가운데 마음이 흔들리는 일도 있었습니다. 수행을 하다보면, 제 안의 부정함 같은 게 뿜어져나올 때가 있어요. 수행중에 차츰 내면으로 들어가는데, 그러면 제 안에 있는 부정한 마음이나 번뇌가 또렷하게 보이고, 그것이 밖으로 뿜어져나오죠. 보통사람은 술을 마시거나 놀면서 그것을 얼버무리려 하겠지만, 수행중인 우리에게는 불가능한 일입니다. 그러므로 직접 마주하고 이겨낼 수밖에 없어요. 너무나 힘들어요. 그럴 때는 분명 마음이 흔들립니다. 그래도 조금 지나 그 흔들림이 차츰 사라져가면 '아, 난 역시 여기서 수행을 계속해야겠다'는 마음이 새삼스럽게 들어요. 현세로 돌아갈까 하는 생각은 단 한 번도 하지 않았습니다.

　저와 함께 들어간 중학교 때 친구는 지금도 여전히 교단에 남아 수행을 계속하고 있어요. 출가한 큰오빠는 사건이 일어나기 전에 집으로 돌아갔죠. 그때 출가를 포기하고 재가신자 형태로 다시 시작했어요. 글쎄요, 아까도 말했듯이 수행중에 생겨나는 부정함의 분출 같은 것에 져버렸기 때문이 아닐까요. 그것을 이겨내지 못하면 해탈을 얻을 수 없어요.

그때 여기 남아 있다간 틀림없이 죽겠다는 생각이 들었습니다

호소이 신이치(1965년생)

삿포로 출신. 고등학교 졸업 후 만화가를 지망하며 도쿄로 와서 예술전문학교에서 공부했지만, 반년 만에 중퇴. 프리터 생활을 하다가 옴진리교를 만나 입신한다. 처음에는 교단의 인쇄공장에서 일했고, 그후 만화 기술을 살릴 수 있는 애니메이션반으로 옮겨갔으며, 마지막에는 과학기술성에서 용접 일을 했다. 1994년에 사師로 임명받았다. 화학공장이 있는 제7사티안 건설에도 관여했다. 돌이켜보니 교단에 있는 동안 수행은 제대로 못하고 일만 했다고 본인은 술회한다. 하지만 그 덕분에 다양한 현실적 체험을 쌓을 수 있었다.

강제수사 후에 자신에게도 체포장이 나왔다는 말을 듣고 경찰에 출두했지만, 이십삼 일간의 구류 끝에 기소유예로 석방되었다. 6월에 유치장에서 교단으로 탈퇴 신고서를 보냈다. 이후 삿포로로 돌아가나, 현재는 다시 도쿄에서 생활하고 있다. 당시 사티암 내부의 광경을 상세하게 그린 일러스트레이션 몇 장을 보여주면서 설명했다.

흰칠하고 피부가 깨끗한 청년이다. 옴진리교 교단 탈퇴자들이 만든 '카나리아 회'의 회원이며, 옴진리교나 아사하라 쇼코에 대해서는 비판적인 태도를 취한다.

*

아버지는 평범한 회사원이었습니다. 형이 하나 있고요. 어렸을 때 한동안 교토에 살았지만, 대부분은 삿포로에서 컸습니다. 초등학교는 좋아하지 않았습니다. 실은 우리 형이 장애인이었거든요. 정신지체라고 할까, 정서장애 비슷한 거라 특수학교에 다녔는데, 초등학교 때는 형 때문에 자주 놀림을 받아서 괴로운 적이 많았습니다.

어머니도 제가 어릴 때부터 형을 보살피는 데에만 매달렸습니다. 저는 별로 돌봐주지 않아서 혼자 놀 수밖에 없었죠. 어머니에게 어리광 부리고 싶은데 그러지 못한 기억이 강하게 남아 있습니다. 무슨 일이 있을 때마다 어머니는 "형이 불쌍하잖니"라고 말했습니다. 그런 면에서 저는 형을 미워했는지도 모릅니다.

꽤 어두운 아이였을지도 모르겠어요. 그것이 결정적으로 드러난 것은 형이 죽었을 때입니다. 제가 열네 살 때였어요. 형은 B형간염 때문에 죽었는데, 저에게는 엄청난 충격이었습니다. 언젠가는 형도 행복해질 거라는 희망 같은 게 제 마음 깊은 곳에 늘 있었으니까요. 나중에는 틀림없이 구원받을 거라고 믿었죠. 일종의 종교적인 이미지 같은 것이었습니다. 그런데 현실의 냉혹함이 저의 그런 희망을 내동댕이치자 이루 말할 수 없이 상심했습니다. 현실이란 내가 기대했던 것처럼, 언젠가는 약자를 구원해주는 게 아니었구나 하는 마음에.

때마침 그 무렵에 『노스트라다무스의 대예언』이 유행했습니다. 1999년에 인류가 멸망해버린다는 얘기였죠. 그것이 저에게는 매우 기분 좋게 들렸습니다. 결국 제가 세상 자체를 미워했기 때문이겠죠. 정치계에서는 다나카 가쿠에이가 비리를 저지르고, 사기가 횡행하고, 세상은 불평등하고, 약자는 영영 구원받지 못합니다. 그런 사회의 한계, 인간의 한계 같은 것을 떠올리면 저는 점점 우울한 상태에 빠져들었습니다.

그런데 그런 얘기를 하고 싶어도 마음을 터놓고 대화를 나눌 상대가 없었습니다. 모두 입시 공부에 열중하거나 아니면 공부는 완전히 딴전이고 자동차나 야구 얘기만 했습니다. 고등학교 시절에는 미술부에 들어갔는데, 당시에는 아직 별 주목을 끌지 못했던 오토모 가쓰히로의 만화에 푹 빠져 있었습니다. 굉장히 사실적이고 생생했고, 내용은 어둡지만 '어쩌면 이런 일이 진짜 있을지도 모른다'는 생각을 하게 만들었습니다. 『안녕 일본』이나 『쇼트 피스』, 『부기우기 왈츠』 같은 작품은 종종 따라 그리기도 했죠.

집을 나와 도쿄로 가고 싶었기 때문에 고등학교를 졸업하고 지요다 공과 예술전문학교라는 곳에 들어갔습니다. 거기에는 만화 전공이 있었습니다. 그러나 반년 만에 학교를 그만뒀어요. 이유는 확실히 모르겠지만, 줄곧 제게서 떠나지 않았던 사람과 세계에 대한 벽이 갑자기 훨씬 크고 높아진 기분이었습니다. 도쿄에 나옴으로써 더더욱. 주위 사람들은 굉장히 잘해줬어요. 여자들도 꽤 많이 다가왔고요. '이애랑은 잘 맞겠다'고 느낀 적도 있었습니다. 그런데도 왜 그런지 제가 먼저 벽을 만들어버렸죠. 학교 수업이 재미없었던 건 아닙니다. 역시 인간관계가 문제였죠. 주변 사람들과 잘 어울릴 수 없었어요. 다함께 자주 놀러가곤 했는데, 술을 마셔도 전혀 재미가 없었습니다. 늘 저 혼자만 정신이 말짱했어요. 그렇다보니 세상에 대한 혐오 같은 게 점점 더 강해지는 겁니다.

지금 생각해보면 왜 그랬나 싶어요. 모처럼 여러 사람과 사귈 수 있는 기회였는데 제가 먼저 거부했으니까요. 어쨌거나 그때는 저 자신을 스스로 궁지로 몰아넣었고, 그럴 수밖에 없었습니다. 반년 만에 학교를 그만두고 프리터 생활을 시작했습니다. 아르바이트를 하면서 혼자 만화 공부를 계속했죠. 집에서 보내주는 돈도 조금 있었고요. 그렇지만 열여덟 열아홉 나이에 혼자 집에 틀어박혀서 공부하긴 힘들었습니다. 폐쇄된 공간에서 꼼짝 않고 지내다보니 정신적으로 나약해졌어요. 대인공포증 같은 증상까지 나타났고요.

이유 없이 사람이 무서웠습니다. 타인은 나를 곤경에 빠뜨리거나 상처를 주는 대상으로만 보였습니다. 마음이 자꾸만 삭막해졌죠. 행복한 모습으로 걸어가는 남녀나 즐거워 보이는 가족을 보면 '저런 건 다 작살나버려야 해' 하는 생각이 들었고, 그와 동시에 그렇게 생각하는 저 자신에게 혐오감이 들었습니다.

형이 죽은 후에 침울해진 집안 분위기에서 벗어나고 싶어서 상경한 건데, 어디를 가도 마음의 안정을 찾을 수 없었던 셈입니다. 결국 어디 가도 소용없다는 생각이 들자, 바깥 세계가 끔찍하게 싫어졌습니다. 집 밖으로 나가면 그저 지옥처럼 느껴졌죠. 급기야는 결벽증까지 생기고 말았습니다. 집에 돌아오면 손을 씻지 않고는 견딜 수가 없었어요. 세면대 앞에서 삼십 분이고 한 시간이고 끊임없이 손을 씻었죠. 그게 정상적인 행동이 아니라는 건 스스로도 알았습니다. 그런데도 멈출 수가 없었어요. 그런 생활이 이삼 년이나 계속되었습니다.

—이삼 년이나 그런 생활을 계속했다니 놀랍습니다. 힘들었겠군요.

178

네, 그 이삼 년 동안은 다른 사람과 거의 얘기를 하지 않았습니다. 간혹 가족과 얘기하거나 아르바이트 하는 곳에서 동료와 필요한 대화를 나누는 정도였습니다. 수면시간이 점점 길어져서 열다섯 시간을 넘어버렸습니다. 그 정도 자지 않으면 몸 상태가 나빠집니다. 위도 안 좋았어요. 갑자기 위가 아프곤 했죠. 온몸이 새파랗게 질리고 식은땀이 줄줄 흐르고 호흡이 몹시 거칠어집니다. 이런 상태가 계속 이어지면 죽을지도 모른다는 불안감이 느껴졌습니다.

　식이요법과 요가를 시도해보기로 마음먹은 게 그때였습니다. 그렇게 함으로써 제 생활을 다시금 새롭게 고쳐보려 했던 겁니다. 서점에 갔다가 아사하라 쇼코의 『생사를 초월하다』라는 책이 있어서 잠깐 선 채로 읽어봤습니다. 거기에는 '쿤달리니 각성을 삼 개월 만에 달성할 수 있다'고 쓰여 있었습니다. 저는 그걸 읽고 깜짝 놀랐습니다. 굉장하다, 정말로 그게 가능할까 싶었죠. 요가와 관련해 『신지학神智學 개요』 같은 책을 읽어서 어느 정도 예비지식이 있었기 때문에, 잠깐 서서 읽는 것만으로도 머릿속에 대강의 기술을 담아둘 수 있었죠. 집으로 돌아와서 곧바로 실행에 옮겼습니다. 식이요법과 병행해서 책에 적힌 훈련을 삼 개월간 계속했습니다. 저는 뭔가에 열중하면 오로지 거기에만 집중하는 성격이라 빠뜨리지 않고 매일 했습니다. 하루 네 시간 정도로요.

제 경우는 쿤달리니 각성보다 그저 건강을 되찾고 싶은 목적
으로 시작한 건데, 두 달쯤 지날 무렵에 꼬리뼈가 부들부들 떨리
기 시작했습니다. 쿤달리니 각성 전에 일어나는 특유의 현상이
죠. 그때까지도 반신반의했어요. 설마 싶었죠. 그런데 꼬리뼈에
강한 열기가 느껴졌습니다. 뜨거운 유동체가 똬리를 틀며 회오
리처럼 등뼈로 상승하는 듯한 경험도 했습니다. 그것이 대뇌까
지 도달해 뇌 속을 휘젓고 다니는 느낌이었어요. 마치 살아 있는
것처럼 몸부림을 치는 겁니다. 그때는 저도 놀라고 말았죠. 나의
의지와는 상관없이 내 몸 안에서 뭔가 엄청난 일이 벌어지는 겁
니다. 저는 정신을 잃고 말았습니다.

아사하라 쇼코의 매뉴얼대로, 정말 세 달 만에 쿤달리니 각성
을 달성한 겁니다. 그의 말은 실로 옳았어요. 그래서 제 관심은
옴진리교에 집중되었습니다. 당시에 〈마하야나〉라는 옴 기관지
가 5호까지 나와 있었는데, 그걸 모조리 사다 꼼꼼히 읽었습니
다. 거기에 사진과 함께 소개된 조유 후미히로나 이시이 히사코
가 너무나 매력적이고 캐릭터도 강해서, 그들의 체험담에도 푹
빠져들었습니다. 이런 사람들이 완전히 반해버린 걸 보면 '존
사'도 대단한 인물일 게 틀림없다고 생각했습니다.

옴진리교의 책을 읽고 가장 기분이 좋았던 점은, '이 세계는
나쁜 세계다'라고 분명하게 써놓았다는 겁니다. 저는 그것을 읽

고 너무나 기뻤습니다. 이렇게 심하게 불평등한 사회는 멸망해버리는 게 낫다고 줄곧 생각해왔는데, 그 말을 확실하게 해주니까요. 다만 저는 '세상은 완전히 멸망해버리는 게 낫다'고 생각한 데 반해, 아사하라 쇼코는 그게 아니라 '수행해서 해탈하면 이 나쁜 세계를 변화시킬 수 있다'고 말하고 있었습니다. 저는 그 글을 읽고 불길처럼 타오르는 감정에 휩싸였습니다. 그 사람의 제자가 되어 그 사람을 위해 모든 걸 쏟아붓고 싶었습니다. 그러기 위해서라면 현세적인 꿈과 욕심과 희망을 다 버려도 상관없었습니다.

　　— 세계는 불평등하다고 했는데, 구체적으로 어떤 점에서 가장 불평등하다고 생각합니까?

　처음부터 타고난 재능이나 집안도 그렇고, 머리 좋은 인간은 어찌 됐든 머리가 좋고, 다리가 빠른 인간은 어찌 됐든 다리가 빠르다는 거죠. 그리고 약자로 불리는 사람들은 평생 빛을 못 본다거나. 그런 운명적인 것 있잖습니까. 저는 그게 너무 불공평하다고 생각했습니다. 그런데 아사하라 쇼코의 책에는 '그것은 모두 카르마다'라고 설명되어 있습니다. 어떤 사람은 전생에서 나쁜 일을 했기 때문에 지금 생에서 이렇게 고통을 받고, 반대로 어떤 사람은 전생에서 좋은 일을 했기 때문에 지금은 이렇게 좋은 환경에서 능력을 발휘하며 살아갈 수 있는 거라고. 과연 일리가 있다고 생각했습니다. 그러니 앞으로는 악업은 멈추고 공덕을 쌓아나가면 된다는 거죠.

저는 처음에는 그저 식이요법과 요가로 건강을 회복해서 몸이 괜찮아지면 정상적인 일상생활로 복귀할 생각이었는데, 옴진리교를 만남으로써 생각지도 않게 불교 쪽으로 성큼 다가가버린 겁니다. 어쨌거나 몹시 지쳐 있던 저를 다시 일으켜 세워준 것은 옴진리교의 책이라고 할 수 있습니다.

1988년 12월이었나, 저는 세타가야 도장으로 가서 입신하고, 성취자라는 사람을 만나 대화를 나눴습니다. 여러 가지 조언을 들었죠. 그때 후지 산 총본부에서 일 년에 한 번 열리는 '광기의 집중 수행'이라는 세미나에 참가하라는 얘기를 들었습니다. 네, 정말 대단한 이름이죠(웃음). 그것을 열흘 동안 받으면 수행이 상당히 발전하니 꼭 받는 게 좋다고 했지만, 그러려면 보시를 10만 엔 해야 했는데 저에게는 그만한 돈이 없었습니다. 그래서 "저는 돈이 없어서 못 갑니다"라고 말했습니다. 게다가 이제 막 입신했는데 그렇게 강도 높은 수행을 하면 위험할지도 모른다는 생각도 있었습니다. 그런데 그때 담당자(니미 도모미쓰)가 매우 강하게 권유해서 결국은 참가했습니다.

당시에는 교단 자체가 아직 별로 크지 않아서 출가 신자는 고작해야 200명 정도였습니다. 그래서인지도 몰라도, 입신하면 곧바로 아사하라 쇼코를 만날 수 있었습니다. 지금보다 훨씬 근육질에 빈틈없고 다부진 느낌이었어요. 발걸음도 육중하고 힘차게 도장 안으로 걸어들어왔습니다. 위압감이랄까, 엄청난 무언가가 느껴졌어요. 주위 모든 것을 한순간에 꿰뚫어보는 듯한 무시무시한 분위기가 전해졌죠. 다른 이들은 "친절한 사람이에요"라고 하지만, 저는 맨 처음 봤을 때는 오히려 무서웠습니다.

시크릿 요가라는 일대일 대화를 할 기회가 있었는데, 그때 아사하라 쇼코는 제게 "자네는 완전히 대마경大魔境에 빠졌군" 하고 말했습니다. 수행이 진행됨에 따라 정신적인 장해가 일어나는 경우가 있는데, 마경*이란 그런 상태를 말합니다. 저는 "수행을 진전시키기 위해서라도 하루 빨리 출가하고 싶습니다"라고 말했습니다. 그러자 "잠깐 기다려" 하더군요. 그리고 "마경에서 도망칠 순 없어. 열심히 수행해서 그것에서 탈출할 수 있도록 노력하게"라는 식의 말을 덧붙였어요. 시간은 대략 오 분 정도였습니다.

다음에 만났을 때, 아사하라는 살며시 도장으로 들어와서 흐뭇하게 웃으며 박티(bhakti, 신자가 행하는 봉사활동)에 임하는

---

* 魔境. 선 수행자의 능력이 어중간하게 각성했을 때 빠지기 쉬운 상태로, 의식이 확장되기보다 자아가 비대해져 정신적인 균형을 잃어버리는 상태를 뜻함.

신자들의 모습을 바라보고 있었습니다. 그 표정을 보고 저 사람은 정말 여러 가지 얼굴을 가지고 있구나 생각했습니다. 그때는 하나도 무섭지 않았습니다. 무척 부드러운 미소라서 옆에서 바라보는 저까지도 굉장히 기쁜 마음이었죠.

입신하고 석 달쯤 지나 출가해도 좋다는 허가가 내려졌습니다. 아사하라 쇼코가 시크릿 요가 때 저에게 직접 말했습니다. 자네는 출가해도 좋아. 단 조건이 하나 있네. 지금 하는 아르바이트를 그만두고 한동안 제본공장에서 일하게. 저는 그 말을 듣고 놀랐죠. 왜 하필 제본공장일까. 그러자 "실은 이번에 우리가 인쇄공장을 열 생각인데, 자네가 제본 기술을 배우면 좋겠군"하고 말하더군요. 저는 "네, 알겠습니다" 하고는 곧바로 먹고 자며 일할 수 있는 제본공장 일자리를 구했습니다.

그나저나 제본공장의 기계 종류는 참으로 다양하더군요. 접지기도 있고, 바인더기도 있고, 재단기도 있어요. 재단기도 종류가 여러 가지죠. 어디서부터 어디까지 배워야 좋을지 짐작도 할 수 없었습니다. 단순히 "제본 기술을 배워라"라는 말만 들었으니까요. 그래도 일단은 눈에 들어오는 걸 닥치는 대로 배웠습니다. 일요일에도 아무도 없는 공장에서 열심히 기계 구조를 연구했습니다. 이과 계열 지식은 별로 없었지만, 그래도 '여기를 누르면 이렇게 된다' '이게 이렇게 연결돼서 움직인다' 정도는 알게 됐습니다. 저에게 기계 작동 업무를 맡기진 않았지만, 어깨너

머로 보고 배우며 여러 가지 기술을 익혔죠. 그 일을 세 달쯤 계속하고 있을 무렵 "당장 출가하라"는 지시가 내려와서 짐을 꾸려 공장에서 나왔습니다.

출가한 후에는 아이스크림이나 좋아하는 음식을 더는 못 먹습니다. 그래서 조금 힘들었어요. 저에게는 이성 문제보다 음식이 더 걸림돌이 된 셈이죠. 주스도 두 번 다시 못 마신다는 겁니다. 그래서 출가하기 전날 여러 가지 음식을 먹고 마셨습니다. 이제 마지막이다 생각하고요.

물론 부모님은 완강하게 반대했어요. 그렇지만 제가 출가하면 결과적으로는 부모님에게도 은혜가 갈 거라 믿었기 때문에 별로 신경 쓰진 않았습니다. 원래는 120만 엔을 보시하고 600시간 입위예배를 끝내야 정식 사마나(출가신자)로 인정받는데, 워낙 제본공장을 급하게 열어야 하는 상황이라 저는 모두 면제받았습니다.

후지 산 총본부에서 자동차로 한 시간쯤 더 가면 가리야도라는 장소가 있는데, 거기에 조립식 임시 건물이 있었습니다. 당시의 인쇄공장이죠. 저는 그곳에서 제본 담당으로 함께 숙박하게 되었습니다. 그때 어이가 없을 정도로 놀란 게, 제본 지식이 조금이라도 있는 사람은 저 혼자뿐인 겁니다. 전 제가 제본 담당자 중 한 사람일 거라고 생각했는데, 그게 아니었습니다. 이제 갓 출가한 새내기가 제본 책임자가 되어버린 겁니다. 그러니 당연히 놀랄 수밖에요. 제본이 10명에서 20명, 인쇄가 10명, 제판이 20명 정도의 인원으로 구성해서 꾸려나갔죠. 네, 꽤 컸습니다.

그런데 옴진리교에서 사들이는 기계는 몇십 년 동안 창고에 틀어박혀 있던 형편없는 물건뿐이었습니다. 제본뿐만 아니라 인쇄부 사정도 마찬가지였던 것 같습니다. 모두 투덜거렸죠. 하나같이 낡아빠진 골동품 수준의 중고품이었으니까요. 그런 기계는 작동시키는 데만도 고생입니다. 애당초 저 역시 기계를 잘 아는 건 아니니까요. 그렇다보니 기계가 들어와도 실제로 돌려서 쓰기까지는 삼 개월 정도 걸렸죠. 아무리 손을 봐도 작동하지 않는 기계도 있었고요. 정말 다들 열심히 했다 싶습니다. 기계가 그럭저럭 움직인 데는 무라이 히데오가 이끌었던 과학반의 분투도 큰 힘이 되었죠.

맨 처음 인쇄 제본한 것은 월간지 〈마하야나〉 23호였습니다. 그동안 기관지를 비롯한 옴진리교 발행 서적은 모두 외주였는데, 그때부터는 그럭저럭 제가 있는 곳에서 만들 수 있었습니다.

출가한 뒤에 깜짝 놀란 것이, 일단 출가하고 나니 수행 시간은 전혀 설정되어 있지 않았습니다. 이유가 궁금해서 윗사람에게 물어보니 공덕이 없는 상태에서는 제아무리 수행을 해도 나아지지 않는다, 그러니 지금은 일을 통해 공덕을 쌓아가는 단계라는 겁니다. 그래서 일 년 내내 제본 작업을 했습니다. 하루하루 힘든 나날이었어요. 하루 네 시간 수면을 당연하게 받아들이는 세계였습니다. 특히 중의원 선거 때는 혹독했습니다. 제 기억으로는 화장실에 갈 때도 기계를 멈추지 않고 돌렸어요. 그때 저는 접지기 담당이었는데, 기계에 종이를 얹고 세팅할 때 시간이 비거든요. 그때 정신없이 화장실에 뛰어가서 볼일을 끝내는 식이었죠. 일 분 일 초가 아쉬웠습니다.

선거가 끝나자 인쇄 양도 상당히 줄어들었습니다. 다들 할일이 없어서 멍하게 지냈습니다. 마침 그 무렵 나미노손이 굉장히 시끄러워져서 그쪽에 있던 사람들은 많이 힘들었겠지만, 인쇄공장에 있는 우리는 하루하루 평화로운 생활이었습니다. 일이 없으면 자기 마음대로 수행도 했고요. 때마침 그 시기에 사師도 어딘가로 가고 없었습니다. 그래서 모두 적당히 봐가면서 한가하게 지냈고, 누가 어디 있는지조차 잘 모르는 상태였어요.

제본 책임자가 저였고, 처음에는 제가 없으면 일이 안 돌아가는 상태였지만, 차츰 누구나 기계를 돌릴 수 있게 되어서 슬슬 부서를 바꿔줄 수 없느냐고 위에 건의했습니다. 거기 있어봐야 시간만 남아돌 것 같아서죠. 사실 부서 교체 얘기는 자기 입으로 먼저 꺼낼 수 없지만, 저는 만화 그리는 기술이 있어서 주위의 남는 종이에다 『자타카*』라는 경전을 만화로 그려서 이십 페이지 정도 되는 책을 만들고, 그것을 세 편 제작해서 위에 보여주었습니다. 제 위에 있던 사람은 기베 데쓰야였습니다. "저는 실은 만화 기술이 있는데, 혹시 구제를 위해 활용할 수 있다면 부서 교체를 희망합니다"라는 편지도 첨부했습니다. 편지는 기베가 읽고 마쓰모토 도모코**에게 전달했던 모양입니다.

처음에는 별로 기대하지 않았습니다. 그렇게 제멋대로 건의하는 사람은 없기 때문에 보나마나 상대도 안 해줄 거라 생각했어요. 그런데 어느 날, 총무가 전화를 해서 "호소이 씨, 내일부터 디자인반으로 이동합니다"라고 해서 깜짝 놀랐습니다. 디자인반 안에 만화반이 있었는데, 인원도 한 명뿐이라 처음에는 간단한 일밖에 안 했어요. 그런데 얼마 안 있어 교단 제작 오페레타에 애니메이션을 덧붙이는 기획이 나와서, 사마나 중 조금이라도 그림을 그릴 수 있는 사람들을 급하게 긁어모았습니다. 총 20명인가 30명이었죠. 그리고 제가 나중에 그 애니메이션반의 책임자로 임명되었습니다.

저는 학생 시절부터 영화 시나리오에 흥미를 가지고 혼자 공부를 해와서 그림 콘티는 그럭저럭 그릴 수 있었습니다. 애니메이션은 그림 콘티가 작품의 질을 결정하는 비율이 높기 때문에 제가 그룹의 중심 역할을 맡게 된 겁니다.

---

* 본생경, 석가모니가 전생에 수행자였던 시절에 행한 일을 기록한 설화집.
** 옴진리교의 옛 간부이자 아사하라 쇼코의 아내. 출판 사업을 담당함.

꽤 실력이 좋은 구성원들이 모였어요. 동영상 기술을 가진 사람이나 배경이 특기인 사람도 있었습니다. 그리고 가장 고마웠던 점은 애니메이션 촬영조수를 했던 사람이 사마나 안에 있었다는 겁니다. 애니메이션에서는 카메라가 무척 중요하기 때문에 정말로 큰 도움이 되었습니다. 우리는 팀을 짜고 꽤 많은 작품을 만들었습니다. 총 삼 년 정도 일했죠. 지금 돌이켜보면 애니메이션을 했던 그때가 저에게는 비교적 평화로운 시기였어요.

평온하긴 했지만 내부의 인간관계는 꽤 혼란스러웠습니다. 보통 부의 책임자는 '사'인데, 저는 아직 사가 아니고 그 아래인 스와미였습니다. 그래서 위에서는 닦아세우고 밑에서는 끌어내리려 해서 힘들었습니다. 예를 들면 조금이라도 질 높은 작품을 만들기 위해서는 현세의 애니메이션 비디오를 보고 세세한 기술을 연구해야 하는데, 윗사람은 "그런 것은 보면 안 된다"고 하는 겁니다. 그렇지만 안 보고는 일을 할 수 없습니다. 못 만들면 위에서 야단을 맞으니까요. 그래서 보려고 하면, "존사가 보지 말라고 했는데 왜 보느냐"며 따지고 드는 사람도 있습니다. 결국 애니메이션반 내부에서 일을 우선으로 해 '조금이라도 좋은 작품을 만들어야 한다'는 파와, 수행을 우선으로 해 '이것도 수행이니 존사가 시키는 대로 따라야 한다'는 파로 분열된 겁니다. 그로 인해 점점 더 통합하기 힘들어졌습니다. 또 그밖에도 여러 가지 문제가 있었죠.

그리고 남녀 간의 문제도 큰일이었습니다. 교단 안에서 남녀 사이가 너무 가까워져서 둘이 같이 도망쳐버리는 일이 빈번하게 일어났기 때문에, 아사하라가 설법에서 "여성 사마나는 남성을 가까이하지 마라. 가까이하지 않을 뿐만 아니라 미워하라"라는 말까지 한 겁니다. 그런 이유도 있어서 저 같은 경우는 심한 비난의 대상이 되었습니다. 아무튼 몹시 살벌한 공간이었죠.

─그래서야 해탈을 향해간다고 하기 힘들겠군요.

정말 그래요. 그쯤 되다보니 폭발할 지경이었습니다. 그만둬버릴까 생각한 시기도 있었습니다. 내부는 굉장히 엉망이었어요. 인간관계도 엉망진창이었죠. 구제 소망 덕에 그나마 열심히 이겨왔지만, 그 정도 되니 완전히 지쳐버렸죠.

이제 그만두고 싶다는 편지를 두 번인가 위에 올렸습니다. 더이상 옴진리교에 남아 있을 수 없다고. 1992년쯤이었나. 그러자 위에서 무라이를 보냈습니다. 그 사람이 와서 여러 가지 얘기를 하며 만류했습니다. 그러다보니 또다시 어물쩍 넘어가고……

─그때 옴진리교를 그만뒀다면 바깥세상에 잘 적응하며 살아갈 수 있었을까요?

190

글쎄요. 그 시기에 저의 사고력이 어느 정도 수준까지 이르렀는지 잘 기억나진 않지만, 출가 후에는 세상을 바라보는 눈이 분명히 변했어요. 출가한 후 제가 속해 있던 공간은 다양한 사람들이 뒤섞인 세계였으니까요. 그곳에는 지금까지 만날 수 없었던 유형의 사람들이 수없이 많았습니다. 활기 넘치는 엘리트부터 운동하는 사람, 예술적 재능을 가진 사람까지. 저는 그렇게 다양한 사람들이 뒤섞인 공간에서, 저와 똑같은 인간적인 나약함을 타인에게서도 확실하게 발견했습니다.

그러다보니 지금까지 심각하게 고민했던 차별이나 학력 같은 문제들이 어딘가로 날아가버렸죠. 모두 똑같구나. 성적이 좋은 녀석도 나름대로 똑같은 고민을 하는구나. 뭐야, 결국 이런 거야 싶더군요. 그것은 저에게 이루 말할 수 없이 귀중한 체험이었죠.

그리고 사마나들은 바깥세상을 철저하게 싫어합니다. 바깥세상에서 평범하게 생활하는 사람들을 범부凡夫라고 부르는데, 범부는 지옥에 떨어질 수밖에 없다는 둥, 아주 호되게 온갖 나쁜 말을 합니다. 예를 들면 출가 수행자는 밖에서 다른 사람 차를 받아도 미안하게 여기지 않아요. 자기는 진리의 실천자라며 상대를 내려다봅니다. 자기는 구제를 위해 서두르는 길이다. 그러다 부딪혀서 당신 차가 조금 찌그러진 정도는 내 알 바 아니라는 거죠. 그런 건 너무 심하다는 생각이 들었습니다. 그렇게까지 우습게 보고 미워할 필요가 있을까 싶었죠. 저도 그때까지 현세의 여러 가지 면들을 증오했지만, 그런 모습을 보고 있자니 오히려 '이제 그만 됐다' 하는 느낌이 들었습니다. 지금까지 증오했던 것들이 더이상 증오스럽지 않았죠.

—재미있군요. 보통 컬트 종교 같은 데 들어가면 그런 성향이 점점 더 깊어진다고 하던데, 당신의 경우는 상대화되었군요.

역시 중간관리직 체험이 힘들어서겠죠(웃음). 애니메이션반이 사실상 해체된 것은 1994년이었습니다. 애니메이션반 구성원 대부분이 회의실로 불려가서, "앞으로 자네들은 과학반을 돕기로 한다"는 말을 들었습니다. 나중에 이것이 '과학기술성'이라는 이름으로 바뀌죠. 업무 내용은 용접이었습니다. 용접공이 급하게 필요한데, 애니메이션반은 손재주가 좋으니 틀림없이 잘 맞을 거라 예상한 거죠. 저는 그 말을 듣고 어처구니가 없었습니다. 애니메이션 만드는 일과 용접은 전혀 달라요.

도대체 뭣 때문에 용접 일이 필요한지 저로서는 짐작도 할 수 없었지만, 아무튼 그전에 스파이 검사라는 걸 받았습니다. 애니메이션반 전원이 받았는데, 저는 그 점에 의문을 품었습니다. 아사하라 쇼코는 신비적인 존재 아닙니까. 그렇다면 신통력을 써서 '이 녀석은 스파이다'라고 집어내면 끝날 일이잖아요.

애니메이션반 사람 거의 대부분이 용접반에 들어가 곧바로 가미쿠이시키무라로 이동했습니다. 그곳 제7사티암에서 탱크와 교반기 같은 걸 대량으로 만들었습니다. 물론 우리는 용접 지식이 없었기 때문에 메인 그룹에 붙어서 보조 역할을 했죠. 무조건 빨리 만들라고 지시해서 모두 열심히 일했지만, 좀처럼 원활하게 돌아가지 않아 자꾸만 늦어졌습니다. 아사하라로부터 1994년 5월말까지는 완성시키라는 지시가 내려왔습니다. 거대한 탱크였어요. 무지막지하게 큽니다. 2톤 탱크죠. 철판을 둥그렇게 구부리면 통 형태가 되잖아요, 그 이음새를 용접하고 거기에 기성품 재갈멈치를 씌우고 다시 용접하는 겁니다. 상당한 기술이 필요한 일인데, 용케 잘 만들어냈죠. 감탄했습니다.

일은 아무래도 힘들었어요. 어떤 날은 하루 열여섯 시간씩 일하기도 했습니다. 모두가 지칠 대로 지쳐 있었고, 이따금 공물(식사)이 안 나오는 날도 있어서 이틀씩이나 아무것도 못 먹기도 했어요. 그럴 때는 다들 불평을 쏟아놓죠. 개중에는 '더는 못 해먹겠다' 며 일을 내팽개치는 사람도 있었습니다. 저도 익숙한 일이 아니다보니 부상도 당했고 화상도 입고 얼굴이 새까매졌습니다. 안경도 엉망이 되었죠. 그래도 도망치는 사람은 한 사람도 없었습니다. '이건 구제를 위한 일'이라고 스스로를 설득하며 일했습니다.

그러는 와중에 저는 사로 임명되었습니다. 아마도 옛 애니메이션반을 이끌고 용접 일을 열심히 한 것을 위에서 좋게 평가했을 테죠. 사가 되었다고 한들, 띠와 크르타*를 받고 "열심히 하게"라는 말을 듣는 게 전부입니다. 그래도 역시 사가 되면 세계관 같은 게 변해버리죠. 지금까지 친구처럼 허물없이 대했던 사람이 갑자기 존댓말을 쓰니까요. 사와 그 아래는 엄청난 차이가 있다는 걸 새삼 실감했습니다.

사가 된 후로는 제7사티암에도 자유롭게 드나들 수 있었습니다. 그곳은 경비반의 경계가 엄중해서 허가받은 소수 외에는 드나들 수 없습니다. 제7사티암 안에는 우리 손으로 제9사티암에서 만든 탱크들이 줄지어 설치되어 있었습니다. 그야말로 화학 공장 같은 느낌이었죠. 이루 말할 수 없이 섬뜩한 느낌이더군요. 엄청난 중압감이 감돌았습니다. 그렇지만 그것이 대관절 무엇을 만드는 시설인지 저는 알 수가 없었습니다. 3층 건물 정도 높이였고, 거대한 탱크가 죽 늘어서 배치되어 있었습니다. 또한 냄새도 뭐라고 표현할 길이 없습니다. 수많은 화학 세제를 섞어놓은 듯한 냄새였습니다. 그리고 섬뜩한 빛. 금속은 다 녹이 슬고 바닥은 젖어 있었습니다. 수상쩍은 허연 안개 같은 게 떠돌아서 그곳에서 일하는 사람들은 모두 건강이 나빠졌습니다. 다들 작업을 하면서 휘청거리기에 처음에는 졸려서 그런 줄 알았는데, 실

---

* Krta, 옴진리교의 신도복. 계급에 따라 다섯 가지 색깔로 나뉨.

은 몸에 이상이 생겼던 거죠.

뭔지는 몰라도 자릿수가 다른 어마어마한 돈을 투자했다고 하니, 그것이 옴진리교의 최전선이다 싶기는 했습니다. 그것으로 단숨에 구제가 진행될 거라 생각했죠. 그런 작업 광경을 직접 볼 수 있는 구성원은 한정되어 있었기 때문에, 제가 그중 한 사람으로 뽑힌 게 영광스러웠습니다. 그러면서도 이건 대체 뭘까, 무기로는 안 보이는데, 하며 이상하게 여기긴 했어요.

1994년 가을에는(분명 가을이었던 것 같은데) 사고도 났습니다. 제7사티암 3층에서 잠깐 쉬고 있는데, 가운데 공간을 뚫어놓은 공장 설비 내부에서 드라이아이스를 물에 담갔을 때처럼 하얀 연기가 솟아올랐습니다. 옆에 있던 사람이 "도망치는 게 좋겠다"고 해서 재빨리 도망쳤습니다. 냄새를 조금 맡았을 뿐인데도 눈이 안 보이고 목을 찌르는 듯한 통증이 느껴졌습니다. 산성 계열 냄새였어요. 그때 여기 남아 있다간 틀림없이 죽겠다는 생각이 들었습니다. 하여간 위험한 장소였어요. 제7사티암은.

1995년 1월 1일에 제7사티암 내부를 숨기라는 지시가 내려왔습니다. '기계 설비를 시바 신의 얼굴로 숨기라'는 은폐 공작이었죠. 제가 그 일의 미술감독으로 뽑혔습니다. 한밤중에 거대한 발포스티로폼이 어마어마한 양으로 운반되었는데, 공장 로비 중에서도 특히 드러나면 안 될 부분에 그것을 붙여서 덮어버리는 겁니다.

—큰 탱크가 그렇게 많았는데 다 감추긴 힘들지 않았나요?

일단은 공장 가운데 뚫린 빈 공간 앞을 판자로 막아 벽을 세웁니다. 거기에 발포스티로폼으로 만든 시바 신 얼굴을 붙이죠. 그리고 나머지 부분은 계단을 만들어 나무로 감싸고 거기에 제단을 차립니다. 2층은 콘크리트 패널로 완전히 덮어 미로 같은 형태로 만들어 사진 전시회처럼 꾸몄죠. 아무튼 무슨 수를 써서라도 속이라는 지시가 위에서 내려왔습니다. 한 달에 걸쳐서 작업을 했습니다. 하야카와 기요히데가 이끄는 CBI(건설반)가 중심이 되어 작업을 했습니다. 전기 관계는 하야시 야스오가 담당했습니다. 저는 미술 담당이었고요. 제가 얼굴 같은 걸 디자인하면 CBI가 직접 그것을 만들었습니다. 완성품은 형편없었죠. 얼굴 부분은 너무나 서툴러서 한심할 정도였습니다.

그러니 그걸로 속이려 하면 곤란하죠. 들킬 게 뻔했습니다. 종교학자 시마다 히로미 씨가 와서 실제로 보고는, 이곳은 종교시설이라고 단언했지만, 위치상으로도 시각적으로도 모순투성이였습니다. 저는 '이건 아니다' 싶었죠. 그렇지만 다들 하야카와가 무서워서 그런 말은 입 밖에 꺼내지도 못했어요.

지하철 사린사건이 발생한 3월 20일에 저는 용접반을 떠나 청류정사로 가서, 과학기술성 2인자였던 와타나베 가즈미를 보좌하고 있었습니다. 부품 관리를 맡았죠. 도쿄 지하철에 사린이 뿌려졌다는 얘기는 들었지만, 옴진리교의 소행이라고는 전혀 생각지도 못했습니다. 지금까지 들은 이야기의 흐름으로 보면, 프리메이슨이나 미국의 공격 같은 것에 대비해 교단이 무기를 손에 넣고 싸울지는 모르지만, 설마 하니 무차별 공격을 할 리는 없다고 믿었죠. 그건 테러나 마찬가지니까요.

그런데 이틀 뒤였나, 가미쿠이시키무라로 어마어마한 수의 경찰이 몰려들었습니다. 2천에서 2천5백 명 정도나 들이닥쳤다고 하더군요. 그 말을 듣고 '뭔가 큰일이 벌어졌구나' 생각했습니다. 왜인지 몰라도 청류정사는 첫번째 강제수사에서 제외되었던 모양입니다. 그래서 우리는 청류정사에 있던 위험한 도면 같은 것들을 다 긁어모아 불태웠습니다. 무라이의 방에도 들어가서 거기 있던 무기 관련 책들을 불태웠습니다. 방탄조끼도 나왔는데, 그것도 들키면 곤란할 것 같아서 갈기갈기 찢었습니다. 청류정사 강제수사가 실행된 것은, 구니마쓰 다카지 장관 저격사건이 일어난 후였습니다.

'어쩌면 사린사건은 옴진리교 짓이 아닐까' 하는 생각이 든 것은 사린 분무차로 보이는 것을 실제로 봤을 때입니다. 그게 4월이었나. 강제수사 전이었는지 후였는지 확실히 기억나진 않지만, 제 기억으로는 후였던 것 같습니다.

　—그건 어디에 있었나요?

　청류정사에 있었습니다. 굴뚝이 달린 그 대형 분무차를 보고 저는 깜짝 놀랐습니다. 저런 걸 들키면 큰일 나겠다 싶었죠. 위에서 곧바로 지시가 내려와서, 그 차는 열 사람 정도가 달려들어 해체해버렸습니다.

　강제수사 후 청류정사에 있던 오십 명가량은 할 일이 없어져서 모두 도쿄로 돌아가 전단지 뿌리는 일 같은 걸 했습니다. 저는 제5사티암으로 가서 제본 일을 돕거나 무라오카 다쓰코 밑에서 만화를 그려 책을 만들기도 했습니다. 경찰의 별건체포를 풍자하는 만화였죠. 그럭저럭 지내는 사이, 무라이가 칼에 찔려 죽었습니다. 그 소식을 듣고 물론 놀랐지만, 한편으로는 왠지 후련한 기분도 들었습니다. 그때 심정을 여기서 설명하긴 너무 어려워요. 뭐랄까, 아, 이걸로 옴진리교도 끝이구나 하는 기분이었죠. 말로 표현하기 힘든 심정이에요. 저도 분명 정신적으로 마비되어 있을 겁니다. 마비되어서 뭐가 뭔지 알 수는 없지만, 사실은 이제 그만 그곳을 빠져나오고 싶었던 겁니다. 하지만 빠져나올 기력도 없어서, 그저 그 공간에 융합해 있으면 그만이라 생각하고 지냈죠. 또한 저의 위치도 마음에 걸렸습니다. 사가 된

자가 도망친다는 것은 자존심이 허락지 않았습니다. 그런 어수선한 마음에, 사실은 뛰쳐나오고 싶었는데도 그런 감정을 억누르고 지냈던 거죠.

아사하라 쇼코를 향한 존경의 마음은 상당히 많이 옅어졌어요. 무엇보다 그 사람, 실수의 연속이었으니까요. 예언 같은 것도 더이상 맞지 않았죠. 이시가키 섬 세미나에서도 빗나갔고, 오스틴 혜성에서도 빗나갔고. 사마나 사이에서도 "존사의 예언은 정말 안 맞네"라는 말이 자주 나왔습니다.

무라이 역시 위에서 말이 안 되는 소리를 해도 그저 네네 하며 명령을 받들어 모실 뿐입니다. 그걸 알아챈 후로 저는 그 부분에 관해 상당한 의문을 가졌습니다. 아랫사람들도 투덜투덜 불평을 쏟아냈습니다. 그렇게 심하게 타산적인 분위기가 감도는 공간이다 보니 저 역시 의욕을 잃었지요. 그렇지만 그만둘 기력도 없었어요. 저는 이미 톱니바퀴처럼 변해버려서, 그만둬도 뭘 해야 좋을지 막막했습니다. 그런데 그쯤에서 무라이가 난데없이 죽어버리자, 그 일을 계기로 간신히 원래 자리로 돌아갈 수 있을 듯한 느낌이 들었습니다.

무라이의 존재는 저에게 매우 컸습니다. 생각해보면 제가 가는 곳은 어디든 무라이가 관여했습니다. 인쇄공장에도 무라이가 보냈고, 애니메이션반도 그렇습니다. 기자재 건 등으로도 얽혀 있었습니다. 그러나 저는 아사하라 다음으로 옴진리교를 상징하는 존재였던 무라이의 죽음을 접했는데도 슬픈 마음이 들지 않았습니다. '아, 이제 빠져나갈 수 있겠다'는 마음이 더 강했습니다. 사실은 이런 말을 하면 안 되겠지만.

그런데 그렇게 생각하고 있는데, 빠져나가기도 전에 경찰에 체포되었죠. 누군가가 "하야시 이쿠오와 쓰치야 마사미가 자백해서 과학기술성 사람 중에 체포자가 많이 생길 것 같다"고 해서, "그럼 나도 체포될지 모르겠네"라고 농담처럼 말했는데 정말로 체포영장이 온 겁니다. 신문에 제 이름이 실렸습니다. 살인 및 살인미수 혐의로. 1995년 5월 20일이었나요. 물론 전 사람을 죽이려 한 적이 전혀 없는데, 살인 및 살인미수라면 사형이나 무기징역 아닙니까. 정말 놀라 자빠질 일이었어요.

도망쳐 숨어도 소용없을 테고, 위에서도 그렇게 권하기에 제 발로 경찰에 출두했습니다. 야마나시 현 경찰서였습니다. 처음에는 묵비권을 행사했죠. "묵비권을 행사하겠습니다"라고 하고 사흘쯤 침묵했을까요. 하지만 언제까지고 그럴 순 없었습니다. 교단에서는 입을 열었다간 무간지옥에 떨어질 거라고 위협했지만, 저는 그런 말은 더이상 신용할 수 없었습니다. 떨어지든 말든 상관없다는 심정으로 모든 걸 솔직하게 털어놓았습니다.

취조는 혹독했고, 담당 경찰관이 '제7사티암에서 만든 것이 사린이란 걸 알고 있었다'라고 쓰라고 끈질기게 강요했습니다.

'그건 모르는 일이다'라며 계속 버텼지만, 정신적으로 너무 몰린 나머지 결국은 '알고 있었다'고 거짓 자백을 썼습니다. 나중에 검찰 쪽에 사정 설명은 했지만요.

결국 기소유예로 석방되었습니다. 기소냐 아니냐는 제2사티암에서 열린 사린 제조 회의에 참가했느냐 안 했느냐로 결정하는 것 같았습니다. 저는 참가하지 않아서 다행이었죠. 경찰은 처음에 '네가 사린을 뿌렸지'라고 하며 심하게 괴롭혔습니다. 고통스러웠죠. 하긴 몸을 툭툭 찌르는 정도였고 심하게 폭력을 휘두르진 않았지만, 매일 당하다보니 심장에 이상이 생겼습니다. 매일 세 차례 심문이 있었습니다. 시간도 꽤 길었어요. 완전히 녹초가 되었죠. 구류 기간은 이십삼 일이었습니다.

석방된 후 삿포로로 돌아갔습니다. 그리고 정신적으로 약간 이상이 생겨서 한 달 정도 입원했습니다. 호흡곤란이 일어나고 감각이 점점 희미해졌습니다. 갑자기 열이 확 달아오르면서 호흡이 곤란해져 위험해지는 상태였죠. 여러 가지 검사를 했지만, 결국 정신적인 원인이라는 결과가 나왔습니다.

— 혹시 당신이 무라이에게 불려가서 "네가 사린을 뿌려라"라는 명령을 받았다면 어떻게 되었을까요?

물론 망설였을 겁니다. 저는 도요타 도오루 같은 부류의 사람들과는 사고방식이 조금 다릅니다. 아사하라에게 직접 들은 얘기도 제가 납득할 수 없으면 그냥 묵살하기도 했으니까요. 시키는 일을 전부 다 따른 건 아닙니다. 그렇지만 역시 주변 분위기의 영향이 크겠죠. 도망치면 가만두지 않겠다, 죽어버리겠다는 식으로 나오면 어떻게 했을지 모르죠. 실제로 범행에 가담한 사람들도 망설였을 겁니다. 경찰이나 자위대로부터 실제로 공격당했다면 앞장서서 나섰을지도 모르지만, 이건 전혀 관계없는 사람들을 공격하는 일이었으니까요.

　그러나 제가 지명될 가능성은 거의 없었을 겁니다. 저는 과학기술성 안에서는 엘리트가 아닙니다. 똑같은 과학기술성이라도 '두뇌반'과 '하청반'으로 나뉘어 있었어요. 제가 했던 용접 일은 '하청반', 다시 말해 현장의 하청 노동에 불과합니다. 그에 비해 도요타 같은 사람은 엘리트 '두뇌반'으로, 아사하라의 사랑을 독차지한 부류에 속했습니다. 과학기술성에는 총 삼십 명 정도의 사가 있었는데, 저는 그중에서도 아래쪽이었습니다. 지하철 사린사건에 관련된 사람은 위쪽 사들입니다.

　그렇긴 하지만 제가 보기에도 '뭐, 그 사람이?' 싶은 생각이 드는 의외의 구성원도 끼어 있었죠. 과격파였다면 '역시나' 하겠지만, 그렇지 않은 엘리트들이 거의 대부분이었습니다. 보나마나 아사하라가 '이 녀석이면 할 게 틀림없다'는 기준으로 선택했을 겁니다. 그런 엘리트들은 정말로 '착한 친구들'이었어요. 위에서 시키는 일은 뭐든 네네 하며 순종했습니다. 무라이도 마찬가지였습니다. 뭐든 시키는 대로 다 했죠. 비판도 하지 않고, 도망치지도 않았어요. 무슨 일이든 받아들였습니다. 대단하죠. 그런 식으로 삼 년이고 사 년이고 계속하다보면, 보통은 좌절해버릴 텐데.

하야시 야스오만은 조금 다릅니다. 하야시 야스오는 '하청반'에 소속되었던 사람입니다. 엘리트가 아니에요. 순수한 과학기술성 사람이 아니고 건설반 출신입니다. 다만 사였던 기간이 길어서 위쪽으로 올라갔을 뿐이죠. 실제로 그 사람은 도요타에게 "나 같은 건 다음번 인사이동 때 어차피 과학기술성에서 밀려날 텐데, 뭐"라는 말까지 했습니다. 그렇다보니 다른 구성원들에게 열등감 같은 걸 느끼고 있었을지도 모릅니다. 주위 사람들은 초전도나 소립자를 연구한 엘리트인데, 그 사람은 가전제품 장사를 했었으니까요.

하야시 야스오는 처음에는 괜찮은 녀석이었는데, 차츰 성격이 이상해졌어요. 1990년 무렵에는 저랑 같은 스테이지여서 사이좋게 대화를 나누기도 했습니다. 그런데 1992년에 사가 된 후로 이상해졌어요. 왠지 고압적인 태도를 취하고 거만해졌습니다. 처음에는 온후한 남자였는데, 나중에는 주위 사람들에게 화풀이를 하고 아랫사람을 아무렇지 않게 짓밟아버리는 타입이 되었어요. 아마 스스로도 자기 화를 다스릴 수 없게 되었을 테죠.

과학기술성은 처음부터 아사하라 쇼코에게 총애를 받았습니다. 제가 있던 애니메이션반은 돈이 필요해도 전혀 받을 수가 없었습니다. 그런데 과학기술성에는 돈이 펑펑 들어갔어요. 엄청난 차이였죠. 또한 과학기술성 안에서도 차이가 났습니다. 두뇌반은 하청반과 큰 차이가 납니다. 세상은 결국 어딜 가나 불공평하게 만들어져 있죠. 누군가가 자주 이렇게 얘기했어요. 옴진리교 안에서 출세하고 싶으면 도쿄대 출신이거나 미소녀가 되는 수밖에 없다고(웃음).

—결국 팔 년 정도 옴진리교 교단에 있었던 셈인데, 그것이 허송세월이었다고는 생각하지 않습니까?

허송세월이라고는 생각하지 않습니다. 다양한 동료들을 만나 같이 고생한 건 사실이고, 그것은 아주 좋은 추억으로 남았습니다. 인간의 나약함 같은 것도 깨달았으니 저도 성장하는 기회였다고 생각합니다. 보람이 있었다는 표현은 좀 이상하겠지만, 내일 무슨 일이 벌어질지 모르는 모험 같은 분위기가 있었습니다. 혹은 엄청나게 큰 일을 지시받고 제 뜻을 집중시켜 뭔가를 이루어냈을 때의 고양감 같은 것도 느꼈습니다.

지금은 정신적으로는 매우 편해졌습니다. 물론 평범한 현세 사람이 가지는 고통도 있죠. 예를 들면 실연을 당한다거나. 그런 '편치 않은' 부분도 있습니다. 그러나 그건 뭐 보통이죠. 평범한 일반인과 마찬가지라 생각하고 살아갑니다.

하지만 이렇게까지 안정된 정신 상태를 찾기까지 상당한 시간이 걸렸습니다. 이 년 정도 걸린 것 같아요. 교단에서 나온 후, 한동안은 이루 말할 수 없이 무기력한 상태가 이어졌습니다. 교단 안에 있을 때는 '나는 진리의 실천자다'라는 중추가 있었기 때문에 그 추진력으로 막힘없이 전진해나갈 수 있었지만, 지금은 더이상 그런 게 없습니다. 나 자신을 움직이기 위해서는 스스로 힘을 키워나가야 한다는 뜻입니다. 교단에서 나온 후 차츰 그런 사실을 깨달았습니다. 그리고 그것 때문에 우울해졌죠. 고통스러웠어요.

그렇지만 옛날과 달라진 것은, 스스로 꽤 자신감을 가질 수 있게 되었다는 점입니다. 교단 안에서 나름대로 다양한 현실적인 경험을 쌓아왔기 때문에 '아직은 제 구실을 못하지만, 조만간 틀림없이 이 길에서 다시 일어설 수 있다'는 확신을 가슴에 품을 수 있었죠. 그것이 컸어요.

지금은 도쿄에 살고 있습니다. 이 현실세계를 살아갈 힘, 혹은 기둥은 역시 동료들이죠. 옛 신자 동료들이요. 마음이 맞는 동료들과 함께 있으면, '나는 혼자가 아니고 이 힘든 세상을 다 함께 헤쳐나간다'는 걸 절실히 실감할 수 있고, 큰 격려가 됩니다.

아사하라 씨에게 성적인 관계를 강요당한 적이 있었어요

이와쿠라 하루미(1965년생)

가나가와 현에서 태어났다. 피부가 희고 늘씬하며 상당히 매력적인 여성이다. 옴진리교 여성신자 중에서도 '미인 계열'에 속한다고 표현하면 이해하기 쉬울까. 시종 상냥하게 대응하고, 상대를 배려하며, 달변은 아니지만 질문에는 시원시원하게 대답했다. 표현하자면 붙임성 있고 세심하게 배려하는 사람인데, 심지는 꽤 강할 것 같은 인상을 받았다.

단기대학을 나와 평범한 회사에 취직했고, 그 무렵에는 꽤 요란하게 놀았다. 그러나 그런 생활에 차츰 만족을 느낄 수 없게 되었고, 우연히 알게 된 옴진리교 세계에 마음을 빼앗기기 시작하여 회사를 그만두고 출가했다.

한때는 아사하라 쇼코가 '마음에 들어한' 모양이지만, 어떤 사정으로 인해 전기충격을 받아 기억을 빼앗긴다. 그후 장기간에 걸쳐 망각 속을 헤매었고, 제정신을 찾은 것은 사린사건 직전이었다. 따라서 옴진리교 시절의 기억을 부분적으로는 거의 완전히 잃은 상태다. 그 이전과 이후의 기억은 명확하지만, 그녀는 이 년 가까운 세월을 자기가 어떻게 지내왔는지 떠올리지 못했다.

그로 인한 후유증은 특별히 없다고 본인은 말한다. 그렇지만 그후로는 옴진리교와 더이상 아무 관련도 맺지 않겠다고 강하게 결심했다. 그녀에게는 이미 '끝난' 일이다. 잃어버린 옴진리교 시절의 기억을 찾고 싶은 생각도 딱히 없다. 〈문예춘추〉에 연재된 신자 인터뷰 몇 개를 읽고 '어지간히 했으면 좋겠다는 생각이 들었다'고 말했다.

현재는 미용 관련 일을 하고 있지만, 기술을 익히고 저축해서 언젠가 독립할 계획을 가지고 있다. 임대료 3만 엔짜리의 '여름은 덥고 겨울은 추운' 아파트에 살면서 검소하게 생활하고 있다. "그래도 옴진리교에 있었던 덕분에 검소한 생활이 전혀 힘들지 않다"며 생글생글 웃었다.

*

아버지는 차가운 사람이었어요. 차갑다고 할까, 아무튼 좀 특이한 사람이었죠. 거의 대화를 나눈 적이 없어요. 어떤 회사에 근무했는지, 무슨 일을 했는지도 몰라요. 그런 것에는 전혀 관심도 없었고.

어릴 때부터 아버지가 예뻐해준 기억이 한 번도 없어요. 아버지가 차갑다고 느낀 사람은 저 혼자만이 아니에요. 어머니도 마찬가지였고, 친척들도 다 그렇게 생각했어요. 아버지는 자기 자신을 아이처럼 생각했던 걸까요. 자신이 너무 귀중해서 그 무엇도 방해받고 싶지 않았던 걸까요. 뭘 하고 있는 모습을 옆에서 지켜보면, "저리 가"라고 말했죠. 그럴 때는 집에서 나와 이웃에 살던 친척 집으로 놀러갔어요. 그 집은 자식들이 이미 다 커서 독립했기 때문에 어린 저를 무척 귀여워해주셨거든요. 정말로 잘해줬어요. 우리집보다 그 집에 있을 때가 훨씬 사랑받는 느낌이었어요. 그 집이 없었다면 나는 과연 어떻게 되었을까 생각할 때도 있어요. 정말로 이상해졌을지도 모르죠.

제가 열아홉 살 때 부모님이 이혼했어요. 아버지에게 다른 여자가 생겨서 이혼하게 됐죠. 그때의 난리는 정말이지 말로 못 해요. 그런 상태가 반년인가 일 년쯤 이어졌죠. 그때 저는 단기대학에 다녔는데, 그런 상황이 끔찍하게 싫었어요. 부모님이 싸우는 모습을 옆에서 보고 있으면 둘 다 똑같아 보여요. 물론 아버지가 잘못한 건 확실하지만, 엄마가 하는 말이나 행동도 만만치 않았으니까요. 결혼하고 싶은 마음이 전혀 생기질 않았어요.

그 무렵에는 남자친구도 있었죠. 그렇지만 결혼생활을 잘해 나갈 자신이 전혀 없었어요. 결혼할 나이가 되어서도, 내가 과연 가정을 잘 꾸려갈 수 있을까 겁을 먹게 되었죠. '이 사람이라면 괜찮겠다', 그런 생각을 할 수가 없었어요. 상대가 좋아도 결혼 생각을 하면 아무래도 두려워졌죠. 평소에 사귀고 데이트할 때 는 즐겁고 아무 문제도 없었지만.

—어릴 때는 어떤 아이였나요?

말괄량이였어요. 활달하다고 할까, 조금 시끄러웠을지도 몰 라요. 그렇지만 초등학교 때 몸이 안 좋아서 반년 정도 학교를 쉬었어요. 그때부터 이따금 편두통에 시달려서 어른이 될 때까 지 늘 진통제를 달고 살았죠. 그래도 활달하고 어디로 튈지 모르 는 기질은 변하지 않았어요. 친구도 꽤 많았고요. 공부는 잘 못 했죠(웃음).

중고등학교는 사립 여학교를 다녔습니다. 그때도 애들과 잘 어울렸죠. 그런데 또래 남자애들한테는 흥미가 없었어요. 주위 친구들이 '남자친구가 생겼다'는 얘기를 해도 '도대체 어디가 좋지?' 싶었죠. 또래 남자애들은 하나같이 기름이 번질번질하고 더러운 느낌이었으니까요. 남자애들을 보고 반한 적이 없었어 요, 전혀. 더럽고 냄새나고. 도대체 저런 애들이 어디가 좋을까 싶었죠.

―취미 같은 건 있었습니까? 이런 걸 하면 즐겁다거나.

즐거운 일이라면, 학교 끝나고 어딘가 가서 세일중인 브랜드를 구경하거나 쇼핑을 하는 정도일까요. 딱히 꾸미고 다니진 않았지만 옷은 좋아했어요.

고등학교를 졸업하고 단기대학에 들어갔죠. 그저 그런 학교였어요. 어쩔 수 없다 싶어서 일단 들어갔죠. 그리고 단기대학을 졸업하고 시부야에 있는 회사에 취직했습니다. 사무직이었죠. 휴일이 많아서 괜찮겠다 싶어 들어간 거였어요. 특별히 뭘 하고 싶은 마음은 전혀 없었어요. 이혼 소동을 보면서, 이제 될 대로 되라는 심정이었으니까.

집에서 시부야까지 출퇴근했는데, 그 무렵에는 엄마랑 둘이 살았어요. 아버지는 이혼해서 집을 나갔고, 여동생도 혼자 살고 싶다며 독립했죠. 여동생은 쿨하고 자기 페이스대로 사는 성격이에요. 저랑은 상당히 달랐어요.

취직은 1985년에 했는데, 당시는 경기가 좋았잖아요. 회사에서 여행이나 온천을 자주 보내줘서 좋았어요. 네, 어쨌거나 노느라 바빴죠. 저는 술은 잘 못 마시지만, 밖에 나가는 게 좋아서 술 좋아하는 친구들이 부르면 자주 마시러 나갔어요. 그러다 늦어지면 친구 집에서 자기도 했죠. 일주일의 절반밖에 집에 안 들어갔던 것 같아요.

그래서 주말에는 지쳐서 잠만 잘 때가 많았지만, 그래도 휴일에는 여기저기 놀러 다니곤 했어요. 디즈니랜드나 도시마엔, 뭐 그런 평범한 곳들이죠. 여자끼리 가거나 남자친구랑 가거나. 파리 같은 외국에도 갔어요. 남자친구도 몇 명 있었지만, 역시 '결혼하고 싶은' 마음은 전혀 안 생겼어요. 해서는 안 될 것 같은 마음이 더 강했으니까요.

—다른 사람들 눈에는 즐겁게 잘 사는 것처럼 보였겠군요.

아마 그렇게 보였을 거예요. 그렇지만 마음속으로는 갖가지 고민이 있었죠. 예를 들면 '난 딱히 특기도 없고, 다른 사람이랑 비교할 때 뛰어난 점도 없다. 그렇다고 결혼하고 싶은 마음도 안 생기고……' 이런 것들요. 하지만 주위 사람에게 그런 말을 하면 분명히 다들 깜짝 놀랐을 거예요. "어머나, 그런 고민도 하니?"라는 식으로.

게다가 20대 중반이면, 그때까지 사이좋게 지낸 친구들이 결혼해서 회사를 그만두거나 혹은 멀리 떠나거나 해서 차츰 멀어지고, 스무 살 무렵과 비교해 그리 젊지도 않잖아요. 그러다보니 그런 생활을 계속하는 게 허무하다는 느낌이 들었던 것 같아요.

―그래서 옴진리교에 끌렸다는 건데, 입신하게 된 직접적인 계기
는 무엇이었나요?

　어느 날 머리를 자르러 갔는데, 시간이 없어서 평소에 다니는
미용실이 아니라 가까운 미용실에 우연히 가게 됐어요. 그런데
굉장히 싸게 해줘서 그뒤로도 몇 번 갔는데, 어느 날 그 가게 남
자가 옴진리교 팸플릿을 보여주는 거예요. "실은 여기 들어갈까
생각중이에요"라면서. 처음 봤을 때는 '뭐야? 수상해!'라고 생
각했죠.
　그 사람이 정화법이니 뭐니 하는 것을 가르쳐줬어요. 물을 마
시고 내뱉거나, 위를 비우거나, 혹은 끈을 코에 넣고 어떻게 한
다거나. 그런데 저는 몸이 약했잖아요. 아토피도 약간 있었고.
지금도 이런 데(라며 팔을 보여주었다) 흔적이 남아 있거든요.
그 사람에게 그런 얘기를 하자, "그럼 일단 한번 해봐요"라고 하
기에 시험 삼아 해봤죠. 그랬더니 아토피 증세가 뚝 멈췄어요.
한 번 했더니 다음 날에 완전히 사라졌죠.
　그리고 그때까지는 항상 식욕이 없어서, 아이들 밥그릇에 반
정도밖에 안 먹었는데, 그후로는 한 그릇씩 퍼줘도 뚝딱 비우니
까 엄마도 이게 웬일인가 하고 놀랄 정도였어요. 두통도 사라지
고 굉장히 건강해졌어요.

그래서 '와, 이거 정말 대단한데' 싶었죠. 그 남자가 같이 입신하자고 권했지만, 처음에는 계속 망설였어요. 그런데 끈질기게 권유를 받다보니 차츰 '들어가도 괜찮겠지' 하는 생각이 들었습니다.

—잠깐 확인하고 싶은 게 있는데, 옴진리교가 단순한 요가 단체가 아니라 종교라는 것은 그때 알고 있었죠?

네, 알았어요. 때마침 선거가 있어서 코끼리 모자 같은 걸 쓴 모습들을 보기도 했으니까. 그렇지만 교의가 어쩌니 아사하라가 어쩌니 하는 얘기에는 전혀 흥미가 없었어요. 건강이 이렇게 좋아졌으니 살짝 가볼 만은 하겠다고 가볍게 생각했죠. 그래서 '일단 입신해도 되겠지' 생각했어요. 아마 호기심 같은 것도 있었을 거예요.

처음에는 가까운 도장에 다녔어요. 그곳에서 성취한 사람과 이야기를 나눴죠. 무슨 얘기를 했는지 기억나진 않아요. 첫 인상은 별로 남아 있지 않아요. 애당초 특별한 기대를 했던 게 아니니, 그냥 이런 분위기구나 했죠. 대충 대화를 나누고 적어냈어요.

—교의에 관해 여러 가지 설명을 해주는데도 대충 들었군요.

하하하. 그렇죠.

—적어냈다는 건 그 자리에서 입신 신청서를 썼다는 뜻이군요. 상
대 얘기를 대강 듣고, 교의는 잘 모르지만 아무튼 입신해보자고. 지
금까지 제가 얘기를 들어본 사람들은 좀더 여러 가지 생각을 하고 망
설이다 입신했다던데요. 당신의 경우는 얘기가 조금 빠른 것 같은 느
낌도 듭니다.

음, 빠르긴 하죠. 입신한 건 좋은데, 입회금 3만 엔, 반년치 회
비가 1만8천 엔, 합계 4만8천 엔이 든다고 하더군요. 그래서
"아, 싫다. 난 그런 돈 없는데"라고 했더니, 같이 가자고 권했던
사람이 "그럼 반은 내가 내줄게"라고 했어요. 딱히 애인도 뭣도
아니었는데. 네, 굉장히 친절했어요. 아니면, 다른 사람을 인도
하면 그 공덕이 자기에게 돌아오기 때문에 그랬던 것도 있었을
거예요. 그래서 반액 정도면 괜찮겠다 싶었죠.

입신하고 나니 의무 같은 게 생기더군요. 봉사활동 같은 거죠.
이따금 도장에 가서 정해진 작업을 해야 했어요. 처음에는 그다
지 가고 싶지 않았죠. 나오라고 해도 안 나가는 사람은 안 나가
거든요. 그런데 그 미용사도 같이 가자고 열심히 설득했고, 집도
가까우니 한번 가볼까 생각했죠.

도장에 가면 운동복 차림의 출가자들이 있는데, 그들의 조용

하고 담담한 모습을 보면, 아아, 이렇게 시간을 보내는 방법도 있구나 싶었어요. 회사나 통근전차처럼 북적거리는 세계와는 완전히 달랐죠. 그런 곳에 있으니 마음이 굉장히 편안해졌어요. 그래서 저도 말없이 전단지를 접고 나눠주러 다녔어요. 그런 일을 하다보니 긴장이 풀리고 마음이 안정되었어요. 전혀 힘들지 않았죠. 주위 사람들도 모두 친절하고 온화해서 분위기가 좋았어요. 휴일에도 도장에 가고, 회사가 끝나면 아무 데도 안 들르고 곧바로 도장으로 직행해서 전단지를 접고 집으로 돌아가는 생활을 한동안 계속했어요. 옴진리교 도장은 이십사 시간 열려 있어서, 언제든 가고 싶을 때 갈 수 있거든요.

회사에는 그 무렵 불륜이 굉장히 많았어요. 사내불륜. 그런 모습이 불쾌했어요. 우리 아버지가 그랬기 때문에 정말 한심해 보였죠. 거기서 벗어나 도장으로 오면 분위기가 완전히 달랐어요. 어쩐지 '느슨한' 분위기라 그 속에서 아무 생각 없이 담담하게 전단지를 접곤 했어요. 굉장히 기분이 좋았죠.

그때쯤 어머니도 재혼했어요. 뜻밖에 상대를 빨리 찾았죠, 하하하. 그래서 새아버지랑 함께 셋이 살았는데, 소탈하고 사람 됨됨이도 진국이고, 저에게는 친아버지보다 편했어요.

제가 출가한 것은 이시가키 섬 세미나를 마친 후였습니다. 제 경우는 입신에서 출가까지가 굉장히 짧았어요. 세미나가 1990년 4월에 열렸으니까, 입신하고 두 달 만에 출가해버린 셈이죠.

이시가키 섬에서는 아마겟돈 같은 얘기를 한 모양인데, 그건 오래된 사람들만 배웠고 저 같은 재가신자는 아무 얘기도 못 들었어요. 재가신자의 경우는 보시 금액에 따라 이 사람한테는 여기까지만 알려준다는 범위 같은 게 있었으니까요. 저의 경우는 일단 이시가키 섬에 가라고 한 정도였죠. 자세한 설명은 안 해줘요. 비용이 몇십만 엔인가 들었는데, 저금을 깨서 돈을 냈어요. 그 무렵에는 '뭐 괜찮겠지' 하는 마음이었어요. 이런 생활을 계속해나가는 것도 괜찮겠다 싶었죠. 세미나에 가는 날 갑자기 회사를 빠졌죠. 적당히 거짓말을 둘러대고. 그 바람에 굉장히 빈축을 샀어요.

이시가키 섬에 가니 '이게 뭐야?' 싶었어요. 그래도 지시가 떨어지면 다함께 우르르 움직이고 하니까, 그건 참 편하다는 생각이 들었죠. 아무 생각도 안 해도 되니까요. 시키는 일만 그대로 따라 하면 되죠. 자기 인생에 대해 일일이 생각할 필요가 없는 거예요. 모래사장에서 다같이 호흡법을 하기도 하고.

그때는 이미 '다함께 출가해야 한다'는 분위기였어요. 그때 이시가키 섬에 갔던 재가신자들은 거의 다 출가했죠. 저도 출가했고요. 출가하면 집을 떠나야 하고, 회사도 그만두고, 가진 돈도 모조리 보시해요. 스무 살 무렵이었다면 아마 출가까지 하진 않았겠죠. 그런데 스물다섯 살이다보니, 뭐 괜찮겠다 싶었죠.

─이시가키 섬이라는, 격리된 특수 상황에 놓였던 영향도 있었을까요?

　으음, 그것뿐만은 아니고, 출가는 시간문제였다고 생각해요. 그런 일이 없었어도 결국에는 이끌렸을 거예요. 스스로 생각할 필요가 없다, 결단하지 않아도 된다는 게 아무래도 영향이 컸어요. 그냥 맡겨두면 되니까요. 지시가 내려오면 그 지시대로 움직이면 그만이에요. 그리고 그 지시는 해탈했다는 아사하라 씨한테서 온 것이니, 모든 건 충분히 생각하고 결정한 거겠죠.

　교의 자체에는 별로 관심이 없었고, '이거 대단하다'는 느낌도 없었어요. 다만 온갖 번뇌가 사라진다는 건 훌륭하다고 생각했어요. 그런 것들이 사라지면 분명 편안하겠지 싶었죠. 예를 들면 부모에 대한 정이나 멋부리고 싶은 마음이나 남을 미워하는 번뇌 같은 것들요.

　그렇지만 실제로 교단에 들어가보니, 그곳도 일반사회랑 거의 비슷했어요. 예를 들면 "아무개 씨는 혐오가 강하죠"라는 말을 하는데, 그건 결국 험담 아닌가요. 단지 사용하는 용어가 다를 뿐이죠. 뭐야, 다를 게 하나도 없잖아, 하는 생각이 들었죠.

　어쨌든 회사도 그만뒀어요. 고집스럽게 사직서를 냈죠. 적당히 거짓 핑계를 댔어요. 외국에 가서 공부하고 싶다느니 어쩌느니. 꽤 많이 붙잡았지만, '부탁이야, 막지 말아줘'라는 생각에 많이 힘들었어요. 솔직하게 말할 수도 없었고. 그렇지만 그때는 이미 마음이 확고했어요.

엄마는 옴진리교가 뭔지 전혀 몰랐어요. 와이드쇼 같은 건 안 보는 사람이니까. 그래도 출가하면 이제 못 만난다고 설명하니까 조금 울었죠. 그런 생각은 전혀 못 했던 거예요. 갑자기 건강해지고 식욕도 좋아져서 이상하다고는 생각했겠지만…… "이제 슬슬 자식을 놔줄 때가 됐나보다"라고 말했었죠.

—여전히 잘 모르시는 것 같은데요(웃음). 그래서, 출가생활은 어땠나요?

부모가 그립다거나 돌아가고 싶다는 사람도 있었지만, 저는 그때 당시는 그냥 그랬어요. 좋다는 생각까진 안 들었지만, 이런 생활도 괜찮다, 이런 거구나, 그 정도였죠.

아소의 나미노손으로 가서 생활반이라는 데 들어갔어요. 밥을 짓거나 세탁을 하는 일이었죠. 그때 처음으로 아사하라 씨를 만났습니다. 갑자기 "잠깐 와주십시오"라고 해서 '어, 뭐지?' 하고 가봤더니, 아사하라 씨 혼자 있는 조립식 건물로 불려간 거예요. 거기서 이십 분 정도 둘이 얘기를 나눴죠.

분위기로 봐서는 어딘지 모르게 대단했어요. "당신은 이렇고 이렇군"이라고 말하는데 그게 척척 들어맞으니까 역시나……

어떤 걸 맞췄냐고요? 예를 들면 "현세에서 이런 일을 했지?"라거나 "당신은 현세에 있을 때 너무 놀아서 공덕을 많이 낭비했어"라고 했어요. 아, 그리고 "남자도 몇 명이나 사귀었을 거야", 뭐 그런 얘기들요. 그렇게 직접 만나 대화를 나누는 건 특별한 일이라고 주위 사람들이 말했지만, 그런 말을 들어도 그냥 그런가 하고 대수롭지 않게 여겼어요.

—하지만 그런 것은 사전에 조사해두면 어느 정도는 알 수 있는 일이죠. 현세에서 뭘 했는지는.

그렇죠. 알 수 있죠. 그렇지만 상대는 최종 해탈자였고, 그 독특한 분위기로 느릿느릿 그런 말을 하면 아무래도 '와, 대단해!' 하는 생각이 든다니까요. 처음에는 무서웠어요. 이 사람한테는 거짓말을 할 수 없겠다 싶었죠. 그런데 결국 정작 중요한 얘기는 아무것도 없었어요. 거기서 무슨 얘기를 했는지 거의 기억도 안 나요.

아소 생활은 힘들었어요. 추웠고. 그리고 출가해보니 주위에 모두 이상한 사람들뿐이라 싫었어요. 정말이지 하나같이 제멋대로였어요. 상식이라는 게 없고, 여하튼 자기밖에 몰라요. 그래도 같은 지부 출신 사람들은 비교적 보통이라 그 사람들이랑 친하게 지냈죠. 아사하라 씨에게도 한번 말한 적이 있어요. "여긴 왼지 이상한 사람이 많지 않나요?"라고. 아사하라 씨는 그렇지 않다고 말했지만.

그에 비하면 윗사람들, 간부들은 전혀 이상하지 않았죠. 굉장히 좋은 사람들이었어요. 사이좋은 사들과는 몰래 속마음을 털어놓을 수도 있었죠. 이다 에리코 씨나 니미 도모미쓰 씨, 무라이 히데오 씨. 이런 얘기를 하면 불쾌하게 생각할 사람도 있겠지만, 그래도 저에게는 모두 좋은 사람들이었어요. 그런데 밑에는 이상한 사람이 많았어요. 저랑 안 맞았죠.

아소에서 도쿄로 돌아와 도쿄 본부에서 사무 일을 할 때, 아사하라 씨한테서 매일같이 전화가 왔었어요. "몸은 좀 어떠냐"라거나 "업무 짬짬이 이런 수행을 해보면 어떻겠느냐"라거나 하는 얘기였죠. 내용은 별것 아니었어요. 그래도 그렇게 말을 걸어주니까 역시나 기뻤죠. 누구에게나 그런 전화가 오는 건 아니니까. 주위 사람들도 "그건 전생에 덕을 쌓았기 때문이야"라고 말해줬어요. 그런데 어느 순간 전화가 뚝 끊겼어요. 그러자 '어, 왜 안 오지?' 하는 생각에 괴로워졌어요. 지금 생각해보면 이상하지만, 그 안에 있다보면 그런 생각이 들죠.

한 번은 아사하라 씨에게 성적인 관계를 강요당한 적이 있었어요. 후지에서 더빙반이라는 곳에 소속되어 있을 때죠. 더빙반은 설법을 녹음한 테이프를 기계를 이용해 몇 미터씩 잘라서 더

220

빙하는 일을 해요. 그전까지 도쿄 본부나 후지에서 사무 일이 너무 바빴기 때문에, 조금 여유로운 일을 하고 싶어서 더빙반에 넣어달라고 아사하라 씨에게 부탁했어요. 반나절 수행하고 나머지 반나절은 더빙반에서 느긋하게 일하는 게 제가 원했던 쾌적한 삶이었으니까요. 도쿄 본부에서 사무 일을 했을 때는 너무 바빠서 세 시간밖에 못 자는 일도 흔했거든요.

그때는 (성적인 관계는 가지지 않고) 미수로 끝났습니다. 그래서 정말 다행이다 싶었죠. 아사하라 씨가 불러서 방으로 갔다가 그런 일이 생긴 건데, 그전에도 두세 번 비슷한 얘길 들었어요. 전화를 걸어서 "지난번 생리는 언제 했느냐?"고 물어서 '엇? 언제였더라' 생각했죠. 다음에는 특별한 이니시에이션이 있다는 식으로 말했어요. 좀 이상해서 친하게 지내는 오래된 사에게 물었더니, "실은 그건 말이죠"라며 가르쳐주더군요. 요컨대 섹스를 한다는 거예요.

궁지에 몰린 저는 딱딱하게 굳었어요. 이렇게요(어깨를 움츠리고 몸을 딱딱하게 굳혔다). 아사하라 씨는 눈은 잘 안 보이지만 대신 직감이 빨라서 분위기 같은 걸 빨리 파악했거든요. 그러니 제가 딱딱하게 굳어 있는 걸 알았을 테죠. 도중에 그만뒀어요. 조금만 만져도 금세 이런 상태가 되어버렸으니까요. 그래서 정말 다행이다 싶었죠.

그런데 보통 신자들이 볼 때는 (성관계를 강요당하는 것이)

무척 기쁜 일, 고마운 일이라는 거예요.

―당신의 경우는 그렇지 않았다?

네. 싫었어요. 물론 구루로서 아사하라 씨를 존경하는 마음은 있었어요. 그때그때 상황에 따라 말투가 완전히 변거나 하는 걸 보면 누구나 빠져버릴 거예요. 말에 굉장히 신경을 쓰는 사람이었으니까. 그렇지만 그거랑 이건 별개라고 할까, 왠지 싫었어요. 그런 이니시에이션이 있을 거라고는 생각했지만, 아사하라 씨가 그런다니, 싫었어요. 뭐랄까…… 제가 가지고 있던 아사하라 씨의 이미지와는 다른 것 같았어요.

―그렇지만 윗사람들은 아사하라가 여성 사마나와 성적인 관계를 가진다는 걸 알았던 거군요.

오래된 사, 이다 씨나 이시이 히사코 씨가 그런 일이 있다고 말해줬고, "나도 옛날에 했었다"고 했어요. 그게 좋다거나 나쁘다는 식으로는 생각하지 않았죠. '와, 탄트라는 정말 심오하구나' 하는 생각밖에 안 들었어요. 감탄했죠.

―아사하라 씨와 육체관계를 가지길 거부한 것 때문에 무슨 반작

용 같은 건 없었습니까?

그걸 모르겠어요. 그후에 기억이 지워져버렸으니까. 전기 충격을 받아서. 여기에 아직도 그때 자국이 남아 있어요(머리를 올리고 목덜미를 보여주었다. 하얀 흔적 같은 것이 남아 있었다). 더빙반에 들어갈 때까지는 기억나는데, 그후의 일은 전혀 떠오르지 않아요. 어느 시점에서 어떤 이유로 기억이 지워지게 됐는지 저는 전혀 알 수가 없어요. 주위 사람들한테 물어도 아무도 가르쳐주지 않았죠. 다만 "당신이 아무개 씨랑 위험해져서인 것 같아"라는 말을 들은 적은 있어요. 저는 전혀 기억이 안 났기 때문에 "그 얘기 좀 자세하게 알려주세요"라며 매달렸지만, "지워버렸으니 알려줄 순 없다"고 하더군요.

―그 아무개라는 사람이랑 딱히 무슨 일이 있었던 건 아니군요.

전혀 기억이 안 나요. 당시 아사하라 씨에게 주의를 들은 사람이 있었고, 저는 그 사람을 굉장히 좋아했는데, 아무개라는 건 그 사람과 전혀 다른 사람이라서 '어, 왜 그 사람이지?' 하고 이상하다고 생각했어요.

아사하라 씨는 남녀 사이가 이러니저러니 하는 정보를 캐내는 데 열심이었고, 누가 누구와 가까워질 것 같으면 부지런히 저지

했어요. 저에게도 전화를 걸어서 "이와쿠라 씨, 누구누구랑 파계했지?"라고 묻기도 했죠. 그것도 아주 자신만만하게 말예요. 그렇지만 그 사람과 저는 아무 관계도 없었어요. 그래서 "뭐라고요? 그런 일 없습니다"라고 하면, "아, 그렇군. 알았어, 알았어"라며 전화를 끊었어요. 그래서 이상하다 생각한 적이 있었어요.

어쨌든 기억이 지워졌고, 퍼뜩 정신을 차렸을 때는 이미 사린 사건이 일어난 해(1995년) 초였습니다. 더빙반에 들어간 게 1993년쯤이니까, 그동안 이 년 가까운 기억이 완전히 공백으로 빠져나갔죠. 다만 교토 슈퍼마켓에서 일했던 기억은 어느 날 갑자기 떠올랐어요. 옴진리교가 경영하는 교토의 슈퍼마켓에서. 난데없이 그때 광경이 떠올랐죠. 계절은 여름이었고, 저는 티셔츠를 입고 라면에 달각달각 가격표를 붙이고 있었어요. 세제를 선반에 죽 늘어놓던 기억도요. 무서워요. 그사이에 내가 어디서 무엇을 했는지 전혀 떠오르지 않으니까.

잠에서 깨어난 듯 불현듯 정신을 차려보니, 그곳은 가미쿠이시키무라에 있는 실드 룸 안이었어요. 실드 룸은 원래 사의 방으로 수행 같은 데 사용되는 장소인데, 제 경우는 감금 비슷한 상태였죠. 넓이는 다다미 한 장 정도고, 밀폐된 공간이라 문에 구멍도 없어요. 겨울이라 다행이었지만 여름이었다면 굉장히 더웠을 거예요. 밖에서 자물쇠를 채웠고, 화장실에 가거나 샤워를 할 때만 밖으로 나갈 수 있었어요.

저보다 나중에 출가한 사람이 지키고 있어서 "이게 대체 어떻게 된 일이죠? 전혀 기억이 안 나요"라고 물었지만, 아무것도 가르쳐주지 않았어요. 아는 사가 보이기에 "왜 제가 여기 들어와 있나요?"라고 물었어요. 그러자 "무지의 카르마, 동물의 카르마가 드러났기 때문이야"라고 하더군요. 틀림없는 거짓말이라고 생각했죠. 무지의 카르마 때문에 그런 취급을 받을 리는 없다고 생각했어요.

계단에 내 짐이 놓여 있어서 그 안에서 필요한 물건을 꺼내는데 마침 무라이 씨가 지나갔어요. "잘하고 있나?"라고 물어서 뭐가 어떻게 된 건지 알 수가 없다고 했더니, "그럼 오늘 실드 몇 번에 있을 테니 밤에 문을 열어달라고 해서 얘기하러 와"라고 하더군요. 그래서 저를 지키는 사람에게 그렇게 말했더니 "그건 안 됩니다"라며 거절했어요.

그래서 화장실에 갈 때 도망쳐서 어떻게든 무라이 씨를 찾아가려 했죠. 그런데 도중에 시중을 들어주던 사람에게 붙잡혀서 실랑이가 벌어졌고 티셔츠까지 찢어졌어요. 그땐 정말 대단했죠. 그렇지만 이대로 끌려가면 끝장이다 싶어서 큰 소리를 질렀어요. 목이 터져라 소리쳤죠. 그러자 모두 밖으로 나왔고, 무라이 씨도 나와서 "이쪽으로 와"라고 말했어요.

무라이 씨는 옛날에는 굉장히 친절한 사람이었어요. 그런데 그때는 분위기가 전혀 달랐죠. 너무나 차가웠어요. "이러면 안 돼", "정신 똑바로 차려"라는 말뿐이었어요.

그 무렵 슬슬 강제수사가 시작될 것 같다는 소문이 돌아서, 독방에 넣어두면 곤란하니까 제6쪽으로 옮겨졌어요. 그러고 나서 다시 후지 사무 일로 이동했고요. 그렇지만 그때는 이미 아사하라 씨가 체포되느냐 마느냐 하는 시기라서, 사무 일도 거의 없고 편했어요.

—그 무렵 사린사건이 일어나서 엄청나게 소란스러웠는데, 옴진리교가 무슨 나쁜 일을 했을 거라는 생각은 없었습니까?

그런 생각은 없었어요. 그때는 또 경찰이 날조한 걸 거라는 생각밖에 없었어요. 뭔가 이유를 만들어서 새 신자 데이터라도 압수하러 왔겠지 했죠. (험한 꼴은 당했지만) 교단에 실망하거나 딱히 깊은 의문을 가지는 일도 없었어요. 무라이 씨도 예전과 전혀 다르고, 어쩐지 이상해졌다, 어떻게 된 걸까, 하는 생각은 들었지만.

제가 가미쿠이시키무라에서 나온 이유도, 지휘 계통이 엉망이 된 게 싫었기 때문이에요. 정오사 계층이 모조리 체포되어서 사들이 각자 멋대로 명령을 내리기 시작했어요. 그런 모습을 보니 더이상 미련이 없을 것 같았어요. 아사하라 씨가 없어졌으니 이제 끝이다 싶었죠. 나갈 때는 딱히 문제가 없었어요. 나갈 마

226

음이 생겨서 그대로 나왔죠.

―현세로 돌아오면서 불안은 없었습니까? 현실사회에서 잘 헤쳐
나가지 못하면 어쩌나 하는.

그런 생각은 없었어요. 현실사회로 돌아가도 잘 헤쳐나갈 수
있다고 생각했어요. 곧바로 엄마 집으로 돌아가서 한 달 정도 지
냈죠. 엄마는 내 걱정을 굉장히 많이 했어요. "매일같이 텔레비
전에 나와서 내 정신이 아니었다"고 말했습니다. 텔레비전 보도
에서 사린사건을 접하고서 처음에는 주위 사람들에게 "저건 날
조예요"라고 설명했어요. 그렇지만 차츰 '저기 나오는 사람들이
모두 똑같은 증언을 할 순 없겠지' 하는 생각에 입을 다물어버
렸죠. '역시 옴진리교 짓인 걸까' 생각하고. 결국 시간이 해결해
준 셈이에요.

그리고 한 달쯤 지나자 일을 해야겠다는 생각이 들었어요. 새
아버지 앞에서 엄마가 눈치 보는 걸 알았기 때문이죠. 가엾다는
생각이 들었어요. 그래서 일단 10만 엔을 받아 집에서 나왔고,
온천여관 종업원이 되었어요. 계약금이나 권리금 없이 자립할
방법이 없을까 고민하다 온천이 좋겠다 싶었죠. 온천에서 먹고
자면서 일하면 되니까요.

물론 옴진리교에 들어갔던 사실을 면접에서 숨겨서 곧바로

채용되었지만, 얼마 안 있어 공안 사람들이 나오는 바람에 들통 나버렸어요. 여주인은 "아무한테도 말하지 않을 테니 안심하고 일하세요"라고 했지만 불쾌하긴 했죠. 그곳에서 칠 개월 일했습니다. 급료는 썩 좋진 않았어요. 한 달에 20만 엔 정도. 그래도 팁이 많았어요. 팁이 생명이라고 여기고, 그야말로 매일매일 노예처럼 열심히 일했죠. 그러자 똑같은 손님한테 하루 세 번씩이나 팁을 받는 일도 생겼어요. 그걸로 저금을 하고 운전면허증을 따서 차를 샀어요. 여기(도쿄 근교)에서는 차가 없으면 생활하기 불편하니까요.

—이야기를 듣다보니 성격이 굉장히 긍정적이고 실행력 있군요.

어쩔 수 없으니까요. 어쩔 수 없다 생각하고 일했어요. 그렇지만 지금 돌이켜보면 용케도 그런 일을 했구나 싶어요.

지금은 미용 관련 일을 하고 있어요. 여기도 경찰이 한 번 다녀갔죠. 그때는 정말로 화가 치밀었어요. 기억까지 잃었으니 나야말로 피해자라고 생각했으니까요. 정말 왜 저러나 싶었어요. 그렇지만 얼마 지나자 '아, 나는 피해자가 아니라 가해자 쪽이구나' 하는 생각이 들더군요. 그래서 경찰한테도 더이상 퉁명스럽게 대하지 않고, 아는 건 전부 얘기했어요.

지금은 건강해요. 식욕도 좋고. 몸에 아픈 곳도 없어요. 단지 기억이 되살아나지 않을 뿐. 옴진리교 시절 알던 사람들과는 전혀 만나지 않아요. 연락도 하지 않고 엄마한테도 "전화도 바꿔주지 마"라고 했죠. 옴진리교에서의 생활도 전혀 그립지 않아요.

─당신은 정오사급 사람들과도 친분이 있었는데, 그 사람들이 사린사건을 일으킬 가능성은 있었다고 봅니까?

지시를 받으면 했을 거라는 생각은 들어요. 특히 니미 씨 같은 사람은 보나마나 절대적으로 했을 거예요. 히로세 겐이치 씨와도 이따금 얘기를 나눴는데, 그 사람은 정말로 소박해요. 뭐랄까, 역시 동정하게 돼요. 명령을 받고 "싫습니다"라고 말할 수 있는 분위기가 아니었어요. 그냥 "기꺼이 하겠습니다" 해야 하죠.

─재판에서는 대부분의 실행범들이 "명령을 거절하고 싶었지만, 거절하면 죽을 수도 있었기 때문에 싫어도 했다"고 증언했는데, 실제로는 그렇지도 않았다는 뜻인가요?

음, 어떨까요. 그렇지만 그 상황에서는 모두 자기가 선택되었다는 걸 기뻐하며 기꺼이 앞장섰을 것 같아요. 보통 사마나 중에는 적당히 한눈파는 사람도 많았지만, 정오사가 되면 모두 진지해지고 완전히 푹 빠져 있었으니까.

—지금 이렇게 현세로 돌아와 일하고 있는데, 어떻습니까? 전에는 '나란 사람은 딱히 뛰어난 점도 없다'며 삶에 의문을 가졌다고 했는데, 지금은 어떤가요?

뭐, 없으면 없는 대로 살아가면 되겠지 하는 마음은 생겼어요. 지금도 옛날이랑 똑같은 고민이 있느냐고 묻는다면, 없다고 할 수 있어요. 옴진리교에 들어가기 전에는 친한 사람에게도 "나 같은 게……" 같은 말은 입 밖에 낼 수 없었어요. 그 이상은 말하지 않고 그 정도에서 정리한달까, 남에게 약점을 드러낼 수 없었죠. 그런데 지금은 그런 말을 솔직하게 할 수 있게 됐어요.

친척이 맞선 얘기를 꺼내곤 해요. 슬슬 결혼하는 게 어떻겠냐고. 그렇지만 옴진리교처럼 흉악 범죄를 일으킨 곳에 몸담았던 인간은 결혼을 하면 안 될 것 같은 생각이 들어요. 물론 제가 범죄를 일으킨 건 아니지만, 적어도 그곳에서 뭔가를 열심히 했으니까요.

물론 외롭다고 느낄 때도 있죠. 작년에는 유난히 그랬어요. 친구들을 만나 밥을 먹고 어디로 놀러 가곤 하지만, 아무 일도 없는 날도 있잖아요. 혼자 집으로 돌아와 불꽃놀이 폭죽이 솟구치는 모습을 보면 핑그르르 눈물이 돌기도 했죠. 지금은 그런 감정도 사라졌지만.

옴진리교에서 만난 사람들 중에는 매력적인 사람도 꽤 많았어요. 현실사회에서 만나는 사람과는 전혀 달라요. 뭐랄까, 현실사회에서는 인간관계라는 게 굉장히 표면적이잖아요. 그렇지만 옴진리교에서는 한군데서 같이 생활하기 때문에, 어딘가 가족 같은 느낌이 들어요.

아이들은 좋아해요. 조카를 보고 있으면 너무 귀여워요. 그렇지만 결혼해서 가정을 꾸리거나 내 아이를 가지는 건, 옴진리교 옛 신자라는 점도 있어서 어려울 것 같아요. 도저히 상대에게 털어놓지 못할 것 같고…… 아무래도 가정이 화목하지 않았다는 것도 영향이 크겠죠. 행복하고 문제없는 가정에서 자란 사람은 아마 웬만해선 옴진리교에 들어오지 않을 거예요.

재판받는 아사하라의 언동을 보고 있으면 구역질이 납니다

다카하시 히데토시(1967년생)

1967년 도쿄 다치카와 시에서 태어났다. 신슈 대학 이학부에서 지질학을 공부하고 대학원에 진학하여 측지천문학을 전공했다. 초등학교 때부터 망원경으로 천체를 관찰하는 것에 매료되었다. 지하철 사린사건에 충격을 받고 옴진리교 교단을 탈퇴했다. 그후 텔레비전 등의 미디어에서 교단을 비판했으며, 『옴으로부터의 귀환』이라는 책을 냈다. 그가 어떻게 옴진리교 교단에 들어갔다가 나왔는지는 그 책에 상세하게 실려 있으므로 이번 인터뷰에서는 굳이 다루지 않았다. 상당히 흥미 깊고 완성도도 높은 책이니 자세한 사실을 알고 싶은 분은 읽어봐도 좋을 것이다.

다카하시 씨는 대학원 재학중에 신슈 대학 마쓰모토 캠퍼스에 강의하러 온 아사하라 쇼코와 대화를 나눴고, 그뒤에 이노우에 요시히로의 권유를 받아 입신한다. 그후 연구실 활동이 바빠져서 교단 활동에 소극적으로 임하게 되지만, 역시 '현세'에서는 집중하며 면학에 몰두할 수 없어서 다시 입신, 이번에는 출가 신자가 되었다. 마쓰모토 사린사건 직전인 1994년 5월이었다.

교단에서는 과학기술성에 소속되어 무라이 히데오 밑에서 일했다. 아사하라 쇼코에게 직접 '지진 예지 소프트웨어' 개발을 명령받았고, 고생해서 만들어낸 소프트웨어로 뽑아낸 데이터가 한신 대지진 발발을 예언하여 "잘했다"는 칭찬을 받았다.

대단히 논리적이고 명석하게 이야기하는 사람으로— 이건 어쩌면 옴진리교 신자(옛 신자)의 공통점이라 말할 수 있는 건지도 모르지만— 논리가 통하지 않으면 납득하지 않는다. 그 대신 논리가 통하면 그것을 적극적으로 받아들이려 한다. 그런 고지식한 부분이 적잖아 보인다. 그런 눈으로 주위 사물과 상황들을 바라본다면, 확실히 '현세'는 모순과 혼란에 가득 찬 견디기 힘든 장소일지도 모른다. 이 사람의 경우는 논리적 사고력이 뛰어난 만큼 '의미의 언어화'라는, 어떤 의미에서는 출구도 없는, 매크로와 마이크로가 뒤엉켜 이루어진 개인적 사이클에 더욱더 빠져버린 듯하다. 심정적으로 이해는 간다.

현재는 측량 관련 회사에 입사해서 지극히 평범하게 일하며 생활하고 있다. 그러나 옴진리교가 무엇이었는가 하는 점에 관해서는 평생 동안 진지하게 생각해보고 싶다고 한다. 그래서 지

금도 여유가 생기면 옴진리교 관계자 재판을 찾아다니며 방청
한다.

*

대학 시절에는 미술부에 속해서 활발하게 활동했습니다. 그
러나 제 안에서는 괴리가 상당히 심했던 것 같습니다. 말하자면
밖에 나가 외향적으로 행동하는 자신과, 내적인 자신과의 괴리
죠. 명랑하고 열심히 활동하고, 친구도 많이 사귀었습니다. 그렇
지만 내 방에 돌아오기만 하면 너무나 고독한 세계로 빠져들고
마는 겁니다. 그리고 주위에는 그런 세계를 공유할 만한 친구가
한 명도 없었습니다.

어릴 때부터 그런 경향이 있었습니다. 어린 시절, 자주 벽장
속에 들어간 기억이 납니다. 부모님과 얼굴을 마주하기 싫었고,
방 안에 있어도 나만의 공간을 가질 수 없었죠. 어릴 때는 부모
에게 여러 가지 간섭을 받잖아요. 그것에서 도망쳐 편안함을 얻
을 수 있는 공간은 벽장 안뿐이었습니다. 조금 특이한 취미일지
도 모르지만, 그 캄캄한 공간에 혼자 갇혀 있으면 의식이 날카롭
게 벼려지는 감각이 느껴졌어요. 암흑 속에서 나 자신과 마주한
다고 할까. 따라서 옴진리교의 리트리트(retreat, 은둔) 같은 것
은 어떻게 보면 예전부터 좋아했던 셈입니다.

담요에 푹 감싸여 자는 것도 좋았습니다. 머리까지 담요를 뒤집어쓰면 다른 세계로 들어가요. 의식은 아직 깨어 있지만, 그러면서도 꿈속 세계와의 중간 지점으로 들어서는 겁니다. 거기에서는 어디든 자유롭게 여행할 수 있어요. 담요 속에서 나만의 정신세계 같은 것을 구축하는 셈이죠. 이상하게도 그런 행동을 멈출 수가 없었어요.

중학교 시절에는 프로그레시브 록을 즐겨 들었습니다. 핑크 플로이드의 〈더 월〉이요. 그런 음악은 들을 게 못 돼요(웃음). 굉장히 비관적인 기분이 듭니다. 구르지예프*의 존재를 안 것은 킹 크림슨을 통해서였어요. 킹 크림슨에 로버트 프립이라는 기타리스트가 있었는데, 그가 구르지예프의 신봉자였습니다. 구르지예프에 빠져든 후부터 작품세계가 완전히 변해버렸죠. 그런 음악에서 인생관에 영향을 받은 게 꽤 크지 않았나 싶어요.

고등학교는 다치카와 고등학교였는데, 체육 계열이었습니다. 농구와 배드민턴을 했어요. 둘 다 꽤 힘들었죠.

대학에 들어간 후로는 사회와 선을 긋고 살아가고픈 마음이 강해졌습니다. 이른바 모라토리움 인간이죠. 우리 세대는 일본이 유복해진 시대에 자라서, 사회를 방관자적 시선으로 바라보

---

* 아르메니아 출신의 오컬트 사상가로, 20세기 초 신비주의 사상과 1960년대 히피문화에 많은 영향을 미쳤다.

는 경향이 있잖아요. 그래서 저는 거기 보이는 '어른 사회'에 도무지 익숙해질 수가 없었습니다. 왠지 굉장히 왜곡되어 있는 것처럼 느껴졌습니다. 그래서 좀더 다른 삶, 다른 세계관이 어딘가에 있지 않을까 하는 생각을 하게 됐죠. 대학 시절에는 자유로운 시간이 꽤 많다보니 머릿속에서 그런 이미지가 점점 더 부풀어올랐습니다.

젊을 때는 그런 경향이 있잖아요. 머릿속으로는 여러 가지 생각을 하지만, 진짜 자기 생활이라는 리얼리티 차원으로 돌아오면 자기 삶의 변변치 못한 구석 같은 것만 눈에 들어오죠. 그런 초조함이 제 안에 강하게 존재했던 것 같습니다.

그런 초조한 상황에서 해방되고 다시 일어서기 위해, 당시 저는 여러 가지 분야에 몰두했습니다. 어디에선가 내가 살아갈 활력 같은 것을 얻으려 했던 것 같습니다. 현세에서 생활하는 고통, 현실사회의 모순에 대한 의문이 있었습니다. 그런 것으로부터 탈피하기 위해 나름의 이상 사회를 마음속에 그렸고, 그 때문에 그에 합치될 만한 사회를 기치로 내건 종교단체에 쉽게 휩쓸리고 만 거죠.

옴진리교 문제라고 하면, 곧잘 얘기가 부모자식의 어긋난 관계나 알력 등으로 흘러가버리곤 합니다. 그렇지만 저는 그렇게 간단히 결론을 내릴 수 있는 문제는 아니라고 생각합니다. 현실에서의 좌절이나 가정 불화 같은 것도 분명 옴진리교가 사람을 끌어당기는 하나의 원인일지 모릅니다. 그러나 그보다 큰 요인은 오히려 정도를 벗어난 이 세계에 대한 종말적 감정, 우리 모두가 가지고 있는 그런 느낌이 아닐까 생각합니다. 우리 인류 전체가, 일본인 전체가 보편적으로 느끼고 있는 그런 점을 들여다보면, (많은 사람들이 옴진리교에 끌렸던 원인을) 가족의 불화 같은 사소한 문제만으로 치부할 수는 없을 겁니다.

—잠깐만요. 일본인이 정말로 모두 종말론을 갖고 살아가고 있을까요?

모두 그렇다고 간단히 일반화할 수는 없을지도 모릅니다. 그러나, 종말이 점점 가까이 다가오는 것은 누구나 마음속으로 느끼고 있지 않을까요. 눈에는 보이지 않지만 거기 존재하고 있는 것에 대한 잠재적인 공포랄까. 그렇기 때문에 그런 종말관에 위협을 느끼는 일본인이 전부냐 아니냐는, 결국 베일 너머에 있는 것을 이미 엿본 사람과 아직 보지 못한 사람의 차이에 불과한 게 아닐까요. 만약 그 베일을 휙 걷어내고 그 안을 들여다본다면, 누구나 움츠러들고, 일종의 공포감에 위협당할 거라고 생각합니다.

그것은 가까운 미래에 대한 공포감입니다. 자기 생활의 토대인 이 사회 자체가 가까운 미래에 과연 어떻게 될 것인가, 그 미래를 심각하게 염려하는 마음입니다. 이런 감각은 한 나라가 정점에 이르렀다고 해야 할지, 유복해지면 유복해질수록 강해진다고 봅니다. 그런 어두운 그림자가 늘어나는 거죠. 저는 그렇게 생각합니다.

— 그렇지만 그것은 '종말' 이라기보다는 오히려 '하강' 이나 '몰락' 이라는 표현에 더 가까울 것 같은데요.

그럴지도 모릅니다. 그렇지만 『노스트라다무스 대예언』이 초등학교와 중학교 무렵 굉장히 유명해졌고, 그 종말 감각 같은 것이 미디어를 통해 의식 속의 정보로 꽤 깊이 파고들었던 것 같습니다. 그것은 그저 저 하나만의 개인적 인식이 아닐 겁니다. 단순한 세대론처럼 말해버리면 곤란하겠지만, 그 당시 일본사람 모두에게 '1999년 종말론' 은 상당히 깊이 심어졌다고 생각합니다. 저는 그때 계산했습니다. 1999년이면 서른두 살이 되고, 어른이 되면 나는 엄청난 세상을 살아가겠구나 하고요. 그런 우울한 감각이 그때 이미 생겨버렸어요.

옴진리교 출가신자는 각자 자기 안에 종말을 받아들이는 거라 할 수 있습니다. 출가할 때 자기의 모든 것을 내던짐으로써 현세의 것들을 모조리 끝내버리니까요. 요컨대 종말을 한번 받아들인 사람들만 그곳에 모이는 겁니다. 미래에 대한 희망이 아직 남아 있는 사람은 아무래도 나름의 집착을 갖고 있습니다. 집착이 있으면 자기를 내던질 수 없죠. 그러나 출가한 사람은 스스로 결심하고서 낭떠러지에서 뛰어내린 거나 마찬가지입니다. 낭떠러지에서 뛰어내리는 건 일종의 쾌감이죠. 그걸 경험한 사람들은 그렇게 함으로써 대신 뭔가를 얻습니다.

따라서 종말은 옴진리교의 하나의 축입니다. 아마겟돈이 다가올 테니 출가하라고 권유하고, 전 재산을 보시하게 만들어서 그것을 교단의 자금원으로 삼는 겁니다.

─그렇지만 종말론을 내세우는 교단은 옴진리교 외에도 많죠. '여호와의 증인'도 그렇고, 웨이코 다윗주의자들도 그렇습니다. 옴진리교와 어디가 다른가요?

로버트 리프턴이라는 종교학자가 "종말론을 교의의 중심으로 삼은 컬트는 많지만, 종말을 스스로 불러들여 직접 돌진해간 것은 옴진리교뿐이다"라고 말한 적이 있습니다. 그걸 보고서 고개를 끄덕였죠.

지금도, 옴진리교가 가지고 있는 지극히 강력한 어떤 원동력의 존재와 그 행방에 관해 도저히 납득하지 못하는 부분이 제게는 있습니다. 그렇게 엄청난 활력으로 수많은 사람들을 굳건히 끌어당긴 종교가—그 사람들에는 물론 저도 포함되지만—도대체 왜 이 지경이 되었을까.

저는 학창시절 여러 신흥종교의 권유를 받았습니다. 여러 교회와 도장에도 가봤습니다. 그렇지만 그 당시 세상의 미래에 관해 진정으로 절실히 고민하고 진지한 종교관을 세우고, 그 종교관을 바탕으로 삶의 방식을 열심히 모색하며 또한 엄격하게 실천한다는 점에서 옴진리교를 넘어설 종교는 하나도 없었습니다. 옴진리교가 제일 대단했어요. 저는 그 실천성을 눈앞에 접하고 몹시 놀랐습니다. 관념적으로 흐르거나, 담합하며 안온하게 정착해버리는 다른 종교와는 달리, 수행 강도가 굉장히 높았습니다. 우선 자기 몸을 변혁하고 그 변혁의 연장선상에서 세상을 바꿔나가야 한다는 종교관이 상당히 현실적으로 느껴졌습니다. (구원의) 가능성이 혹시 있다면 아마 이런 데서부터 시작되지 않을까 하고 그 당시 저는 생각했습니다.

예를 들면 지구상의 식량 위기도 옴 식처럼 모두가 음식 섭취를 조금씩 줄여나가면 원활하게 해결되지 않겠느냐는 얘기였습니다. 공급을 늘리는 게 아니라 육체를 변화시키는 거죠. 저도 분명 그 말이 맞다는 생각이 들었습니다. 옴진리교 신자들은 모두 조금밖에 안 먹으니까요. 앞으로 인류가 이 지구와 조화롭게 살아가려 한다면 그런 식으로 생각해야 하는 시대가 올지도 모릅니다.

—어쩐지 커트 보네거트 주니어의 소설 『슬랩스틱』 같군요. 거기에서도 식량 문제를 해결하기 위해 중국인들이 모두 신체 사이즈를 반으로 줄여버리죠.

　그거 재미있군요.

　실은 저는 두 번에 걸쳐 옴진리교에 입신했습니다. 그런데 첫번째는 그렇지 않았는데, 두번째 들어갔을 때는 폭력의 그림자를 굉장히 생생하게 느꼈습니다. 첫날부터 '아, 이거 곤란한데' 하고 생각했을 정도였죠. 지부는 재가신자 중심이기 때문에 교단에서도 아무래도 밝은 가면을 쓰고 대합니다. 평범한 생활을 하는 사람들을 상대하기 때문에 온화한 이미지를 조성하죠. 그런데 가미쿠이시키무라에는 출가신자뿐이었습니다. 출가신자는 모든 걸 버리고 모여든 사람들입니다. 어떤 의미에서는 이미 모두 한도를 넘어선 사람들이죠. 그곳에는 막다른 궁지에 몰린 절박한 분위기가 그야말로 용솟음치고 있었습니다.

　그리고 제가 들어갔을 때 난데없이 떨어진 일은 코스모클리너 제작이었습니다. 당시 교단은 자기들이 외부로부터 사린가스 공격을 당하고 있다고 주장했는데, 그 독성을 막기 위해 고안해낸 것이 코스모클리너였죠. 저보고 다짜고짜 그 기계의 부품을 만들라는 겁니다.

제가 출가하기 얼마 전에 교주의 설법이 있었습니다. 그는 콜록콜록 기침을 하면서 "나는 지금 독가스 공격을 받고 있다"고 말했습니다. 시커먼 얼굴로 축 처져서 설법을 하는 겁니다. 실로 리얼리티가 넘쳐나서 저 같은 사람은 완전히 그 현장감에 짓눌려 출가했을 정도였죠. "나는 이제 한 달밖에 못 버틴다. 이대로 가다간 교단은 멸망한다. 그전에 나를 믿는 자는 내 밑으로 모여주기 바란다"라고 했습니다. "그대들이 내 방패가 되어달라"고 했죠. 너무나 강렬한 설법이라, 당시 재가신자였던 사람들은 그 말에 모두 다 넘어갔습니다. 종교에 대한 믿음이 있다면, 교주가 저렇게 힘든 상황에 놓여 있을 때 아무것도 안 하는 건 믿음이 아니라는 생각이었죠. 그 설법으로 한꺼번에 2, 300명은 출가했을 거예요. 저도 결국 그 파도에 휩쓸린 셈이죠. 종교적 탐구심과 구루에 대한 충성심이 교묘하게 뒤바뀐 겁니다.

뭔가 이상한 낌새가 보이기 시작한 것은 역시 '그리스도 이니시에이션'을 받았을 때였죠. 신자 전원에게 마약성 약물을 마시게 하는 이니시에이션인데, 아무리 봐도 방식이 너무 엉터리였어요. 굉장히 수상쩍긴 하지만, 종교라는 이름하에 그런 약물을 써서 정신세계로 몰입시키는 걸 일단 하나의 수단으로 인정한다면, 어차피 할 바에 좀더 정중하게 해주길 바랐습니다. LSD에 가까운 약물이었을 텐데, 아마도 의식을 받은 신자들은 그런 체험이 처음이었겠죠. 그래서 개중에는 정신이 이상해져버린 사람도 생겼습니다. 그런데 그런 신자들을 주변에 그냥 방치하는 겁니다. 그런 광경을 접하자 점점 더 혐오감이 들었습니다. 정신세계로 몰입시킬 목적으로 교주가 결정한 일이라 해도 이건 관리가 너무 소홀하다 싶었죠.

저는 그 그리스도 이니시에이션에 강렬한 거부감을 품었습니다. 그것을 받은 후에 차라리 탈퇴해버릴까 심각하게 고민했을 정도였죠. '도대체 여긴 뭔가?' 하는 생각에 눈물이 나올 정도로 충격에 빠졌습니다. 그 이니시에이션에는 저뿐만이 아니라 간부 계층 사람들도 적지 않게 동요했어요. 성취자로서 아사하라를 졸졸 따르던 사람조차 그랬습니다. 교단이 이미 썩어가기 시작했다는 느낌마저 들었습니다.

저 혼자 부르기로는 '모험 입신'이라고 하는데, 알 수 없는 미지의 세계를 열기 위해서는 그 시스템을 — '로마에 가면 로마의 법을 따르라'는 말도 있잖습니까 — 어느 정도 허용해야 한다고 여겨 일단은 그것을 제 안에 받아들이긴 했습니다. 그러나 그 세계관, 생활관을 있는 그대로 완전히 받아들인 건 아닙니다. 저에게는 그런 면이 있었죠. 그렇다보니 옴진리교의 다소 특이한 생활 체험에 익숙해지려 노력하는 한편, 그와 동시에 한 발 물러나서 조금 깬 눈으로 바라보고자 했던 겁니다.

"다카하시 씨, 당신은 어떻게 교단에 마인드컨트롤을 당하지 않았습니까?"라는 질문을 자주 받는데, 그런 식으로 물으면 저로서는 곤란합니다. 결론적으로 저에게 맞는 종교를 모색하는 단계 중 하나로 옴진리교 교단을 받아들였다고 할 수 있을지도 모르겠습니다. 하긴 이런 여유 있는 말을 하는 것도 아직 출가한 지 일 년밖에 안 지났기 때문이지, 혹시 삼 년 전에 들어갔다면 저도 어떨지 알 수 없죠. 아직 일 년 정도라 자기 사고 시스템 같은 게 어느 정도 남아 있었으니까요.

그래서 출가해서 한 달쯤 되었을 때도 그리스도 이니시에이션 때문에 굉장히 실망하고 차라리 그만둬버릴까 심각하게 고민했었습니다. 그렇지만 "저는 현세를 버리고 출가하겠습니다!"라고 위세 좋게 말하며 들어가놓고, 한 달 만에 "역시 아니군요. 돌아가겠습니다"라고 간단히 말할 순 없더군요. 부끄러운 일이죠. 자존심 문제였을까요. 하긴, 종교와 자존심은 원래부터 상충되지만……

저는 그 무렵 교단에 대한 의문이 너무나 강해서 주어진 일도 손에 제대로 안 잡히는 상황이었습니다. 예를 들면 (해탈을 위해서는 살인도 허용하는) 바지라야나 교의 같은 걸 그렇게 간단히 받아들일 순 없었습니다. 그렇지만 주위에는 그런 문제에 관해 터놓고 상담할 만한 신자도 없었고, 교주는 구름 위의 존재라 직접 얘기를 나눌 수 없었습니다. 주위의 신자에게 "교단의 이런 점은 좀 이상하지 않습니까?"라고 의문을 제기해도, "다카하시 씨, 그건 교단을 따르는 수밖에 없어요" 하는 식의 일률적인 대답뿐이었습니다. 그래서 저는 꽤 높은 간부를 만나보는 수밖에 없다는 생각이 들었습니다.

그런 와중에 얼마 안 있어 니미 씨와 이다 에리코 씨와 나로파사(나구라 후미히코)에게 불려 가서, 이니시에이션이라는 형태로 호되게 야단을 맞았습니다. "너는 왜 교단생활에 적응하지 못하느냐?" "수행이 안 됐다" "구루에게 귀의하지 않았다"라고 이런저런 심한 말을 들었습니다.

저는 이때다 싶어 제가 느끼고 있던 여러 가지 의문점들을 큰 맘 먹고 제기했습니다. 아니, 잠깐만, 난 지금 교단에 이런이런 의문이 있고, 그렇기 때문에 순수하게 영혼을 던져 교단활동에 전력할 수 없는 거다. 제가 느꼈던 점들을 숨김없이 모두 설명했습니다. 그랬더니 이다 에리코 씨가 말하더군요. "그건 우리도 마찬가지예요. 그렇지만 구루를 따르는 것 말고 우리에게 다른 길은 없어요"라고.

"당신은 구루를 잘 알지도 못하면서 어떻게 따를 수 있나요?"라고 저는 그녀에게 다시 질문했습니다. "저도 물론 구루를 믿습니다. 그렇지만 구루가 대체 어떤 사람인지도 모르면서 그 사람을 (무비판적으로) 따라갈 순 없지 않습니까?"라고. 그렇게 따지고 들어도 대답은 역시나 똑같았습니다. "어쨌든 구루를 믿고 따르는 수밖에 없어요"라는 겁니다.

그래서 저는 완전히 실망해버렸습니다. 마하무드라 성취자로 모두에게 존경을 받는 사람(이다 에리코)이 그 정도밖에 안 되면, 더이상 물어도 소용이 없다고 생각했습니다. 과학기술성의 상사인 무라이 히데오에게도 큰맘 먹고 질문을 해봤지만, 대답은 전혀 없었습니다. 아무 말도 하지 않고 침묵할 뿐이었어요. 그렇다면 교주에게 직접 묻는 수밖에 없습니다. 그뒤로는 모두 포기하고 묵묵히 수행하기로 마음먹었습니다.

저는 교단 안에서는 이노우에 요시히로에게 유일하게 정신적 유대를 느꼈기 때문에 그에게 그런 질문을 던져보고 싶었지만, 아난다(이노우에)는 어딘가 비밀 업무에 파견되어서 전혀 연락이 닿지 않았습니다. 그런 까닭에 정말로 몹시 고민하며 몇 개월을 보냈습니다.

교단에 들어간 지 일 년째 되었을 때, 과학기술성에 소속돼 있는데, 상사 무라이 히데오 씨가 지진관련 자료를 수집하라는 명령을 내렸습니다. 당시 교단의 방향성은 실로 혼란스럽고 조잡해서, 도무지 안심하고 일에 집중할 수 없다 생각하고 있었습니다. 교단이 앞으로 무슨 일을 하려는 건지 전혀 앞날이 보이지 않았으니까요. 그래서 무라이 씨에게 큰맘 먹고 물었습니다. "아무래도 교단에 뭔가 어두운 부분이 있는 것 같은데, 어떻습니까?"라고. 저는 점성술에 관련된 일을 맡아 교주 가까이 있었기 때문에 보통은 흔히 접할 수 없는 간부들의 행동을 일상적으

246

로 봐왔습니다. 그런데 왠지 굉장히 삼엄하다고 할지, 그들의 행동 하나하나는 두꺼운 베일에 가려져 있었습니다. 그리고 그 어둠의 중심에서 열쇠를 쥐고 있는 사람은 무라이 씨인 것 같았습니다. 그래서 그에게 직접 물어보려 했던 거죠. 그렇지만 눈앞에서는 그런 말을 꺼낼 수 없어서 전화로 얘기했습니다. 무라이 씨는 한동안 침묵한 후, "자네는 기대에 못 미쳤어"라고 말했습니다. 그 단계에서 교단에서의 내 인생은 끝났다고 느꼈습니다. 결론적으로 저를 '교단의 사람으로써 장기말처럼 부릴 순 없다'고 판단했다는 겁니다.

저는 옴진리교의 범죄를 단순한 폭주로 보지는 않습니다. 그들 나름의 한 가지 명확한 종교적 목적이 있었다고 생각합니다. 폭주라 할 만한 부분도 있지만, 틀림없이 확고한 종교관이 개입되었을 거라고 봅니다. 저는 그 부분을 좀더 자세하게 알고 싶습니다. 그리고 그것을 제대로 설명할 수 있는 사람은 아마도 아사하라와 무라이 히데오밖에 없을 거라는 생각이 듭니다. 다른 신자들은 거의 장기말처럼 부려졌을 뿐이지만, 그 두 사람은 그렇지 않습니다. 그들은 그 행동 목적을 자각하고 파악한 뒤에 그에 따라 지시를 내렸을 겁니다. 제가 그 안에서 싸우고 홀로 맞섰던 상대는, 그런 두 사람의 모티베이션 같은 게 아니었을까 하는 생각도 듭니다.

사린 실행범들 대부분은 완전히 교주 절대주의자였고, 교단에 어떤 의문이 있어도 그런 쪽으로는 절대로 시선을 돌리지 않고 그저 시키는 대로 따랐지만, 그에 비해 도요타 도오루는 일단 생각하는 면이 있었습니다. 제가 교단에 관해 어떤 의문을 입 밖에 내면 잠시 생각에 잠겼습니다. 그러고 나서 "그렇지만 다카하시 씨, 세계는 이미 아마겟돈이기 때문에 그런 말만 할 순 없어요"라고 대답했습니다. 그런 식으로 일단은 자기 사고 시스템을 통해 대답할 만한 여유를 갖고 있었습니다. 그러나 그렇지 않은 사람도 아주 많았습니다. 자기 사고를 전혀 거치지 않고, '그저 교주를 따르면 된다'고만 말하는 사람들이죠. 같은 신자라도 그런 사람과는 대화가 안 통했어요. 한 교단 안에도 다양한 사람들이 있으니까요.

　도요타 씨는 저와 비슷한 시기에 교단에 들어왔기 때문에 개인적으로 잘 압니다. 그런데 출가하고 아주 짧은 기간에 간부로 승격해버리곤, "나도 아직 교단의 동향은 잘 모르지만, 일단 간부가 되었으니 그렇게 행동하는 거야"라고 말한 적이 있습니다. 그 말을 듣고, 저 사람도 힘들겠구나 하고 느꼈던 기억이 납니다. 아직 사린사건이 일어나기 전이었지만 '저 사람은 분명히 나보다 훨씬 고통스러운 처지겠다'라고 상상했습니다. 한동안 그의 운전기사 역할을 맡았거든요.

　거의 대부분의 간부는 오랜 시간을 거쳐 교단 간부 자리에 올랐지만, 도요타 씨는 이른바 즉석에서 승진해버린 사람입니다. 정말 빠른 출세였으니까요. 바로 그런 면 때문에 교단의 입맛에 맞게 이용당한 거겠죠.

—다카하시 씨는 혹시 무라이가 '사린을 뿌려라'라고 명령했다면, 도망쳤을까요?

도망쳤을 거라 생각하지만, 도망치는 방법에도 상당한 요령이 필요하죠. 실행범들은 좀처럼 '도망칠 수 없는 상황'에 놓이고, 그로 인해 허를 찔리는 방식으로 지시를 받았을 겁니다. 무라이의 방으로 모두 불려갔는데 난데없이 "오늘 얘기는 실은……" 하고 말을 꺼내는 겁니다. 다짜고짜 처음부터 그렇게요. 그리고 "이건 위에서 내려온 명령이야"라고 하죠. 마치 무슨 마법의 주문 같은 겁니다. 실행범으로는 그 당시 매우 진지한 신앙을 가진 사람들을 선택했습니다. 그리고 "자네들은 특별히 선택받았다"고 말하는 겁니다. 사명감에 호소하는 거죠. 더는 어디로도 빠져나갈 수 없는 궁지로 몰아넣고 나서 명령을 내립니다. 귀의는 옴진리교 신앙의 토대입니다. 그 이름하에 모든 것이 정당화되고 꿰어맞춰집니다. 거기 당해버린 거죠.

그래서 현실적으로 볼 때 저는 실행범으로 선택되지 않았을 겁니다. 아직 하찮은 존재였고, 성취도 못 했습니다. 다시 말해 교단에 아직 충분히 신용받지 못했던 셈이죠. 그들이 그런 인간을 선택할 리는 없겠죠.

— 한 가지 의문점이 있습니다. 저는 지하철 사린사건 피해자들을 인터뷰했는데, 그중 몇 명은 "내가 혹시 옴진리교 안에 있었고, 그런 상황에서 사린을 뿌리라는 명령을 받았다면 (회사에서 일한 경험을 미루어볼 때) 거절하지 못했을지도 모른다"고 말한 사람이 있었습니다. 그런데 다카하시 씨는 실제로 교단 안에 있었는데도 "나는 아마 도망쳤을 거다"라고 말하는군요. 왜 그럴까요?

그 점은 조금 자세하게 설명하고 싶습니다. '도망친다'는 표현은 조금 약삭빠른지도 모르겠군요. 좀더 정확하게 말해보죠. 제 마음을 더 솔직히 말씀드리자면, 저는 무라이 씨가 말했다면 분명 도망쳤을지도 모릅니다. 그렇지만 혹시 이노우에 요시히로가 "다카하시, 이건 구원이야"라면서 봉지를 건넸다면 몹시 곤혹스러웠을 겁니다. 그가 같이 따라와달라고 하면 따라가고 싶었을지도 모릅니다. 다시 말해 그것은 인간과 인간의 유대 문제입니다.

무라이 씨는 분명 저의 상사였지만, 멀리 떨어진 높은 곳의 차가운 존재였기 때문에, 혹시 그가 '사린을 뿌려라'라고 지시했다면 도망쳤을 것 같아요. 물론 "왜 그런 일을 합니까?"라고 그에게 따져 묻기도 하겠죠. 그런데도 "이것은 교단에 필요한 일이니, 궂은 일이긴 하지만 자네가 꼭 해주길 바란다"고 강력하게 말한다면, 그 자리에서는 일단 저의 본심을 교묘하게 속이고 받아들이는 척해도 실행하기 직전에 어떻게든 도망치지 않았을까요. 히로세 겐이치(산자야) 씨가 망설이다가 일단 열차에서 내린 것과 마찬가지로, 저도 '대체 어떻게 해야 하나' 갈등하다가 결국은 도망쳤을 것 같습니다.

그렇지만 이노우에 요시히로라는 사람한테는 어느 정도 마음이 흔들렸습니다. 그는 종교적 사명감을 굉장히 진지하게 느끼고 있었어요. 그런 그가 고심하는 상황을 보았다면 그를 위해 힘껏 도와주고 싶었을 겁니다. 솔직히 말해 저는 당시 그에게 아주 강한 영향을 받았습니다. 그렇기 때문에 그가 "이건 우리밖에 할 수 없는 사명이다"라며 강요했다면 저도 따라갔을지 모릅니다. 그런 생각을 한 적이 있습니다.

―이제부터 내가 하는 행위가 타인을 다치게 할지 모른다는 문제와는 다른 차원에서?

그렇습니다. 다른 차원에서 움직여버리는 거죠. '다른 차원에서 움직인다'는 말은, 사람을 행위로 몰아가는 원동력 같은 것을 생각해볼 때, 그중에서 논리적 사고라는 건 지극히 유약하지 않나 하는 겁니다. 예를 들어 "사린을 뿌려라"라는 명령을 받았을 때, 과연 그 사람들(다섯 명의 실행범)이 논리적 사고를 할수 있는 상태였을까 하는 의문이 듭니다. 논리적으로 '이건 안된다'고 생각하고, '그만두자'라고 판단할 정신적 여유가 있었을까 싶어요. 그럴 여유도 없이 패닉에 빠져 그 자리의 기운에삼켜진 채, 그저 시키는 대로 실행해버린 게 아닐까요. 혹시 논리적인 사고가 작동할 만한 여유가 있었다면 누구도 그런 짓은하지 않을 겁니다. 강렬한 구루이즘 속에서 개개의 가치기준 같은 것은 이미 다 무너져버렸습니다. 그 당시에는 '이런 짓을 하면 사람들이 많이 죽는다'는 생각이 머릿속에 자리 잡을 여유조차 없었을 거라고 저는 상상합니다.

저도 삼 년 정도 교단 안에 있었다면 어떻게 되었을지 모른다는 말은 그런 뜻입니다. "난 절대 *끄떡없다*"라고는 도저히 말할수 없습니다. 그때는 아직 자유롭게 교단에 의문을 가질 수 있었고, 그것을 다른 사람에게 제시하는 감수성이 제 안에 보존되어있었습니다. 그렇지만 제아무리 강하게 저항하고 멈추려고 해도, 자아는 싫든 좋든 점점 무너져내립니다. 교단에 들어가면 위에서 여러 가지 일을 강요하고, "이런 것도 못 받아들이나? 그것은 자네의 귀의가 부족하기 때문이야"라고 계속 몰아붙이기 때문에 어쩔 수 없이 꺾일 수밖에 없습니다. 저는 그나마 가까스로 견뎌낸 편이겠죠. 같이 들어간 사람들 중에 상당히 많이 꺾여버린 사람도 있었습니다.

　—그럼 아사하라 쇼코 본인이 "다카하시, 네가 해라"라고 명령했
다면 어땠을까요?

　저는 아사하라 본인에게 물었을 겁니다. 혹시 그가 저에게 납
득이 가는 설명을 해준다면 저는 따를 겁니다. 그러나 그렇지 않
다면 납득이 갈 때까지 캐물었을 것이고, 그 결과 임무에서 제외
됐겠죠. 저는 그전에도 아사하라 앞에서 솔직한 심정을 말했고,
그에게 "자네는 표리가 없는 사람이군" 하는 말을 들었으니까
요. 그러나 솔직히 말해 아사하라 쇼코와 무라이 히데오는 아마
제 마음을 움직이지 못했을 겁니다. 그들은 내 앞에서 마음을 열
어주지 않았으니까요.
　그럼 상대가 이노우에 요시히로였으면 어떻게 되었을까 하는
문제인데, 아까도 말했듯이 '따랐을지도 모른다'는 것과 '실제
로 행동에 옮겼을지도 모른다'는 것은 별개의 문제입니다. 앞으
로 무슨 일이 일어날지 전혀 알지 못하는 사람들을 보며, 과연
아무런 느낌도 없이 묵묵히 우산 끝으로 사린 봉지를 찌를 수 있
을까? 과연 자기라는 존재를 그렇게까지 냉철하게 방기해버릴
수 있을까?

─잠깐만요. 당신은 조금 전에 '강렬한 구루이즘 속에서'라는 표현을 썼는데, 그렇다면 당신은 구루이즘 밖에 있었다는 얘기로군요. 옴진리교 신앙의 본질은 구루이즘인데, 그렇다면 그건 논리적으로 모순되지 않습니까?

　앞에서도 말했듯이, 저는 그리스도 이니시에이션을 받은 시점에 (교단의 양상에) 상당한 의문을 품었습니다. 그리고 그런 의문을 모두 문서 형태로 정리했습니다. 그렇지만 제출하고 싶어도 교단 내부는 그것을 받아줄 만한 태세가 안 돼 있었습니다. 저는 신자와 교주가 단절되어버린 그런 상태에 심한 환멸을 느꼈던 겁니다.

　─그렇다면 그 단계에서 과연 무엇이 다카하시 씨를 옴진리교에 묶어두었을까요? 거기에는 아사하라 쇼코가 있었고, 교의가 있었고, 동료가 있었죠. 그중 하나였나요?

　저에게는 남은 게 거의 없었습니다. 교단과 교주는 그 실태를 보면 볼수록 자꾸 의문이 생기기만 했습니다. 다만 저는 그 신앙을, 발단이 된 이노우에 요시히로와의 만남에 걸었습니다. 그것이 저를 교단에 묶어둔 거의 유일한 끈이었다고 말해도 좋습니다.

교단 안에서 저는 고독했습니다. 고립되어 있었죠. 과학기술성에서 점성술 연구를 맡았지만, 그런 데는 전혀 흥미가 없었습니다. 저도 일단은 대학원까지 가서 과학과 관련을 맺은 인간입니다. 천체의 움직임에 관한 정확한 과학적 데이터를 점에나 활용하는 수상쩍은 작업을 계속하는 데 엄청난 저항을 느꼈죠. 옴진리교 내부에서는 초능력에 대한 갈망이 하나의 테마였던 것 같은데, 저는 솔직히 그런 것을 지향하는 사람들의 심리를 이해할 수 없었습니다. 뭔가 어긋난 것 같았어요.

그렇다면 교단과 이어주는 연결고리가 거의 없는데, 어떻게 여전히 '의심을 떨칠 수 없는' 교단에 남아 있었느냐는 문제가 남죠. 그것은 결국 제가 이미 모든 걸 버렸기 때문일 겁니다. 옴진리교에 들어갈 때 저는 그때까지의 사진이 들어 있던 앨범을 다 태웠습니다. 일기도 태웠습니다. 여자친구와도 헤어졌어요. 전부 버린 겁니다.

—그래도 겨우 스무 살이 조금 넘었을 뿐인데요. 아직 얼마든지 다시 시작할 수 있는 나이고, 실례되는 말일지 모르지만, 버린다고 해봐야 그리 대단한 건 없었을 것 같은데.

하긴 별것 아닌 걸로 보일지도 모르죠……(웃음). 그렇지만 스스로 생각하기에도 저는 역시 완고했어요. 옴진리교 신자에게 공통되는 점은 일종의 그런 완고함입니다. 저도 그렇습니다만, 아무래도 좋을 일에 완고하게 집착하고 외곬으로 매진합니다. 그래도 집중력을 쏟아 임하기 때문에 거기에서 보람을 얻을 수 있는 겁니다. 교단 쪽은 그런 것을 교묘하게 이용했죠. 그리고 수행도 어느 정도까지의 과정을 소화한 쪽이 더 보람을 느낄 수 있잖아요. 옴진리교에서는 보람이 미끼인 셈이죠. 그래서 혹독한 수행을 시킵니다. 혹독한 수행일수록 거기서 얻는 보람도 크니까요.

저는 옴진리교에 출가했을 당시, 내 손으로 현세를 버린다는 기분에 스스로 도취되어 있었습니다. 그렇지만 과연 내 의지로 출가한 건지 아닌지…… 그저 제멋대로 그렇게 믿어버린 건지도 모르죠. 그게 지하철 사린사건으로 느닷없이 눈이 뜨인 겁니다. 그래서 곧바로 교단을 탈퇴했습니다. 지금까지 신비하게 여겼던 것들이 환상처럼 흔적도 없이 무너져버렸죠. 흡사 깊이 잠들어 있다가, "불이야!"라는 소리에 깨어 곧장 밖으로 뛰쳐나온 듯한 느낌입니다. 그래서 저에게는 이 일련의 옴진리교 사건은 결코 잊을 수 없는 것, 풍화되지 않는 것으로 남을 테고, 평생에 걸쳐 씨름해야 할 문제라고 생각합니다. 옴진리교라는 그림자 부분, 어둠의 부분에 걸려들어서는 안 된다고 생각합니다.

—다시 한번 종말론에 관해 묻고 싶은데, 옴진리교에서 말하는 종

말론이란 유대=기독교적 종말입니다. '밀레니엄' 따위는 그야말로 서구의 발상이고, 노스트라다무스도 불교와는 아무런 관계도 없지요.

옴진리교의 아마겟돈이란, 그것이 아무리 독자적인 사상을 가지고 있다 해도 결국 기독교의 종말론에는 질 수밖에 없다고 생각합니다. 진다기보다, 흡수된다고 할까요. 따라서 옴진리교가 근간으로 삼는 불교, 티베트 밀교적인 것만 봐서는 이들 일련의 관련 사건을 제대로 해명할 수 없을 것 같습니다.

아까도 노스트라다무스의 예를 들어 "종말론은 나 개인만의 문제가 아니다"라고 말했는데, 그것은 결국 기독교 신자든 아니든 우리는 어쩔 수 없이 종말론적인 기운을 짊어지고 있는 게 아닐까, 그런 의미였습니다.

─솔직히 종말론이라는 게 뭔지 잘 모르겠습니다. 그러나 그것에 혹시 존재 의미가 있다면, 그것은 그 '종말론'을 자기 내부에서 어떻게 해체해가느냐에 달려 있을 것 같다는 생각이 불현듯 드는군요.

맞는 말입니다. 저도 실은 그 말을 하고 싶었습니다. 종말론이란 정해진 사상 체계가 아니라, 오히려 하나의 과정이라고 저는 봅니다. 종말론 뒤에는 반드시 그것을 정화하는 운동이 일어나죠. 그런 의미에서는 옴진리교 사건은 일종의 해방이었다고 생각합니다. 지금까지 쌓일 대로 쌓인, 일본인이 지금껏 꾸준히 쌓아온 의식의 왜곡, 원념 같은 것들이 정신적 차원에서 일거에 풀려난 것이 옴진리교 사건이었다고 저는 파악합니다. 그렇지만 그런 현상이나 상황이 이번 옴진리교 사건으로 말끔히 해소되었다고 할 수는 없습니다. 잠재적으로 사회를 병들게 하는 바이러스 같은 종말론은 아직 불식되지 않았습니다. 불식되지 않았고, 소화되지도 않았습니다.

그런 것은 개인적인 차원에서 해치우면 되지 않느냐는 의견도 있겠죠. 그렇지만 혹시 내 손으로 그것을 떨쳐낼 수 있다 하더라도, 사회적인 동향으로서 잠재적으로 침범해버린 바이러스 같은 종말론은 절대 불식된 게 아닙니다. 저는 그 얘기를 하고 싶은 겁니다.

―사회 전체라고 해도, 보통사람들은―상대적인 균형 감각을 가진 사람들은―그러한 '바이러스 같은 종말론'을 자기 나름대로 해체하고, 당신이 말하는 이른바 '현세'에서 다른 뭔가로 자연스럽게 치환해가지 않을까요?

해체 작업이라는 거군요. 저도 그것은 반드시 이뤄져야 한다고 생각합니다. 아사하라 쇼코라는 사람은 그런 해체를 해낼 수 없어서 결국 종말 사상에 무릎을 꿇지 않았나 싶어요. 그렇기 때문에 자기 손으로 위험을 만들어낼 수밖에 없었다, 아사하라 쇼코라는 종교가의 종말론이 (보다 큰 다른) 종말론에 패배했다고 저는 느낍니다.

—어릴 때부터 느꼈던 벽장 같은 '암흑세계'는 당신의 옴진리교 체험과 연관이 있나요?

낮의 세계와 밤의 세계가 있죠. 제가 출가할 마음까지 먹은 이유는, 낮의 세계에서는 제 안에 감춰져 있던 소망 같은 것을 도저히 해소할 수 없다고 인식했기 때문입니다. 그래서 낮의 세계를 없애고, 그것을 스스로 버리는 활동에 들어간 걸 테죠. 그래서 저는 옴진리교의 문을 열고 말았습니다. 그것은 바꿔 말하면, 내 마음속의 어둠을 만나는 거나 마찬가지였습니다.

그래서 이노우에 요시히로 씨나 도요타 도오루 씨가 일을 저질러버린 것을 보고, 어쩌면 내가 그들이었을지도 모른다는 꿈을 꿉니다. 그건 정말 무서운 체험입니다. 아침에 식은땀에 흠뻑 젖어서 깨어납니다. 그렇지만 그것은 꿈이 아닙니다. 제 눈앞에서 실제로 일어난 일입니다. 달리 말하면 잠재의식 속에 잠들어 있던 나의 어둠 속의 무언가가, 옴진리교의 그림자에 모조리 흡수되어 백일하에 드러났다는 뜻입니다.

그렇기 때문에 저는 지금껏 옴진리교와 관련된 일련의 사건에 저 나름대로 진지하게 몰두해왔습니다. 재판에도 가능한 한 참석했습니다. 그렇지만 재판받는 아사하라 쇼코의 일련의 언동을 보고 있으면 구역질이 나고, 실제로 토한 적도 있습니다. 정말이지 너무도 답답하고 안타까운 심정입니다. 볼 가치도 없다는 생각까지 듭니다. 그러나 아무리 한심하고 꼴사나운 모습이라 해도, 저는 그들에게서 눈을 돌릴 수 없습니다. 경멸할 수 없습니다. 일시적으로라도 아사하라 쇼코라는 존재가 이 세상에서 기능했고, 그런 참사를 일으키고 말았다는 사실을 잊어서는 안 되니까요. 설령 나 스스로 어느 정도 정리가 된다 하더라도, 내 안의 '옴진리교 사건'을 극복하지 못한다면 앞으로 나아갈 수 없습니다.

가와이 하야오 씨와의
대담

『언더그라운드』와 관련하여

무라카미 하루키(이하 '하루키')　가와이 선생님은 심리치료사로서 환자들과 면담을 하고 계신데, 통상 그런 면담은 몇 번씩 거듭하지 않습니까. 그러나 『언더그라운드』에서 한 인터뷰는, 어떤 면에서는 면담과 비슷하지만, 직접 만나서 애기를 나눈 것이 거의 대부분 단 한 번뿐입니다. 그런 부분에서 실제적으로 어떤 차이가 있을까요?

가와이 하야오(이하 '하야오')　그 사람과 몇 번 만날 수 있느냐에 따라 저의 태도 역시 꽤 많이 달라집니다. 그 사람과 앞으로도 오래 만날 수 있다면, 사실을 파악하거나 저의 생각을 말하는 것은 거의 일단 제쳐둡니다.

예를 들어 찾아온 사람이 "저는 이런 문제로 고민하고 있습니다"라고 말하면서, 아버지에 관해서는 전혀 언급하지 않는 경우가 있습니다. 그럴 때 "실례지만 아버님은 어떤 분인가요?"라고 굳이 묻지 않는 경우도 있죠. 물을 필요가 없습니다. 그보다는 그 사람의 '진실' 쪽에 더 흥미가 있으니까요.

그런데 그 사람과 만나는 횟수가 한정되어 있다면, 아버지에 관해 몹시도 물어보고 싶어지죠. 대개는 묻지 않으려 합니다만, 도저히 참을 수 없을 때는 묻습니다. 그리고 어떤 크고 심각한 범죄를 저지르고 온 사람이나 당장이라도 죽고 싶다는 사람에게는 확실하게 묻습니다. 사실관계를 파악하지 못하면 무서운 일이 벌어질 수도 있으니까요. 어떤 식으로 자살하려고 했는지, 앞으로 또 할 생각이 있는지 물어봐야 하죠. 그리고 살인 같은 범죄를 저지른 경우도, 사람을 죽이고 어떤 생각을 하는지 등을 파악하지 못하면, 그에 따라 제 자세도 바뀔 수밖에 없으니까요.

하루키 심각한 문제를 안고 있는 경우와 그렇지 않은 경우는 대응하는 방법이 달라지는군요.

하야오 다릅니다. 고등학생이 와서 "학교에 가고 싶지 않아요"라는 얘기를 하면, "흐음" 하고 감탄하듯이 잠자코 들을 뿐입니다. "그런데 학생 아버지는?" 같은 말은 절대 안 합니다. 그 사람의 진실이 드러나는 게 중요하니까요. 그쪽에 초점을 맞춥니다.

그런데 『언더그라운드』의 경우, 인터뷰가 한 번뿐이었으니 어느 정도 사실을 제대로 파악하지 못한 건 어쩔 수 없죠. 그런 경우라면 저도 대체로 같은 방식으로 대했겠지만, 그래도 처음부터 사실을 묻는 건 아무래도 신중해질 것 같습니다. 처음에는 되도록 상대를 자유롭게 만들어주겠죠.

하루키 사실을 자꾸 캐묻는 것은 어떤 경우에는 굉장히 힘든 일입니다. 제가 이번 작업을 하면서 가장 힘들었던 것은, 혹은 딜레마라고 해도 좋을 만한 것은, 사건을 언급함으로써 좋은 방향으로 흘러가는 사람이 있는가 하면, 반대로 다시 상태가 나빠지는 사람도 있다는 것이었습니다. 그래서 저도 도중에 상당히 고민하기 시작했습니다.

하야오 그건 충분히 이해합니다.

하루키 그렇지만 저는 테마가 있는 한 권의 책을 쓰고, 사실을 어느 정도 명료하게 밝히기 위해 인터뷰를 하는 것이기 때문에 사실에 관한 질문을 안 할 수는 없었습니다. 과연 어디까지 물어도 될까, 어디까지 써도 될까, 그런 부분이 역시 어려웠습니다. 물론 가와이 선생님의 경우와는 애당초 면담의 목적이 다르지만요.

하야오 우리는 늘 그런 고민을 하며 사람들을 만납니다. 상대가 말을 지나치게 많이 한다 싶으면 멈추죠. "그 얘기는 다음번에 듣죠" 하는 식으로.

하루키 그것은 경험칙 같은 걸로 아는 거겠죠?

하야오 그렇습니다. 경험칙도 있습니다. 그리고 이야기를 들을 때는 우리도 자신의 감정에 무척 예민해집니다. 그래서 '좀 무섭다'는 느낌이 들면 과감하게 멈춥니다.

하루키 그러나 책을 쓰는 경우에는 그런 식으로 멈출 수가 없죠.

하야오 그렇죠. 목적 자체가 다르니까요. 그렇지만 말이죠, 그런 이야기를 한 탓에 일시적으로 나빠졌다 해도, 그것 역시 차츰 좋아지기 위한 과정일 수 있습니다. 따라서 간단히 좋다 나쁘다로 판단할 수가 없습니다. '아, 괜히 말했나'라고 침울해졌다가도 '아니야, 역시 말하길 잘했어'라고 생각을 바꾸고, 다시금 힘차게 올라오는 겁니다. 그런 일도 자주 있어요.

하루키 저도 이야기를 들을 때, 할 수 있는 한 예민한 감각을 유지하고자 했습니다. 여러 가지 것들을 본능적으로 판단하려 했어요. 그러나 그렇게 앞일까진 읽을 수 없었죠. '결국에는 좋아진다'고 해도, 좋아지기까지 어느 정도 기간이 걸릴지도 알수가 없고.

하야오 그렇죠. 거기까지는 좀처럼 알 수가 없습니다. 그래도 '만나서 얘기하겠다'고 상대가 말했으니 그것은 어느 정도 감수해야 하겠죠. 게다가 자기가 한 얘기가 책으로 만들어진다는 것은 굉장히 큰일입니다. 자기 체험담을 줄줄 떠벌리면 가족이나 주위 사람들이 '시끄럽다'는 반응을 보이는 경우도 많지만, 이렇게 책으로 출간되어 활자로 읽으면 마음속에 간직하게 됩니다. '아, 그랬구나' 하고 주위에서도 이해해줍니다. 그런 의미에서는 기뻐하지 않았을까요.

하루키 그와는 반대로, 직장인 대부분은 피해를 '과소신고' 한 경우가 많은 것 같습니다. 사실은 10만큼 괴로운데, 7 정도밖에 말하지 않아요. 설령 10이라고 말했어도 활자로 옮길 때는 7쯤으로 수정해달라고 합니다. 그러지 않으면 "저 사람은 몸이 안 좋으니 더이상 쓸모없다"고 여기는 일이 생길 수도 있다는 겁니다. 그게 회사죠. 그런 경우는 쓰는 쪽의 심정이 복잡해질 수밖에요.

하야오 그런 어려운 일이 너무 많아서 저는 글쓰기를 포기해버렸어요. 사실 지금 하는 일을 문장으로 그대로 옮기면 사람들에게 좀더 호소할 수 있을 겁니다. 사람들의 고통을 있는 그대로 문장으로 옮기면, 고통이 어떤 것인지 훨씬 정확하게 전할 수 있죠. 하지만 그건 불가능합니다. 우리 일에는 묵비의 의무라는 게 있으니까요.

글을 쓸 때는 물론 상대의 양해를 구합니다. 혹은 살짝 이야기를 꾸며냅니다. 그런데 말이죠, 꾸며낸 이야기는 이상하게 박력이 없어요. 신기하죠. 다들 꾸며낸 이야기가 더 멋질 거라고 생각하는지도 모르지만, 우리가 꾸며낸 이야기에는 힘이 없어요. 물론 창작하는 분들은 다릅니다. 창작은 자기 몸속에서 나오는 얘기니까. 그렇지만 우리가 만드는 것은 그저 꾸며낸 이야기일 뿐입니다.

하루키 제가 『언더그라운드』를 쓴 목적은 두 가지입니다. 하나는 미디어를 거치지 않은 1차 정보를 모아 배열하자는 것이었습니다. 또 하나는, 철저하게 피해자의 시선으로 상황을 바라보자는 것입니다. 왜냐하면 그런 관점에서 쓰인 책이 한 권도 없었으니까요.

저는 대부분의 매스컴이나 평론가들처럼, 지금 여기서 옴진리교 측의 정신성이나 사상성을 해석해봐야 당장은 아무 의미도 없을 것 같다는 생각을 했습니다. 그런 의미의 언어화 같은 미로에 갇혀버리기보다는, 일단 사건을 보통사람의 장으로 되돌려서 전문용어를 다 걷어내고, 그 시점에서 사건을 새롭게 바라보는 게 많은 것들을 드러내기 쉬울 거라 생각했습니다.

하야오 그래도 무라카미 씨의 듣는 태도에 힘입어 이 정도의 결과물이 나왔다는 생각이 드네요. 책 내용을 읽다보면 그것을 절실히 실감할 수 있죠. 무라카미 씨는 청자 역할이었고 거의 앞에 나서지 않았는데, 무라카미 씨가 들어줬기 때문에 이런 얘기가 나왔지, 보통사람이었으면 나오질 않아요. 정말로 그래요.

하루키 구체적으로 말하면 어떤 걸까요? 저는 그저 열중하여 듣기만 해서 잘 모르겠는데요.

하야오 예를 들어 지진 피해를 입은 곳을 찾아갔다고 칩시다.

"자, 지진 피해 체험 좀 들려주십시오. 책으로 낼 겁니다"라고 말하면, 이런 얘기가 나오지 않아요. "아, 정말 힘들었습니다"라고 말할지도 모르고, "집이 무너졌어요"라고 말할지도 모르죠. 그러나 그런 이야기를 하다가도 문득 말하기가 싫어질 겁니다. 다시 말해, 얘기를 해도 상대가 이해해주지 않으면 이야기는 계속되지 않아요. 이해해주지 않으면 말할 마음이 안 생깁니다. 상대에 따라서는 이야기가 아주 간단해지기도 합니다. 그런데 이 책에서는 모든 이야기가 실로 생생하지 않습니까. 사람들은 좀처럼 이런 식으로 얘기하지 않아요.

하루키 저는 물론 사건에 흥미가 있어서 이번 취재를 시작했지만, 사실 정말로 흥미가 있었던 것은 사람이었어요. 작가니까요. 그래서 처음 삼십 분이나 한 시간 정도는 사건과 관계없는 개인적인 얘기만 나눕니다. 어디서 태어나서 어떤 가정에서 자랐고, 어떤 아이였고, 학교에서는 뭘 했고, 언제 결혼했고 아이가 몇 명 있고, 취미는 뭐고, 회사는 어떤지…… 그런 얘기들을 장황하게 나눕니다. 하나같이 굉장히 흥미 깊은 이야기라 다 쓰고 싶었지만, '개인적인 얘기는 쓰지 말아달라'는 부탁이 많았습니다.

그래도 그런 얘기를 나누다보면 차츰 상대가 어떤 사람인지 알 수 있습니다. 제 안에 그 사람의 상像이 그려지는 거죠. 거기까지 가서야 비로소 "그럼, 그날 일 말인데요"라고 말문을 엽니다. 그러면 비교적 수월하게 얘기가 나오는 경우가 많았습니다. 물론 잘 안 풀리는 경우도 있었지만.

하야오 당연히 잘 안 풀리는 경우도 있겠죠. 하지만 사린이 어쩌고저쩌고 하는 것보다 그 사람이 이런 인생을 거쳐왔다는 점이 박진감을 발휘해요. "다들 참 열심히 살아왔구나" 하는 느낌이 매우 강했습니다.

하루키 열심히들 사시죠. 얘기를 들어보면 엄청난 러시아워입니다. 그런 생활을 매일매일 몇십 년이나 계속하고 있죠. 그런데 그런 일상에 화를 내거나 '이제 싫다'고 말하는 사람이 거의 없었어요. 물론 그런 사람도 있지만 아주 소수입니다. 대부분의 사람들은 불평 없이 계속 다니고 있습니다. 제가 "짜증나지 않습니까?"라고 물으면, "다른 사람들도 다 하는 일인데요"라고 대답하는 사람이 많았습니다. 그렇게 생각하지 않으면 견뎌낼 수 없는 부분도 있겠죠.

사린가스를 마시고 휘청거리면서도 대부분은 그대로 회사에 갔습니다. 정말이지 참을성이 대단합니다. 의식이 거의 없는데 아침체조를 한 사람도 있었어요.

하야오 정말 그래요. 그런 면에서는 우리와는 전혀 다르죠 (웃음).

하루키 두 가지 사고방식이 있다고 생각합니다.

하나는 회사라는 것은 이쪽 시스템으로, 일종의 종교적인 색

채마저 지니고 있다. 이런 표현을 쓰면 문제가 될지도 모르지만, 어떤 의미에서는 회사에도 옴진리교의 시스템과 공통되는 부분이 있을지 모릅니다. 실제로 피해를 입은 직장인 중에는 자기도 같은 처지였다면 명령을 실행했을지 모른다고 고백한 사람도 몇 있었습니다.

또 하나는 "아니다, 그건 전혀 다르다. 이쪽 시스템과 저쪽 시스템은 이질적이다. 한편이 다른 한편을 포함하여 잘못된 부분을 고쳐나가야 한다"는 사고방식입니다. 저는 그 두 가지 중 어느 쪽이 맞는지 아직은 간단히 말할 수 없습니다.

일단은 악이 개인적인 것인가 아니면 시스템 단위적인 것인가부터 명확히 밝혀내야 합니다. 저는 『언더그라운드』를 쓰고 난 후 줄곧 그 문제를 고민했습니다. 악이란 무엇인가? 아직 모르겠어요. 이 문제를 좇다보면 어느 지점에선가 어렴풋이 보일 것 같은 기분은 들지만요.

하야오 흐음, 악이란 정말 어려운 문제죠. 원래부터 어려웠지만 요즘 시대에는 점점 더 어려워졌어요.

하루키 악이란 저에게 하나의 커다란 모티프이기도 합니다. 저는 옛날부터 소설 속에서 악의 형태를 그려내고 싶었습니다. 그런데 좀처럼 범위를 좁혀갈 수가 없어요. 악의 일면에 관해서는 쓸 수 있습니다. 예를 들면 더러움이나, 폭력이나, 거짓 등. 그런데 악의 전체상은 잡히질 않습니다. 『언더그라운드』를 쓰면서도 계속 고민했던 문제죠.

하야오 저도 『아이와 악』이라는 책을 쓸 때 굉장히 힘들었습니다. 악이란 무엇인가 하는 문제 때문에요.

그래서 악과 창조성이 어떤 관계가 있느냐로 이야기를 시작했는데, 그건 쓰기 쉬워요. 그렇지만 그렇게 글을 쓰면서도 "당신은 이 책에 쓰인 악이라는 것을 어떻게 정의하느냐?"라는 질문을 받으면 곤란해지죠.

단, 일신교를 믿는 사람은 그걸 정의하기 쉽습니다. 신이 악이라고 말하는 것이 악이니까요. 그런데 일신교를 가진 사람들에게도 곤란한 점이 있죠. 그것은 바로 "그렇다면 최고인 유일신이 어째서 이 세상에 악을 만드셨나요?"라는 질문입니다. 그렇게 물으면 일신교를 믿는 사람들은 굉장히 곤혹스러워합니다. 또 우리 같은 다신교 사람은, 이쪽에서 보기엔 악이지만 저쪽에서 보면 선이라는 식으로 다양하게 표현할 수 있죠. 그래서 악을 정의하기는 정말로 어렵습니다.

그러나 '아이와 악'이라는 주제는 책으로 쓰기 어렵지 않습니다. 어른들이 악이라고 하는 것이 꼭 악인 건 아니다, 그런 얘기를 쓰고 싶었으니까요. 그런 글은 술술 써나갈 수 있어요. 그러나 언젠가는 악에 관해 쓰고 싶습니다. 악의 심리학이라는 책은 없죠. 악의 철학은 간혹 있습니다만.

선악을 둘로 나누고, 이것은 선, 이것은 악이라고 규정하는 것은 자칫하면 위험한 일입니다. 선이 악을 구축한다, 그렇게 되면 선은 뭘 해도 상관없다는 얘기가 되죠. 그게 가장 무서운 일이에요. 옴진리교 신자들도 자기들은 선이라고 생각했기 때문에 그런 끔찍한 짓을 저지른 것이죠. 저도 모르게 나쁜 짓을 저질러버렸다…… 그런 차원과는 다릅니다.

예로부터 내려오는 말인데, 악 때문에 일으킨 살인은 수가 매우 적습니다. 그에 비하면 선을 위한 살인은 엄청나게 많죠. 전쟁도 그런 셈이에요. 그래서 선이 기세 좋게 나서면 굉장히 무섭습니다. 그렇다고 '악이 좋다'고 말할 수도 없으니 몹시 곤란하죠.

하루키 취재하면서 느낀 점은, 어느 연령 이상이 되면 "옴진리교는 절대 용서할 수 없다!"고 말하는 사람이 많아진다는 겁니다. 그런 사람들은 옴진리교를 "그놈들은 절대적인 악이다"라고 판단합니다. 그런데 젊은 사람들은 그렇지 않아요. 20대에서 30대에 걸쳐서는 "그 사람들 심정도 전혀 이해 못 하는 바는 아니다"라고 말하는 사람이 꽤 많았습니다. 물론 행위 자체에는 분노하지만, 동기에 대해서는 어느 정도 동정적이었습니다.

하야오 선악의 정의는 매우 어렵기 때문에, 어릴 때부터 살아온 삶의 방식에 따라 주입되는 경향이 강합니다. 이것이 선이다, 라는 게 있으면, 육체가 아예 그것에 따라 변해버리죠. 지하철 역무원의 이야기를 읽어보면 그런 면이 굉장히 두드러져 있습니다. 어떤 의미에서는 감탄이 들 정도예요. 그런데 젊은 사람들은 그런 게 없습니다. 판단이 유연하다고 할 수도 있겠지만.

하루키 그렇지만 현대사회에서는 대체 무엇이 선이고 무엇이 악인가 하는 기준 자체가 상당히 흔들리고 있다고 할 수도 있겠죠.

하야오 그건 그렇습니다. 『아이와 악』이라는 책을 쓰면서도 느꼈지만, 무엇이 정말로 악이냐 하는 것을 표면부터 언급하기는 매우 어렵습니다. 이 사회가 악이라고 여기는 것은 쓸 수 있어요. 그런 식의 표현은 얼마든지 가능합니다. 그렇지만 좀더 본질을 파고드는 말을 하려고 하면 바로 막혀버립니다.

하루키 저도 그런 걸 느꼈습니다. 지하철 사린사건, 옴진리교 사건을 좀처럼 명료하게 파악할 수 없는 이유는 결국 '악인가 아닌가' 하는 정의를 내리기 힘들기 때문이죠. 사린을 뿌려서 많은 사람을 죽인 행위 하나만으로 좁혀 말한다면 그것은 물론 악입니다. 논의의 여지가 없죠. 그런데 옴진리교의 교의를 따라 해석해보면, 그것이 어쩌면 절대적인 악이 아닐지도 모른다는 논리도 세워집니다. 어디까지나 해석의 문제가 아닐까 하는 생각이 들죠. 그런 괴리 같은 게 있습니다. 그 괴리를 파고드는 것도 물론 매력적인 접근이겠지만, 그쪽으로 흘러가는 건 역시 위험할 것 같습니다. 이 사건을 풀어나가려면 결국 땅 위에 좀더 굳건히 발 디디고 있는 '본능적인 커먼센스' 같은 것이 큰 힘을 발휘하지 않을까 합니다.

그래서 많은 피해자의 개인적인 얘기를 들어봤는데, 정확한 비전은 아직 좀처럼 잡히질 않습니다. 그 이유는 그 사람들 개개인 안에서도 각각 분열이 일어나고 있기 때문이 아닐까 싶긴 합니다만.

하야오 그 대답은 역시 무라카미 씨 스스로 찾아내는 수밖에 없겠죠. 무라카미 씨가 그런 개별적 피해의 생생함을 스스로 받아들이고, 그로부터 답을 도출해낼 수밖에 없습니다. 그러나 머리로 생각하면 안 됩니다. 그런 의미에서 무라카미 씨가 다음에 쓸 작품(소설)은 힘들 것 같군요. 그만큼 고된 일을 한 후에 쓰게 될 테니까요.

하루키 그런데 저로서는 다음, 그다음 하는 식으로 간단히 답이 나올 것 같진 않습니다. 몇 년이 걸릴지 모르지만 상당히 장기전이 될 것 같아요. 그리고 간단히 답을 내버리고 싶지 않은 마음도 있고요.

하야오 논리적인 결론이 아니라 온전히 삶의 방식으로 자기 안에 구현하는 것이니, 시간이 걸리는 건 당연합니다.

하루키 제가 『언더그라운드』를 쓰고 가장 좋았던 점은, 많은 독자로부터 순수하게 물리적인 반응이 돌아왔다는 것입니다. 예를 들면 책을 읽으면서 엉엉 울었다거나, 혹은 너무나 화가 나서 몸이 이상해졌다거나, 무서워서 한동안 지하철을 못 탔다거나. 그런 물리적인 영향을 받았다고 솔직하게 써 보내준 사람이 많았습니다. 저는 소설가니까, 그런 반응이 가장 기쁩니다. 심각한 사건이니까 기쁘다고 말하면 안 되겠지만, 머리로 생각한 결론이나 교훈보다는 이런 피지컬한 반응이 훨씬 유효하다는 기분이 듭니다.

하야오 독자 측에서 봐도 지금 당장 해답이 나오는 건 아닐 테니, 각자 여러 가지를 하나의 체험으로 받아들이고, 그로부터 한 걸음 나아간 해답을 스스로 찾아야 하겠죠. 그런 마음가짐으로 살아가야 할 거예요.

하루키 제가 이 일에서 얻은 가장 귀중한 체험은, 이야기를 하는 상대에게 순수하게 호감을 가지게 된 것입니다. 훈련에 의한 건지 아니면 본래 능력이 있었던 건지는 모르지만, 가만히 얘기를 듣다보면 상대 안으로 자연스럽게 빨려들어가는 느낌이 들었습니다. 무녀＝미디엄(medium, 영매)처럼 건너편으로 쑥 빨려들어가는 기분이 들었어요. 저에게는 신선한 체험이었습니다.

그런 기분은 일상생활에서는 좀처럼 경험할 수 없죠. 열렬한 연애라도 하지 않는 한. 그런데 이런 작업을 계속하면서 상대를 조금이라도 더 이해하자, 상대를 좋아하자고 강하게 마음먹으니, 역시 뭔가 서로 통하는 부분이 생기더군요.

하야오 그렇습니다. 우리 일도 마찬가지죠. 제가 융 연구소에 있을 때 우리를 지도해준 재미있는 선생님이 있었는데, 그 사람이 이런 말을 했어요. 클라이언트를 만났을 때, 어디 한 군데라도 마음에 드는 구석을 찾아내지 못하면 그만 만나는 게 좋다. 어디 한 군데라도 마음에 드는 구석이라는 말은 대단히 좋은 표현이죠.

하루키 충분히 알 것 같습니다.

하야오 형편없는 사람을 포함해 다양한 사람들이 찾아옵니다. 심지어 살인을 저지른 사람까지 만나죠. 그러나 어딘가 좋아할 만한 구석이 있다는 건 중요합니다. 그게 기본이죠. 좋아할 구석이 전혀 없는데도 그 사람을 만난다는 건 실례예요.

하루키 그런 사람이 있나요?

하야오 저는 비교적 사람을 좋아하는 타입이라 그런 적이 거의 없지만, 지금까지 딱 한 사람 있었습니다. 그래서 거절할 뻔했어요. 죄송하지만 다른 데로 가주십시오, 당신과는 만날 수 없으니까. 그렇게 말하려고 했습니다. 그런데 그때 마음속에서 목소리가 들렸습니다. '반드시 만나야 한다'는 소리였죠. 그래서 "저는 솔직히 당신과 만날 마음이 없습니다. 당신을 별로 좋아하지 않습니다. 그렇지만 어쨌거나 당신과 만나라는 목소리가 들렸으니 만나기로 합시다"라고 말하고 만났습니다. 몹시 힘들었지만.

하루키 그래서 어떻게 됐나요?

하야오 의미가 있었습니다. 하지만 정말 힘들었어요. 그 사람이 언젠가 이런 말도 하더군요. "선생님, 그러고 보니 처음에 절

만나고 싶지 않다고 하셨죠"라고. "그래요. 정말 그랬어요"라고 말해줬어요(웃음). 그런 일도 있었습니다.

하루키 제 경우는 거의 대부분 상대와 한 번밖에 만날 수 없었기 때문에, 유일한 기회라는 생각에 상대에 애착을 가질 수 있었습니다. 그렇지만 두 번 세 번 만나면 고단한 일도 생기겠죠.

하야오 그러고 보면 '좋아한다'는 것도 꽤 만만치 않아요.

하루키 책임을 떠맡아야 하니까요.

하야오 그런 점도 있죠. 게다가 마음의 빈틈을 파고들어오니까요, 좋다는 느낌이란 건(웃음).

하루키 저는 이번 일을 해보고, 가와이 선생님이 하시는 일은 정말 힘들겠다고 실감했습니다. 일상적으로, 지속적으로 그 일을 하시잖아요.

하야오 그렇습니다. 상당히 단련되지 않고서는 할 수 없는 일입니다. 그리고 조금 전에 했던 말처럼 좋아하지 않으면 안 됩니다. 그런데 그 좋아한다는 게 말이죠, 뭐라고 해야 할까, 점점 깊어져갑니다. 따라서 보통 말하는 좋아한다는 것과는 달라지죠. 흔히 말하는 '좋다 싫다'와는 차원이 다릅니다. 그렇기 때문에 몇 번을 만나도 괜찮은 거죠.

하지만 무라카미 씨의 경우는 좋아서 만났기 때문에 이 정도 되는 얘기가 나왔다고 생각해요, 틀림없이. 그렇지 않다면 이렇게까지 나오진 않아요. 그것은 책만 읽어봐도 충분히 느낄 수 있습니다.

하루키 훨씬 재미있는 얘기도 있었습니다. 그런데 "이건 쓰지 말아달라"는 부분이 많았어요. 저로서는 안타까운 일이죠. 그런 의미에서 제가 한 일은 논픽션 작가의 방식과는 조금 다를지도 모릅니다. 저는 이 책을 쓰는 도중 언젠가부터 사실 자체를 들추어내는 일에는 그다지 흥미를 가질 수 없었습니다. 그보다는 그 사람들의 위치에 서서 세상을 바라보고 생각하는 쪽으로 흥미가 옮겨갔습니다. 그렇기 때문에 아무리 재미있는 얘기라도 상대가 원치 않는 내용이면 쓰지 않기로 한 겁니다.

하야오 논픽션을 쓰시는 분들이 어떻게 말할지는 모르겠지만, 오늘날에는 과학주의라는 게 있지요. 팩트를 축적해서 그것을 토대로 매사를 논한다는. 따라서 새로운 팩트를 파헤칠 경우에는 아무래도 자연과학의 영향을 받게 됩니다. 그러면 '객관적으로 임해야 한다'는 말이 나오죠. 그렇게 하지 않으면 팩트는 나오지 않으니까요.

가령 제가 이렇게 무라카미 씨와 이야기를 나누다가, 단번에 마음을 알아채서 "그때 무라카미 씨의 마음은 이렇지 않았을까" 라고 쓸 경우가 있습니다. 그런데 어떤 종류의 논픽션에서는 "무라카미 하루키는 이렇게 생각했다"라는 어법을 씁니다. 물론 그런 부분을 명확하게 구분해 쓰는 사람도 있지만, 그런 어법도 종종 등장하죠. 엄격한 표현이라고도 할 수 있겠지만, 나쁘게 말하면 진실에서 훌쩍 멀어져버리는 면이 있습니다. 팩트에 발목이 잡혀 진실에서 멀어져버리는 겁니다. 그런 의미에서 논픽션을 쓰는 사람들이 『언더그라운드』를 어떻게 평가할지 굉장히 흥미롭습니다.

하루키 저는 단순하게 '픽션이 아닌 것은 모두 논픽션'이라고 생각하는데, 세간에서는 그게 아니라 '논픽션이란 이런 것이다'라는 견해도 있는 것 같습니다. 그러나 소설가의 경험에서 보아, 제 안에는 계수화할 수 있는 팩트라는 것이 정말로 정확한가 하는 의문이 뿌리 깊이 존재합니다.

예를 들어 인기척 없는 적막한 밤길에 막대기를 든 수상한 남자와 스쳐 지났다고 가정하죠. 실제로는 키 162센티미터 정도의 마르고 볼품없는 남자였고, 들고 있던 막대기도 절굿공이 정도라고 하죠. 그것이 팩트입니다. 그런데 스쳐가는 순간 실감한 것을 말하자면, 상대가 180센티미터 정도의 덩치 큰 남자로 보이지 않을까 하는 게 제 생각입니다. 손에 들고 있던 물건도 쇠방망이처럼 보일지도 모릅니다. 그래서 심장이 쿵쿵 뜁니다. 그렇다면 과연 어느 쪽이 진실이냐? 진실은 후자가 아닐까요. 실은 양쪽 진실을 나란히 늘어놓고 비교해야겠지만, 둘 중 하나밖에 선택할 수 없다면, 저는 어디까지나 양해를 구한다는 조건하에 팩트보다는 진실을 택하고 싶습니다. 세계란 결국 각자의 눈에 비친 형상이라는 생각에서죠. 그런 것들을 많이 모아 종합해나

감으로써 드러나는 진실도 있지 않을까 합니다.

하야오 그것이 굉장히 명확하게 씌어 있는 점이 좋더군요. 이 도저도 아니고 어수선하게 섞어버리는 사람도 이따금 있습니다. 그러면 읽는 쪽도 알 수 없게 되죠. 그런 의미에서 앞으로 논픽션 세계에서도 차츰 재미있는 책이 나오겠다 싶은 생각도 드는군요.

우리는 소위, 사례연구를 하죠. 어쩔 수 없이 무미건조한 팩트를 논하는 경우가 많습니다. 다만 우리는 거기 익숙하기 때문에, 그런 무의미한 팩트를 들으면서도 상상력이 활발하게 움직입니다. 그렇지만 무라카미 씨의 글에는 그게 아니라 살아온 모습이 그대로 드러나 있더군요.

하루키 『언더그라운드』에 담긴 증언을 읽고, 이 사람은 치료가 필요하겠다고 여겨지는 사례는 없었습니까?

하야오 그런 건 없었습니다. 그저 읽고 '많이 힘들었겠다' 생각했죠. 이상한 게 아닙니다. 혹독한 일을 겪었으니 그런 상태가 되는 건 당연합니다. 이건 좀 어려운 부분인데, PTSD(외상후 스트레스 장애)는 이상한 사람이 걸리는 게 아니라 보통사람이 걸립니다. 따라서 그럴 때 '나는 이상하지 않다. 보통사람은 다 이렇게 된다'는 걸 알면 편안해지죠. 그 당시에 그들과 상담할 만한 사람이 있었으면 좋았겠다는 생각은 읽으면서 많이 하게 되더군요. 그런 의미에서는 안타까운 생각이 듭니다.

하루키 그렇죠. 상담할 만한 사람이 없다는 건 굉장히 큰 문제라고 생각합니다.

하야오 무심코 그런 말을 입 밖에 내면, '뭐야, 이상한 녀석이네'라고 생각할지도 모릅니다. 저도 지진 피해 당시 수없이 말했습니다. 그게 아니다, 이상해지는 게 당연하다, 라고. 보통사람은 다 그렇게 된다고 굉장히 강조했어요. 그 말이 무척 도움이 되었다, 그래서 큰 도움을 받았다는 얘기를 나중에 들었습니다.

하루키 가장 안타까운 일은 회사에서 이해해주지 않는 경우입니다. 회사에 가는 길에 피해를 입었으니 이른바 산업재해인 셈인데, 회사에서는 전혀 참작해주지 않아요. 그뿐만 아니라 조직에 도움이 안 된다는 이유로 해고당한 사람도 꽤 있었습니다.

하야오 일본인은 이질적인 것을 배제하려는 경향이 굉장히 강하니까요. 좀더 날카롭게 지적하자면, 옴진리교에 대한 세간의 적대감이 피해자에게로 향하는 겁니다. 피해자까지 '이상한 인간'으로 취급해버리는 셈이죠. 옴진리교를 괘씸하게 여기는 생각이 "그런 걸로 뭘 아직까지 투덜거리느냐"며 피해자 쪽으로 향해버리는 겁니다. 그런 고통을 경험한 사람도 많을 겁니다.

하루키 지진 재해 때도 그랬습니다만, 맨 처음에는 흥분이 있고, 그것이 동정 비슷한 것으로 변하고, 그것도 지나면 "아직도 그 얘기야"라는 식으로 변해버리죠. 단계적으로.

하야오 바로 그겁니다. 옴진리교에 대한 불결한 이미지를 피해자 측에 전가시키게 됩니다. 굉장히 이상한 현상이지만, 그런 일이 벌어지죠. 매우 안타까운 일입니다.

하루키 어떤 의미에서 지극히 상징적이었던 것은, 냉전 체제가 붕괴되어 더이상 좌도 우도, 전도 후도 없는 상황이 출현한 바로 그 시점에 간사이 대지진과 옴진리교 사건이 발생했다는 것이죠. 그렇기 때문에 이들 사건을 어떤 축으로 파악해야 할지가 좀처럼 풀리질 않았어요.

하야오 지진은 천재지변이었으니 조금 다르지만, 혹시 냉전 체제가 계속되었다면 옴진리교 같은 조직은 나오기 힘들었겠죠. 요컨대 어느 쪽에서 보든 눈에 보이는 악이 명확히 존재했으니까요. 그걸 당장 물리쳐야 한다고 모든 이가 머릿속에서 정리하는 일이 비교적 쉬웠죠. 그런데 그런 정리가 불가능해지고 어쩔지 몰라 갈팡질팡할 때, 난데없이 그런 이상한 조직이 등장하는 겁니다.

하루키 저는 그것을 '스토리성'이라는 말로 받아들입니다.

하야오 즉 스토리의 축이 사라진 시점에 아사하라가 스토리를 들고 홀연히 나타났다는 거군요. 그래서 그렇게 많은 사람들이 이끌렸다. 옳은 말 같아요.

하루키 그런 의미에서는 재능이 있다고 할까, 카리스마 기질이 있긴 하죠.

하야오 대단히 많았죠.

하루키 저는 소설가로서 그 부분이 굉장히 마음에 걸립니다. 그렇게 많은 사람들을 끌어들이는 스토리성이란 대체 어떤 것이었을까. 그리고 그러한 스토리가 어째서 결과적으로 그런 치사성致死性을 띠어야만 했을까. 그런 생각을 하다보면, 이야기 중에는 선한 이야기와 악한 이야기가 있지 않을까, 하는 수준까지 이르고 맙니다. 여기서 다시 '악이란 무엇인가'라는 명제로 되돌아갑니다만.

하야오 그건 흥미로운 문제군요. 과연 어떨까요. 하긴, 지금 상황에서는 그것이 스토리로 머물러 있는 한 규제해선 안 된다는 게 일반적인 인식인 것 같은데⋯⋯ 그렇지만 그 영향력이라는 게 엄청나니까요.

하루키 순수하게 스토리로만 생각해보면, '인간은 모두 더럽혀져 있으니 포아해주는 게 옳다'라는 말도 그 자체로는 잘못되지 않았다고 할 수 있습니다. 물론 스토리의 줄거리로서 그렇다는 뜻이죠. 그런데 그 스토리가 '사린을 뿌린다'는 구체적인 형태를 띠면, 그건 명백한 악이 되어버립니다. 그 둘 사이에 어떻게 선을 그어야 할까요?

하야오 예를 들면 〈철인 28호〉라는 스토리가 있죠. 그런 유형의 영웅은 하늘을 붕붕 날아서 사람을 구하러 갑니다. 어린아이가 그걸 읽고 자기도 해보겠다며 보자기를 목에 두르고 풀쩍 뛰어내리기도 하죠. 그런데 실제로 2층에서 뛰어내려 죽은 아이가 있느냐 하면 그렇진 않아요. 아이들은 정말 영리합니다. 스토리가 아무리 생생해도, 그것과 외적 현실 사이를 명료하게 조정하는 겁니다.

때때로 스토리를 정면으로 비판하는 사람이 있습니다. 판타지라고 하면서 마법 지팡이를 써서 하늘을 날아다니는 건 바람직하지 않다는 거죠. 아이들이 마법 지팡이를 쓰면 공부를 잘할 수 있다고 믿고 공부를 하지 않으면 어쩔 거냐. 그렇지만, 열심히 노력하면 훌륭해진다고 말하는 게 사실은 훨씬 큰 거짓말이죠(웃음). 그런 심한 거짓말도 없어요.

〈거인의 별〉도 마찬가지죠. 매일같이 맹렬하게 연습해서 결국 거인의 별이 되었다. 그거야말로 새빨간 거짓말이죠. 그걸 믿고 모두가 야구연습을 한다면 얼마나 안타까운 일이겠습니까. 아이들은 그런 부분을 정확히 아니까 그럴 일은 없겠지만.

그런 의미에서 스토리라는 건 굉장히 재미있죠.

하루키 그리고 이건 제 개인적인 가설인데, 아사하라가 내놓은 이야기가 그 사람 자신을 넘어서버리는 일도 일어날 수 있을 것 같습니다.

하야오 그게 바로 스토리의 공포입니다. 스토리가 가진 힘이 그 개인을 초월해버리죠. 그리고 본인도 희생자가 되고 맙니다. 그렇게 되면 더이상 멈출 수가 없어요.

하루키 일종의 부정적인 장소에서 생겨나는 이야기도 분명 있긴 합니다. 또한 그것이 부정적이기 때문에 힘을 가지는 경우도 있습니다. 소설가 중에도, 매우 굴절된 열악한 상황에서 뛰어난 이야기를 엮어내는 사람이 있습니다. 그러니 그 출처만 가지고 간단히 논할 수는 없겠지만, 그런 부정적인 성향이 어떤 현실적인 측면에서 그 사람을 넘어서버리면, 그것이 어떤 치명적인 요소를 드러낼 수도 있겠죠.

하야오 그래서 아사하라도 막판에는 그냥 그만둬버리고 싶은 마음이 생기지 않았을까요. 그런데 그만두고 싶어도 그만둘 수가 없는 겁니다. 히틀러도 그랬을 테죠. 멈출 수 없게 됩니다. 자기가 만든 이야기에 자기 자신이 희생되어버린다. 아사하라야말로 그 전형적인 예라는 생각이 드는군요.

그리고 지금까지 세간에 죽음에 관한 스토리가 너무 없었습니다. 그래서 아사하라가 한 것처럼 단순한 이야기로도 엄청난 힘을 가질 수 있었던 겁니다. 옛날에는 죽음에 관한 스토리가 아주 많았어요. 현세란 애당초 힘든 곳이고, 죽은 후에 어떻게 행복해질까, 그런 생각뿐이었죠(웃음). 그래서 신란* 스님의 얘기를 듣고 모두 감격한 겁니다. 그런데 오늘날에는 하나같이 이 세상을 살아가는 데 너무 열심인 나머지, 죽음이라는 것이 맹점이

---

* 親鸞. 일본 가마쿠라 시대의 불교 승려로 악인정기설을 주장하며 새로이 정토진종을 열었다.

되고 말았습니다. 그런 상황에 그가 등장하자 젊은이들이 우르르 그쪽으로 몰려가버렸죠. 이해가 가는 구석도 있어요.

하루키 소설가로서 드는 생각입니다만, 부정적인 곳에서 나오지 않은 이야기는 없잖습니까. 이야기의 진정한 그림자나 깊이를 자아내는 것은 거의 대부분 부정적인 것입니다. 다만 그것을 총체적인 세계와 어디에서 조정해가느냐, 어디에서 선을 긋느냐, 그것이 큰 문제라고 생각합니다. 그러기 위해서는 균형감각이 반드시 필요하죠.

하야오 그렇습니다. 그 부정적인 요소를 부둥켜안고 포용하는 시기가 필요합니다. 양성醸成하는 기간이랄까요. 그런 시간이 충분할수록 그에 걸맞은 긍정적인 요소도 자연스레 우러나죠. 그것은 긍정적인 부분에도 적용되는 이야기입니다. 긍정적인 것을 그냥 단순하게 지어낸 이야기는 어이가 없어서 도저히 들어줄 수 없잖아요(웃음).

하루키 아사하라의 이야기는 결국 그의 파라노이드(Paranoid, 피해망상)성에 오염되어가는데, 그 파라노이드성에 대항할 만한 유효한 백신 같은 이야기를 사회가 마련하지 못한 건 역시 문제가 있죠.

하야오 그런 점에서는 상당히 맹점이 있었죠. 일본은 어떻게 보면 그다지 종교적인 나라가 아니고, 어떻게 보면 이만큼 종교와 무관하게 살아가는 나라도 없습니다. 그렇기 때문에 난데없이 그런 것이 등장해버린 겁니다.

하루키 그런데 저는 이번 책을 쓰면서 이런 생각을 했습니다. 사회 자체에는 그 사건을 막을 만한 억제력 있는 백신이 갖춰져 있지 않았지만, 한 사람 한 사람이 말하는 이야기 속에는 역시나 분명한 힘이 깃들어 있었습니다. 잠재적인 힘이랄까요. 따라서 그런 이야기를 하나하나 모아가면 그것에서 뭔가 큰 세력이 생겨나겠다 싶었습니다. 저는 이 책을 쓰면서 많은 절망을 느꼈지만, 그로 인해 비관적인 쪽으로 기울었느냐 하면 그렇지는 않습니다. 오히려 반대로 희망 같은 걸 느꼈습니다. 그런 개개인의 힘을 어떻게 사회적으로 현재화顯在化시켜갈 것인가 하는 점에서는 여전히 오리무중입니다만.

하야오 그것은 일본의 특징입니다. 기독교 선교사가 왔을 때, 그들은 '이렇게 다루기 쉬운 나라는 없다'고 여겼습니다. 엄청나게 많은 기독교 신자가 생길 거라고 기대했죠. 그런데 전혀 그렇지 않았어요. 이쪽에는 이미 무언가가 있었기 때문에 그렇게 간단히 물들지 않았습니다. 무엇인가 하고 들여다보니, 그것은 굉장히 긍정적인 것이었습니다. 긍정적이고 안심할 수 있는 면이 있습니다. 그렇지만 그것이 어떤 형태를 갖고 있느냐는 제대로 설명하기 어렵습니다. 너무 어렵죠.

하루키 그런 자기모순 같은 점이 있어요. 예를 들어 옴진리교 사건이 벌어지는 건 저지할 수 없지만, 일단 벌어지고 나면 그것을 정화하려는 힘은 분명히 있습니다. 자연치유력이라고 할까요. 따라서 '지하철 사린사건을 저지할 수 없었던 것은 사회의 패배가 아니냐'는 표현도 가능하고, 한편으로는 그것을 극복해가는 터프함도 실감할 수 있습니다. 그런 모습을 보고 있으면, 대체 뭐가 옳은 건지 점점 알 수 없어집니다.

하야오 그래요, 충분히 이해가 갑니다. 정말 그 말이 맞아요.

하루키 이 책은 영어로도 번역될 계획인데, 이 책에 씌어 있는 내용 중에는 외국인들이 쉽게 이해할 수 없는 점이 많을 것 같습니다.

하야오 저도 그런 생각이 드는군요. 미국 사람이 이 책을 읽으면 과연 어떻게 생각할까. 그런 의미에서 꼭 읽혀보고 싶군요 (웃음).

하루키 일본이 어떤 나라인지 알게 하기 위해서라도 외국 사람에게 꼭 읽히고 싶지만, 저는 옴진리교 신자들에게도 이 책을 읽히고 싶다는 생각을 줄곧 해왔습니다. 아사하라의 이야기로 굳어진 부분을 풀기 위해서는 결국 다른 이야기를 들려줄 수밖에 없을 것 같습니다. 이 문제는 이른바 전문적인 컬트 해체자처럼 '이쪽이 옳다, 저쪽은 틀렸다. 그러니 이쪽으로 돌아와라'라는 식으로 이론적으로만 밀어붙여봐야 해결될 수 없을 것 같습니다.

제 생각입니다만, 지금 세상은 뭔가 이상하다, 어딘가 잘못되어 있다고 느끼는 분은 어떤 의미에서는 정상입니다. 학교가 싫다, 회사가 싫다, 그건 당연합니다. 저도 싫었어요. 그러니 그런 곳에서 벗어나 정신적 영역을 깊이 추구하고자 하는 동기 자체는 잘못이 아니겠죠. 그렇기 때문에 '그런 건 집어치우고 학교에 가라. 회사에 가라. 그게 옳은 일이다'라고는 저는 쉽게 말할 수 없습니다. 다만 그런 부정적인 영역을 삼키는 더 큰 긍정적인 영역이 있다면 더 잘될 거라 생각합니다. 다시 말하면 이야기를 수용하는 더 큰 이야기 말입니다. 결국 그것은 선악의 승부라기보다는 스케일의 승부가 될 것 같기도 하군요.

'선악을 초월한 영역'이라는 말이 나왔을 때 언뜻 생각이 났는데, 이런 말은 조금 곤란할지 모르지만, 취재를 하면서 피부로 체감한 점이 한 가지 있습니다. 그것은 지하철 사린사건에서 개개인이 입은 피해의 속성이, 그 사람이 전부터 자기 안에 가지고 있던 일종의 개인적인 상처의 패턴과 호응하는 부분이 있는 것 같다는 점입니다.

하야오 맞는 말입니다. 그건 역시 그 사람이 받아들이는 문제니까요. 따라서 그것이 설령 사소한 점이었다 해도, 그런 부분을 통해 크게 확대되어 표출된다는 겁니다. 그렇기 때문에 이런 글을 쓰기 어려운 이유 중에는 개개인의 그런 감춰진 부분이 조금씩 노출된다는 점도 있습니다. 아주 개인적인 사항까지도. 그러니 힘든 일이죠.

하루키　그저 단순히 죄 없는 일반시민이 의미 없는 사건으로 인해 어쩌다 피해를 입었다, 그런 점뿐만이 아니죠. 내부와 외부가 떼어낼 수 없이 밀접하게 연결되어 있는 부분이 많습니다. 그런 의미에서 이 책을 쓰기 위해 했던 작업은 저에게 더없이 의미 있는 일이긴 했지만, 동시에 섬뜩할 정도로 무서운 일이기도 했습니다. 이렇게 책이라는 형태로 정리해 일단락지은 후에 그것을 새삼스레 절실히 실감했습니다.

하야오　그건 정말 무서운 일이죠. 그래서 저 같은 사람은 일상생활에서 가급적 무뚝뚝하게 지냅니다(웃음). 섣불리 붙임성 있게 대하다가는 큰일이 벌어지죠. 정말 그래요.

(이 대담은 1997년 5월 17일, 『언더그라운드』가 간행된 지
약 두 달 후에 교토 시내에서 열렸다.
잡지 〈현대〉 1997년 7월호에 게재되었으며,
이 책 수록에 앞서 저자가 재구성했다.)

'악'을 품고 살아가다

하루키 『언더그라운드』를 쓰려고 결심한 당시에는 사회적 관심이 지하철 사린사건의 가해자 측인 옴진리교에 압도적으로 편향되어 있었기 때문에, 피해자인 평범한 사람들의 모습을 지면에 드러내고자 하는 심정이었습니다. 단순히 '이런 안타까운 피해자 여러분이 계십니다'라는 보도에 그치는 게 아니라요.

그런데 막상 그것을 정리해 책이라는 형태로 만들고 나니 '이것만으로는 부족하지 않나' 하는 생각이 굉장히 많이 들었습니다. 그런 시점을 저의 내면에서 확실하게 한번 다져둔 후에, 이번에는 옴진리교 측으로 다시 한번 시선을 돌릴 필요가 있지 않을까 싶었습니다. 그러지 않고서는 진정한 전체상이 드러나지 않을 것 같았죠.

하야오 그야 당연히 그렇겠죠.

하루키 그래서 일단 옴진리교 신자 및 옛 신자들 몇 명과 인터

292

뷰를 했는데, 한 사람의 소설가로서 정직하게 말하자면, 옴진리교 쪽 사람들이 공통으로 가지고 있는 문제의식 같은 것에는 상당히 흥미가 끌린 게 사실입니다. 피해자들의 얘기를 들을 때보다 그런 부분의 태도가 역시 명확했으니까요. 다만 그들이 말하는 문제의식을 어떻게 처리할 것인가 하는 점에 대해서는 별로 관심이 가지 않았습니다. 반대로 『언더그라운드』에서 다뤘던 피해자에 대해 말하자면, 문제의식보다는 오히려 문제 자체를 처리하는 방식에 흥미를 느꼈습니다. 양쪽이 상당히 많은 동질적인 문제를 끌어안고 있으면서도 서로 다른 의식을 가지고 살아간다는 것을 피부로 실감한 것 같습니다.

하야오 옴진리교 사람들이 하는 일과 소설가가 하는 일에 비슷한 부분이 있는 것 같다고 하셨죠. 동시에 다른 부분도 있다고. 그건 굉장히 흥미롭더군요.

그러나 그와 동시에 그들과 마주 앉아 이야기를 나누면서, 소설가가 소설을 쓰는 행위와 그들이 종교를 희구하는 행위 사이에 부정할 수 없는 공통점 같은 것이 존재한다는 사실을 절실히 느끼지 않을 수 없었다. 거기에는 굉장히 비슷한 점이 있다. 그것만은 분명하다. 하지만, 그 두 가지 영위의 뿌리가 완전히 같다고 정의할 수는 없을 것이다. 거기에는 유사성과 동시에 결정적인 차이도 존재하기 때문이다. 그들과 얘기를 나누면서 개인적으로 흥미가 끌린 이유도 그 점 때문이었고, 또한 경우에 따라서 갑갑함 비슷한 감정을 느낀 것도 그런 점 때문이었다.

(《문예춘추》 1998년 4월호, 포스트 언더그라운드 '머리말'에서)

하루키 그것은 너무나 강한 느낌이었습니다. 의식의 초점을 맞추고, 자기 존재의 가장 깊은 부분으로 내려간다는 의미에서는, 소설을 쓰는 것과 종교를 추구하는 것에는 서로 겹치는 부분이 크다고 저는 생각합니다. 그런 문맥에서 저는 그들이 말하는 종교관을 어느 정도 올바르게 이해했다는 생각이 듭니다. 그렇지만 다른 점은 그런 작업에서 자기 자신이 과연 어디까지 주체적으로 최종 책임을 지느냐 하는 점이겠죠. 분명히 말해 우리는 작품이라는 형태로 그것을 혼자 책임지게 되고, 또한 책임지지 않을 수가 없지만, 그들은 결국 그것을 구루나 교의에 떠넘겨버리는 겁니다. 간단히 말하면 그것이 결정적인 차이입니다.

대화를 나누다가도 종교적인 얘기가 나오면, 그들의 언어는 무척 편협해졌습니다. 대체 왜일까, 이유가 뭘까, 저는 줄곧 생각해봤습니다. 그래서 결국 생각해냈는데, 우리는 세계의 구조를 지극히 본능적으로, 차이니즈 박스 같은 것으로 파악하는 듯합니다. 상자 안에 상자가 있고, 그 상자 안에 또다른 상자가 있고…… 하는 식으로요. 지금 우리가 알고 있는 세계의 한 겹 바깥에는, 혹은 한 겹 안쪽에는 또 하나의 다른 상자가 있을 거라고 잠재적으로 이해하고 있는 게 아닐까요. 그런 이해가 우리 세계에 형체를 부여하고 깊이를 주는 겁니다. 음악으로 말하자면 배음(倍音, 하모닉스) 같은 것을 부여해주죠. 그런데 옴진리교 사람들은 입으로는 '다른 세계'를 희구하지만, 실제 그들의 세계의 성립 방식은 기묘하게 단일하고 평면적입니다. 어느 부분에서 전개가 멈춰버렸어요. 상자 하나의 분량밖에 세계를 바라보지 못하는 경향이 있습니다.

하야오 그런 느낌이 있습니다. 정말 그렇죠.

하루키 예를 들어 조유라는 사람이 있었죠. 그 사람은 매우 교묘한 수사법을 구사해 논변을 펼칩니다만, 그가 하는 말은 한정된 하나의 상자 안에서만 통용되는 말이자 논리입니다. 그 바깥으로는 절대 연장되지 못하죠. 그러니 당연히 사람의 마음에 와닿지 않습니다. 그렇지만 그만큼 단순하고, 견고하고, 완결되어 있죠. 그 사람도 아마 그 부분을 알고 있을 테고, 그것을 거꾸로 절묘하게 이용한 게 아닐까요. 상대가 그를 말로 무너뜨릴 순 없습니다. 말하는 내용에 깊이가 없다, 뭔가 이상하다는 건 알지만, 효과적으로 반론할 순 없습니다. 그래서 모두 안달이 나죠. 그러나 옴진리교 사람들에게 물어보면 조유 씨처럼 머리 좋은 사람이 없다고 말합니다. 무조건 존경합니다. 그들에게 그의 어

떤 부분이 이상하다고 설명하기는 너무나 어렵습니다. 그 상자
의 한계성을 증명해야 하니까요.

하야오 그렇습니다. 그건 굉장히 어렵죠. 그러나 생각해보면,
그들이 어렸을 시절에는 모두 아무렇지 않게 사람을 죽이러 갔
어요. 전쟁 때였으니까. 게다가 사람을 무지막지하게 죽이고도
그 덕에 훈장을 받는 사람도 있었죠. 그것 역시 상자 안에 들어
있는 한, 전부 옳은 일로 버젓이 받아들여졌던 겁니다.

하루키 옴진리교 사람들을 만나보고서, '꽤 괜찮은 친구다'라
고 느낀 적이 많았습니다. 하지만 솔직히 말하면 개성이 강한 사
람은 피해자 쪽에 더 많았지요. 좋고 나쁘고를 떠나 '이게 사회
구나' 싶은 생각이 들었어요. 그에 비하면, 옴진리교 사람은 대
체로 그냥 '느낌이 좋다' 고밖에 표현할 수 없었죠.

하야오 역시 그렇군요. 세상을 떠들썩하게 뒤흔드는 건 대체
로 '좋은 사람'이죠. 나쁜 사람들은 그렇게 큰 일을 저지르지 못
해요. 나쁜 사람이 살인을 저지르는 일은 그리 많지 않을 겁니
다. 대개는 선의를 가진 사람이 무지막지하게 사람을 죽이기도
합니다. 자주 하는 말이지만, 악의에 근거한 살인으로 죽임을 당
하는 사람 수는 헤아릴 수 있지만, 정의를 위한 살인은 어마어마
한 대량살상이죠. 그렇기 때문에 좋은 일을 한다는 건 엄청나게
어려운 겁니다. 그리고 그 옴진리교 사람들 역시 여하튼 '좋은
일'에 사로잡힌 사람들이니까요.

하루키 과연 그렇군요.

하야오 게다가 무라카미 씨가 말한 것처럼 모두 함께 상자 속으로 몰려 들어가버린 겁니다. '착한 아이'라는 상자 속으로요. 그것은 분명 위험천만한 일이지만, 그런 사실만 알아두고 본다면 꽤 괜찮은 사람들입니다. 그런 사람들은 일종의, 정직함이나 성실함을 다들 가지고 있을 겁니다. 그렇지 않다면 옴진리교 같은 곳에 애당초 들어가지도 않았겠죠.

하루키 아닌 게 아니라 일반사회에서 '선한 동기'로 회사에 들어가는 사람은 거의 없겠죠.

하야오 동기고 뭐고 일단 그냥 들어가고 보는 거죠, 누구나 (웃음).

하루키 그렇지만 옴진리교의 경우, 거기 들어가는 데는 뚜렷한 '선한 동기'가 있다는 겁니다. 그리고 선한 목적도 있고요.

하야오 그뿐만이 아니라, 이 세상의 이익을 다 팽개치고 들어갔죠.

하루키 음, 불현듯 떠오른 생각인데, 모든 걸 팽개치는 건 상당히 기분 좋은 일 아닐까요?

하야오 그건 사람에 따라 다르죠. 아무리 팽개치려 해도 팽개칠 수 없는 사람도 있습니다. 그리고 팽개친 척하면서 옆에다 슬쩍 숨겨두는 사람도 있고. 저 같은 사람도 그렇죠(웃음).

하루키 그런데 말입니다. 얘기를 나누다보면 다들 출가 경위가 의외로 간단해요. 이야기를 나누는 중에 난데없이 "그래서 출가했는데" 하는 식이죠. "잠깐만요. 출가한다는 건 가족도 일도 재산도 다 버리는 거 맞죠? 그건 굉장히 힘든 일 아닌가요?" 라고 되묻긴 하는데, 대부분 목숨 걸고 절벽에서 뛰어내리는 것 같은 절박한 심정은 아니었던 것 같습니다.

하야오 생각해보면, 저세상에 가면서 뭔가를 가지고 가는 사람은 없죠. 모두 버리고 가는 겁니다. 그러니 출가란 죽는 것과 같습니다. 저세상에 가는 것에 비유할 수 있어요. 그러니 편하다면 편할 수도 있고, 모든 게 정리된다고 말할 수도 있습니다. 그러나 말은 그렇게 해도 우리는 여전히 이 세상에서 살아가기 때문에, 가진 것을 버리는 동시에 이 세상을 살아가는 고통도 받아들여야 합니다. 그러지 않는 사람은 진정으로 신용할 수 없다고 저는 생각합니다. 갈등이라는 게 사라져버리니까요.

하루키 그렇지만 그들의 얘기에 따르면, 그런 물욕 같은 것이 번뇌를 부풀려 인간을 소모시킨다는 겁니다. 그러니 번뇌를 버리고 순화해야 한다고요.

하야오 그러니까 말이죠, 번뇌와 소모가 없다면 종교가 있을 수 없다는 말입니다. 번뇌를 버리면 그 사람은 이미 부처니까요.

하루키 번뇌를 버리는 건 수행이 아니로군요.

하야오 네. 그건 이미 부처지 인간의 수양이 아니에요. 그러나 우리는 신이나 부처가 아닙니다. 그래서 이제 번뇌가 사라졌나 싶으면 여전히 남아 있는 거죠…… 신란 스님이 그렇잖습니까. 이미 사라졌다 믿었는데 또다시 드러나는 일의 연속이었어요. 그것을 철저하게 실행했기 때문에 신란 스님은 그 정도 수준까지 다다른 겁니다. 처음부터 어설프게 그런 흉내를 내봤자 아무 소용 없다고 저는 생각합니다.

그래서 그런 수준의 (옴진리교) 사람들은 번뇌와 더불어 살아갈 힘이 조금 부족합니다. 안타깝긴 하지만요. 하긴 다른 방향에서 보면, 우리 범인凡人보다는 순수하다거나 매사를 진지하게 생각한다는 식으로 말할 수는 있습니다. 그래도 그건 역시 엄청나게 위험한 일입니다. 그 사람들이 모두 부처의 나라로 간다면 상관없겠지만, 이 세상에 머물러 있는 한은 상당히 큰일이죠. 그래서 저는 인간으로 이 세상을 살아가는 한, 번뇌에서 자유로워지는 것은 역시 거의 불가능하다고 생각해요.

하루키 그런데 개중에는 '이 사람은 세간에서 잘 살아갈 수 없겠다' 싶은 사람도 분명 있었습니다. 일반의 가치관에서 애당초 완전히 벗어나 있어요. 그런 사람이 인구 중 몇 퍼센트 정도일지는 모르지만, 좋고 나쁘고를 떠나 그렇게 사회 시스템 안에서는 헤쳐나갈 수 없는 사람들이 존재하는 건 확실합니다. 저는 그런 사람들을 받아들일 수 있는 공간이 있어야 한다고 봅니다.

하야오 그건 무라카미 씨의 얘기 중에서 제가 가장 찬성하는 부분입니다. 사회가 건전하게 살아 있다는 것은 요컨대 그런 사람들의 자리가 있다는 뜻이죠. 그런데 말이죠, 사람들은 그런 사람들을 배제시키면 사회가 건전해진다고 믿고 있어요. 그것은 큰 잘못입니다. 오늘날 사회에는 그런 장소가 턱없이 부족합니다.

하루키 옴진리교를 탈퇴한 사람들도 하나같이 교단에 들어간 것 자체는 전혀 후회하지 않는다고 하더군요.

하야오 직접 범죄에 관련되었다면 몰라도, 이 (인터뷰를 한) 사람들은 전혀 몰랐으니까요. 그러니 후회하지도 않고, 또한 계속하고 싶어하는 것도 당연합니다. 무라카미 씨가 지적한 대로, 그 사람들에게 그만두라고 하려면 그 대신 무엇을 하면 좋을지 대책이 있어야겠죠.

이건 시너 중독에 걸린 아이들도 마찬가지입니다. 가령 시너를 흡입하는 아이에게, 그건 안 좋은 일이니 그만두라는 말은 누구나 할 수 있습니다. 흡입하지 않는 게 좋다는 거야 당사자도 분명히 알고 있어요. 그렇지만 시너를 그만두고, 그 아이가 앞으로 살아갈 세계를 제대로 제시하지 못하는 한, 완벽하게 손떼게 할 수는 없습니다. 술을 마시는 사람도 그렇겠죠. 술을 끊는 게 좋다는 말은 누구나 할 수 있습니다. 그러나 그 사람에게는 그 세계가 의미가 있기 때문에 술을 계속 마시는 겁니다. 그러니 옴진리교에서 나온 사람도 솔직하게 말하면 정말 딱하죠.

하루키 딱합니다.

하야오 그런데, 인터뷰 중에 옴진리교에 들어가서 수행을 조금 따라하기만 했는데도 건강이 몰라보게 좋아졌다는 사람이 있었잖습니까. 저는 그 말은 충분히 이해합니다. 우리에게도 그런 사람들이 찾아오곤 합니다. 그래서 얘기를 나누다보면 이런 생각이 들어요. 이런 사람은 옴진리교 같은 데 가면 단번에 빠져버리겠다. 무라카미 씨 표현대로 하자면, 하나의 상자 속으로 쏙 들어가는 겁니다. 그리고 일단 들어가면 눈에 띄게 상태가 좋아지죠.

하루키 이해가 갑니다.

하야오 그런데 일단 들어가버리면, 이번에는 상자를 어떻게 할 것이냐 하는 상당히 큰 문제를 떠안게 됩니다. 그래서 우리는 그런 사람을 상자 속에 넣지 않고 고치려 하죠. 그러다보니 굉장히 오랜 시간이 걸리는 겁니다. 그렇지만 저는 요즘 들어 이렇게 생각합니다. 시간이 오래 걸리는 건 너무나 당연하다고.

그래도 확실하게 말은 해줍니다. "혹시 빨리 낫고 싶으면 다른 데로 가십시오. 저한테 오면 빨리 낫진 않습니다"라고요. 상대는 깜짝 놀라죠. "저는 당신이 고치려고 노력하는지 아닌지 알 수 없습니다"라고 말합니다. "저는 고치려고 노력하는 게 아니라, 당신이 살아가게 하려고 노력하는 것이기 때문에 상당히 오랜 시간이 걸립니다. 혹시 어떻게든 빨리 고치고 싶다면 이런저런 다른 곳도 있습니다"라고요.

시간이 걸리는 게 싫은 사람은 그쪽으로 바꿔달라고 말합니다. 그렇지만 그 사람들도 잘 압니다. "상태가 나아지지 않아도 괜찮다"고 말하는 사람도 있습니다. 좀더 적극적인 사람은 "고치기 위해서 여기 온 게 아닙니다"라고도 합니다. 대단하죠.

그렇지만 개중에는 "선생님한테 와도 조금도 나아지질 않아요. 어디어디 가면 굉장히 쉽게 고친다는데"라고 말하는 사람도 있습니다. 그러면 저는 "그런 곳은 될 수 있으면 안 가는 게 좋지만, 꼭 가고 싶으면 가세요. 대신 다시 오고 싶으면 언제든 돌아오십시오"라고 말합니다. 그래서 그쪽으로 가면 순식간에 증상이 나아집니다. 나아지지만 그때부터가 큰일이죠. 결국 엉망이 돼서 다시 돌아옵니다. 그렇지만 한번 그런 일을 경험했기 때문에 "자, 천천히 해볼까요"라고 말하고 다시 시작할 수 있습니다.

하루키 '상자에 들어간다'는 것은, 컬트 종교의 경우로 말하자면 '절대귀의'라는 뜻이겠죠.

하야오 그렇습니다. 절대귀의입니다. 편하다고 보면 편하죠. 그 사람들을 보자면, 하나같이 세계에 대해 '이건 뭔가 이상하다'라는 의문을 가지고 있습니다. 그런데 그 '뭔가 이상하다'는 게, 상자 속으로 들어가면 '이건 카르마다'라는 식으로 전부 말끔하게 설명이 되죠.

하루키 전부 말끔하게 설명이 되는 게 그 사람들한테는 중요한 거군요.

하야오 그렇습니다. 그런데 말이죠, 전부 설명이 되는 논리 따 위 절대 안 돼요. 우리 의견은 그렇습니다. 하지만 보통사람은 전부 설명할 수 있는 걸 좋아하게 마련이죠.

하루키 그렇죠. 모두가 그런 걸 원합니다. 비단 종교뿐만 아니 라 일반 미디어 같은 곳도 그렇죠.

그리고 또 한 가지 제가 생각한 것은, 아사하라 쇼코가 엄청난 자기모순을 끌어안고 있는 사람이라는 겁니다. 결점도 많고, 여 러 가지 의미에서 형편없죠. 그런데 결과적으로는 그게 장점이 되지 않았나 싶은 생각도 듭니다. 그 사람이 청결하고 잘생기고 말도 청산유수로 잘하는 웅변가였다면, 사람들이 그렇게까지 추 종하지는 않았을 것 같기도 합니다.

하야오 시원하게 설명할 수 있고 전부 아는 것처럼 보이면서 도, 교주는 어딘가 모르게 이해할 수 없는 면을 반드시 가지고 있어야 합니다. 그런 면에서 그에게는 타고난 천성이 있었겠죠. 짐작은 갑니다. 그런 자리에 앉아 그런 식으로 행동하다보면 판 단력이 굉장히 예리해집니다. 물론 터무니없는 잘못도 하죠. 잘 못도 저지르지만, 그래도 직감적으로 단번에 알 수 있는 부분도 상당히 있을 겁니다. 그렇기 때문에 모두 그렇게 쉽게 당하는 겁 니다. 우리 같은 사람도 한눈에 이런저런 일을 훤히 꿰뚫어보는 경우가 자주 있어요. 정말 그래요.

하루키 그런 카리스마적인 직감력은 히틀러도 갖고 있었죠.

군사전문가가 꿰뚫어볼 수 없는 것을 수없이 간파해서 전쟁에서 압도적인 승리를 거둔다거나.

하야오 바로 그겁니다. 그러나 마지막에는 아니었죠. 운동선수도 그래요. 계속 승승장구할 때가 있죠. 그럴 때는 '질 거라는 생각이 안 든다'고 합니다. 도저히 역전시킬 수 없는 상황에서도 '결국 난 이긴다'고 확신하면 마음이 매우 안정되어 정말로 이기죠. 그런데 그것이 한번 흐트러지기 시작하면 그때는 도저히 헤어나올 수가 없습니다. 인간에게는 그렇게 끝없이 명석해지는 시기가 있습니다. 우리 직업에서 가장 무서운 게 바로 그거죠.

하루키 그건 심리치료사로서 그렇다는 뜻인가요? 누군가를 만나면 단번에 훤히 꿰뚫어볼 수 있다는?

하야오 그렇죠. 꿰뚫어본 것처럼 믿어버리는 겁니다. 그리고 재미있게도 그게 딱딱 들어맞을 때가 있어요. 이렇게 되겠지 했는데, 어, 정말 이렇게 됐네, 하는 식이죠. 그러나 그러기 시작하면 절대 안 됩니다. 언젠가는 반드시 틀릴 때가 오니까요. 인간이니 어쩔 수 없죠. 그러다보면, 아사하라 쇼코까지는 아니어도, '내가 어떻게 해주자'는 생각이 들기도 합니다. 그렇게 되면 끝입니다.

그래서 저는 생각하기에, 스스로 점점 모르게 되는 수행을 해온 것 같습니다. 좀더 젊을 때는 많이 아는 줄 알았어요. 정말로. 인간이 '명석해지는' 시기는 분명히 있지만, 거기 도취된 사람은 모두 못쓰게 됩니다.

하루키 조금 전에 나왔던 사회(현세)에 잘 적응하지 못하는 사람들 얘기로 돌아가보면, 그런 사람들을 위한 유효한 기관 같은 것을 만들 수 있을까요?

하야오 인간이란 말하자면, 번뇌를 되도록 어느 정도 유효하게 만족시키는 세계를 만들어온 셈입니다. 특히 근대에 접어들어서는 그것이 상당히 직접적, 능률적으로 변해왔어요. 직접적, 능률적으로 바뀐다는 것은 즉 그런 방식에 맞지 않는 사람도 늘어난다는 뜻이죠. 그런 시스템이 지금 만들어져 있는 겁니다. 그렇다면 그런 '맞지 않는' 사람들에 대해 우리가 어떤 생각을 가져야 하는가.

그런 문제에 대해 영향력을 발휘할 수 있는 것이 예술이나 문학 같은 것이겠죠. 그것은 상당히 중요합니다만, 그조차 접할 수 없는 사람이 있어요. 그런 사람들을 어떻게 할 것인가 하는 건 어려운 문제입니다. 그렇게 생각하다보면, 생활보험 같은 것으로 그런 사람들에게 보조금을 지불하는 게 좋지 않나 하는 생각도 듭니다. 보조금을 줄 테니 그저 즐겁게 살아만 달라는 거죠.

하루키 그렇군요(웃음).

하야오 그러면 재미있는 일을 하면서 생각보다 잘 살아갈 수 있거든요. 저는 그런 사람들도 만나곤 합니다. 확실한 자기 세계를 가지고 사는 분들이 종종 계시죠.

하루키 다시 말해 공적으로 대처할 것이냐 아니냐까지는 몰라도, 사회 자체가 그런 수용처를 준비하는 게 좋겠다는 뜻이군요.

하야오 저는 그렇게 생각합니다. 사정을 모르는 사람은, 생활 보험 따위는 말도 안 된다, 그런 데 쓸 돈이 있으면 경제 살리는 데 써라, 그런 사람들은 뒤처지든 말든 상관없다, 고 말하지만, 그게 아닙니다. 사회가 제대로 자리를 잡아갈수록 그런 사람들에게도 돈을 지불할 의무가 우리에게 있다고 봅니다.

하루키 지하철 사린사건을 비롯해 사회적 범죄를 일으킨 부분을 빼놓고 본다면, 옴진리교는 그런 사람들에게 좋은 수용처가 아니었나 하는 의견도 있습니다. 실제로 현재 옴진리교는 범죄적 요소를 없애고 순수한 종교교단으로 활동해가겠다고 말하고 있고요. 어떨까요. 논리로는 이해하겠지만, 그렇게 간단하진 않을 것 같은 느낌도 드는군요.

하야오 그러니까, 그 자체는 좋은 그릇입니다. 그렇지만 역시 좋은 그릇으로만 끝나지는 않습니다. 그렇게까지 순수한, 극단적인 형태를 띤 집단이 형성되면, 반드시 문제가 일어납니다. 그렇게까지 순수한 사람들이 내부에 견고하게 모여 있으면, 외부에 죽어도 좋을 만큼 아주 나쁜 놈이 있어야 제대로 균형이 잡힙니다. 밖으로 치고 나갈 수 없으면 안에서 심각한 소란이 일어날 수 있고, 내부로부터 스스로 조직이 붕괴할지도 모릅니다.

하루키 과연 그렇군요. 나치가 전쟁을 일으킬 수밖에 없었던 것과 같은 원리네요. 팽창하면 팽창할수록 내부의 집약점 같은 곳에 가해지는 압력이 커져서, 그것을 밖으로 분출하지 못하면 폭발해버린다는 거죠.

하야오 그렇습니다. 그러니 어쩔 수 없이 외부를 공격하게 됩니다. 아사하라도 계속 얘기했다죠, 우리는 공격당하고 있다고. 그것은 외부에 늘 악을 상정해두지 않고서는 견뎌낼 수가 없기 때문입니다.

하루키 미국이나 프리메이슨 등의 음모설이 나온 것도 그런 까닭이겠죠.

하야오 때문에 진정한 조직은 악을 자기 안에 끌어안아야 해요, 조직 내부에. 그건 가정도 마찬가지입니다. 집에서도 집안 내부에 어느 정도 악을 품지 않으면 무너집니다. 그러지 않으면 조직의 안녕을 위해 바깥에 커다란 악을 만들어버리게 되니까요. 히틀러가 한 짓이 바로 그런 것이죠.

하루키 그렇죠.

하야오 그러니 그건 안 됩니다. 옴진리교도 그 형태로는 오래 가지 못할 겁니다.

하루키 그것이 가와이 선생님이 말씀하시는 '위험'이군요.

하야오 맞습니다.

하루키 그런데 신자들 얘기를 들어보면, 지하철 사린사건을 옴진리교가 저질렀다고 믿지 않는 사람이 아직도 있습니다. 또는 저질렀을지도 모르지만, 잘 믿기지 않는다는 거죠.

하야오 정말로 그렇게 믿고 있을 거예요. 자기들은 순수하니 그런 나쁜 짓을 할 리가 없다고 생각하는 겁니다. 그러나 전혀 나쁜 짓을 할 리 없는 사람들이 가득 모여들면, 터무니없이 나쁜 일을 할 수밖에 없게 됩니다. 그러지 않고서는 조직이 유지되지 않습니다.

하루키 공처럼 생긴 집합체라 바깥쪽은 부드럽지만, 조금 전에 말했듯이 중심점에 열이 집중되어버리죠. 그런데 바깥쪽에서는 그걸 알아채지 못해요. 대부분의 신자들은 이렇게 말합니다. "우리는 바퀴벌레 한 마리도 안 죽이는 생활을 하고 있습니다. 그런데 어떻게 인간을 죽입니까?" 라고.

하야오 채플린의 〈살인광 시대〉에도 나오죠. 살인을 일삼는 자가 자벌레를 보면 허둥지둥 집어서 꽃이 있는 곳으로 데려다줍니다. 벌레 한 마리 안 죽이면서 사람은 죽이죠. 인간이란 정말 모순적인 생물이니까요. 때문에 자신의 악을 얼마만큼 자기 책임으로 돌리고 살아가느냐 하는 자각이 필요합니다.

하루키 그렇지만 티베트 밀교에서도 옴진리교와 대체로 비슷한 수행을 하고 있죠. 출가해서 명상수행을 합니다. 대관절 어디가 다른 걸까요?

하야오 저는 티베트 불교에 관해서는 잘 모릅니다. 그렇지만 거기선 악의 문제 같은 것을 틀림없이 지혜롭게 담아냈을 거라 생각합니다. 그런데 번역해서 들여올 때 지나치게 알기 쉽고 간단하게 바꿔버린 게 아닐까요. 사실 그건 가장 어려운 부분이죠. 악을 어느 정도 살려두느냐, 행사하느냐 하는 문제는, 책에서 다루기 가장 힘든 내용이니까요.

하루키 실질적인 부분에서 경험적으로 전할 수밖에 없다는 거겠죠. 그런데 그걸 해석하려 들면 아무래도 정합적으로 흘러갈 수밖에 없다는 얘기네요.

하야오 인간이 머리로 생각하고, 정합적으로 좋은 내용만 써내면, 악이 비집고 들어갈 틈이 없겠죠. 그런 점에서 보면, 인간이 애초에 '원죄'를 타고났다는 건 정말이지 대단한 발상이에요. 서양에서는 '모두 원죄를 갖고 있다'고 분명하게 말하지 않습니까.

하루키 요컨대 우리는 본래 모두 악으로부터 나왔다는 얘기로군요.

하야오 맞아요. 따라서 "네가 아무리 발버둥쳐도 인간의 힘으로는 어쩔 수 없다"는 말이 통합니다. 그리스도는 그로 인해 십자가에 못 박혔다는 식으로 끌어가는 거죠. 그런 점에서 보면 역시 대단한 종교입니다.

하루키 그것은 카르마와는 많이 다르군요. 카르마란 어떻게든 해결할 방법이 있으니까요. 하지만 원죄는 어쩔 도리가 없죠.

하야오 어쩔 도리가 없죠. 서양인들은 그것을 몹시 괴로워했지만, 그건 그거고 또다시 사람을 죽이러 갔습니다. 때문에 어디로 나아가도 어려운 문제라고 할 수 있지만, 앞으로는 인간도 좀 더 현명해져서, 어떤 조직과 가정이든, 어느 정도의 악을 어떻게 포용해갈 것인가에 관해 더 진지하게 고민해보는 게 좋을 겁니다. 그것을 어떻게 표현하고 어떻게 허용해갈 것인가 하는 고민을요.

하루키 저는 일련의 옴진리교 사건도 그렇고, 혹은 고베의 소년A 사건*만 하더라도 사회가 그에 대해 드러낸 일종의 분노 속에서 뭔가 이상한 점을 느끼지 않을 수 없었습니다. 그래서 했던 생각인데, 인간이란 자기라는 시스템 안에 늘 악한 부분 같은 걸 품고 살아간다는 거예요.

하야오 바로 그겁니다.

하루키 그러다 누군가가 어떤 계기로 악의 뚜껑을 확 열어버리면, 거울을 보듯 자기 안에 있는 악과 대면할 수밖에 없는 거죠. 그렇기 때문에 세간 사람들이 그렇게 무지막지하게 화를 낸 게 아닌가 싶었습니다. 예를 들면 소년A의 사진을 잡지에 싣느냐 마느냐로 심한 말을 퍼부어가며 큰 싸움을 합니다. 제가 보기에 그건 본질적인 문제가 아닙니다. 그보다 더 심각하게 토의해

---

* 1997년에 효고 현 고베 시에서 발생한, 당시 14세 중학생에 의한 연쇄살상 사건.

야 할, 훨씬 큰 문제가 반드시 있을 겁니다. 그런데 얘기는 점점 그쪽으로 흘러가서 감정적인 분노의 발로로 이어져버리죠. 혹은 옴진리교 실행범의 부모가 뭇매를 맞기도 합니다. 그것은 복수심에 가까운 것처럼 느껴집니다. 여하튼 벌을 주고 보자는.

하야오 사람들은 자기에게 실제로 해를 끼치지 않는 누군가를 벌하는 걸 매우 좋아합니다. 자기 일이라고 치면 큰일이니까요. 그래서 '저런 나쁜 놈은 사진이든 뭐든 다 공개해'라고 말하면서 다들 안심하는 겁니다.

하루키 작년에 선생님을 만나 뵈었을 때 악에 관한 대화를 나누고 그후 여러 가지 생각을 했는데, 악이란 인간이라는 시스템과는 떼려야 뗄 수 없는 일부로 존재하는 것이라는 인상을 받았습니다. 그것은 독립된 것이 아니며, 다른 것과 교환하거나 혹은 그것만 따로 무너뜨릴 수도 없죠. 또한 그것은 경우에 따라 악이 되기도 하고 선이 되기도 하는 게 아닐까 하는 생각까지 들었습니다. 다시 말해 이쪽에서 빛을 비추면 그 그림자가 악이 되고, 저쪽에서 빛을 비추면 그 그림자가 선이 되는 것처럼. 그러면 여러 가지를 설명할 수 있습니다.

그러나 그것만으로는 설명되지 않는 부분도 분명 있습니다. 예를 들어 아사하라 쇼코를 보아도, 소년A를 보아도, 순수한 악이라고 할까, 악의 종양 같은 게 무섭게 결집되어 드러나는 경우가 있는 것 같습니다. 그런 것이 체내에서 '악의 조사照射'라고 할 만한 현상을 일으키는 게 아닌가 싶어요. 그런 인상을 강하게 받았습니다. 잘 설명할 순 없지만.

하야오 그건 역시 우리 사회가 그런 것을 자꾸 제대로 보지 않고 넘기려 하는 경향이 너무 심하기 때문이겠죠. 그러면 뭉친 것이 펑 하고 터져나올 수 밖에 없습니다.

예를 들면 소년A 사건이 발생했을 때, 아이들이 안 보이는 데 숨어서 나쁜 짓을 못하게 해야 한다면서 그 주변 나무를 전부 베어버렸습니다. 저는 그 소식을 듣고 이루 말할 수 없이 화가 났습니다. 완전히 반대예요. 아이들은 어른이 보지 않는 곳에서 나름대로 나쁜 짓을 하면서 성장합니다. 그런데 항상 어른들이 지켜보려 하기 때문에 그런 일이 벌어지는 겁니다. 정말로 화가 많이 났어요. 난 원래 나무를 좋아해서, 나무를 벴다는 그 사실 하나만으로도 화가 났지만요(웃음).

뭐, 다들 소견이 좁다고 할까요, 열심히 감시하면 아이를 올바르게 키울 수 있다는 사고방식은 어처구니가 없습니다. 자기가 누군가에게 늘 감시당한다면 얼마나 힘들지 조금만 생각해봐도 알 텐데.

하루키 이 부분에 관해서는 솔직하게 말해주는 사람도 있고 얘기하지 않는 사람도 있었지만, 옴진리교에 들어간 사람들 얘기를 들어보면 역시 자라난 환경에 문제가 있었던 사람이 꽤 있더군요. 어릴 적 인격 형성기에 부모로부터 받는 애정이 혼란스럽거나 부족했던, 그런 경우가 많았던 것 같습니다.

하야오 그건 굉장히 어려운 문제입니다만, 그래도 일반론적으로 이 정도 말은 분명히 할 수 있다고 봅니다. 무슨 얘기냐 하면 말이죠, 그 사람들은 머리로 굉장히 많은 생각을 하잖습니까. 작은 상자에 들어가서 자꾸 생각에만 잠기려고 할 때, 그것을 저지할 수 있는 것은 역시 인간관계입니다. 아버지나 어머니죠. 감정입니다. 그것이 작동하면 웬만해선 그런 조그만 상자에 들어가지 않습니다. 뭔가 이상하다 싶어질 테니까요.

하루키 균형감각이 작동한다는 뜻이군요.

하야오 그렇습니다. 균형감각입니다. 그런데 그렇게 원활하게 작동해야 할 장치가, (부모에게 애정을 받지 못하면) 발달하기 힘들어지는 겁니다.

따라서 그 사람들이 말하는 것과 비슷한 생각은 많든 적든 젊은이들 누구나 가지고 있을 겁니다. 무엇 때문에 사느냐, 이런 일을 해도 아무 소용이 없지 않느냐, 여러 가지 심각하게 고민합니다. 그래도 지금 말한 것처럼 자연스럽게 감정이 흐르거나 전체적인 균형감각이 작동하는 가운데 자기 자신을 만들어가는 겁니다. 그런데 옴진리교 사람들은 그런 부분이 단절되어 있기 때문에 금세 휩쓸려버리는 거죠. 그러니 딱하다고 보면 정말 딱한 일입니다.

하루키 저는 옴진리교 음악을 듣고 그걸 굉장히 강하게 실감했습니다. 들어봐도 어디가 좋은지 도통 알 수가 없습니다. 정말로 좋은 음악에는 다양한 그늘이 있잖아요. 슬픔이나 기쁨의 그늘 같은 게. 그런데 옴진리교 음악에서는 그런 걸 전혀 못 느꼈습니다. 단지 작은 상자 안에서 울리는 것 같아요. 단조롭고 깊이가 없어요. 하긴 그런 의미에서 메스머라이징(mesmerising, 최면적)이라고 말해도 좋을지 모르지만. 그런데 옴진리교 사람들은 그것이 대단한 음악이라고 생각합니다. 그래서 저에게도 들려주었죠. 저는 음악이란 인간의 심리와 가장 밀접하게 연결되어 있다고 생각하기 때문에, 왠지 좀 무서운 느낌이 들었습니다.

그리고 신체성에 관해서도 여쭙고 싶은데, 예를 들어 요가를 하면 일종의 각성이 일어나긴 합니다. 그런데 그것은 어디까지나 피지컬한 것이죠. 그런데 뉴에이지 전반이라고 할까, 특히 옴진리교에서는 그 피지컬한 것과 메타피지컬한 것이, 옳고 그름에 관계없이 서로 연결돼버리는 겁니다.

하야오 그렇죠. 현대인들은 아무래도 신체성에서 벗어나버렸고, 그러다보니 자꾸 머리만 커져버립니다. 그래서 그 사람들은 신체성을 회복시켜야 한다면서 요가를 하는 겁니다. 그리고 순간적으로 무언가를 느끼기도 하죠. 그런데 그런 각성된 의식과 평범한 일상생활 사이에 연결고리가 없는 겁니다. 그 부분이 뚝 끊겨 있어요. 아니, 오히려 일상적인 장벽이 없다보니 각성하기도 쉽습니다. 그래서 그런 각성과 일상의 단절감 같은 게 하나로

뭉쳐지면 그야말로 엄청나죠. 우리 같은 사람은 명상을 해봐야 좀처럼 각성하기 어려워요(웃음).

하루키 저도 그렇습니다.

하야오 그렇죠. 명상을 하다보면, 언제 끝날까, 맛있는 걸 먹고 싶다, 별의별 생각이 다 들죠(웃음). 다시 말해 훨씬 평범한 사람은 돈벌이나 세금 같은 문제로 머릿속이 꽉 차서 종교 따윈 필요 없다고 생각하는 겁니다. 그쪽이 너무나 큰 문제니까요. 그래서 '영적'인 것과는 무관하게 살아갑니다. 설사 그 정도는 아니라 해도, 우리가 명상 흉내를 조금 낸다 한들 본래 가진 번뇌가 있으니 좀처럼 잘되진 않겠죠. 그러나 '번뇌가 있지만, 그래도'라는 자세에 큰 의미가 있는 겁니다. 그런데 그 (옴진리교에 들어간) 사람들은 번뇌의 세계가 너무 약합니다.

하루키 그래서 금세 깨달아버리죠. 너무 빨리 깨달아버립니다.

하야오 재미있는 건 너무 빨리 깨달은 사람의 경우, 그 깨달음이 다른 사람에게는 도움이 안 되는 경우가 많다는 겁니다. 그에 비해 고생스럽게 오랜 시간을 들여서 '왜 이렇게 깨닫기 힘들까. 왜 나만 안 될까'라고 고민하면서 깨달은 사람은 다른 사람에게 도움이 되는 경우가 많습니다. 상당한 번뇌 세계를 끌어안고 있으면서도 그걸 극복하고 깨달았기 때문에 의미가 있는 것이죠.

하루키 저도 운동을 하다보면 일종의 각성 같은 걸 느낄 때가 있습니다. 그렇지만 거기서 정신적인 의미를 찾아낼 순 없죠. '그런 일도 있을 수 있겠다' 정도로만 생각합니다. 표현은 잘 못 하겠지만, 주위와의 관련 속에서 파악하는 것 아닐까요. 그런데 그 사람들은 요가를 하다 일종의 각성이 생기면, 바로 그쪽으로 휩쓸려버립니다. 그리고 주위 세계와의 연결고리를 방기해버리 죠. 그런 경향은 옴진리교뿐만 아니라 뉴에이지 전반에서 지적 할 수 있는 위험성이라고 저는 생각합니다.

그렇지만 설령 옴진리교가 사라지더라도 언젠가 반드시 또다 른 비슷한 컬트가 나오겠죠. 저는 그런 생각이 듭니다.

하야오 반드시 나옵니다. 아사하라처럼 약간의 재능을 가진 사람은 있게 마련이니까요. 그것을 교묘하게 연출하면 반드시 똑같은 게 나올 겁니다.

하루키 그렇다면 또다시 그런 사건이 일어날 가능성도 있겠 군요.

하야오 다시 일어날 가능성은 틀림없이 있다고 생각합니다. 그러니 '실제로 해를 주지 않는 한, 생겨도 어쩔 수 없다'는 식 으로 생각할 수밖에 없지요. 하지만 실제 피해라는 건 판단하기 가 무척 어렵습니다. 예를 들면 옴진리교도 처음 생겼을 때는 상 당히 긍정적인 의미를 가졌을 겁니다. 때문에 초창기에 옴진리 교를 긍정적으로 평가한 사람들은 지금 매우 곤란해하죠.

처음에 규모가 작을 때는 나름대로 다 좋은 면을 가지고 있지만, 조직이 커지면 아무래도 어려워집니다. 조금 전에도 말했듯이 커지면 커질수록 전반적 압력이 높아지니까요.

하루키 그런데 거기에 '선한 것'이 있을수록 구심력이 더 활발하게 작동하니까, 그 덩어리는 필연적으로 커질 수밖에 없겠죠.

하야오 그게 가장 골치 아픈 점입니다. 아사하라 쇼코도 처음에는 상당히 순수했을 테고, 카리스마도 대단한 사람이었을 겁니다. 그렇지만 말이죠. 아까부터 말했듯이 조직이 일종의 정점에 다다른 순간 곧바로 타락이 시작됩니다. 그것은 굉장히 무서운 일입니다. 정점에 서면 아무래도 모두의 기대가 쏟아지게 마련이죠. '저 사람은 모든 걸 알고 있다'고 다들 기대하기 때문에 그에 부응할 수밖에 없습니다. 그런 시늉을 하지 않을 수 없죠. 그러다보면 언젠가는 파탄난다는 걸 알기 때문에, 과학의 힘을 끌어다 속이려 하기도 하죠. 그렇게 되면 이미 범죄 성향을 띠는 겁니다.

하루키 정말로 천재적인 종교가라면 그것을 견뎌낼 수 있을까요?

하야오 천재적인 사람은 애초에 그런 바보 같은 짓을 하지 않죠. 예를 들면 신란 스님은 '제자는 두지 않겠다'고 말했습니다. 그랬는데도 훗날 그렇게 대단한 교단이 생겨나버렸죠. 따라서 앞으로의 종교성 추구는 개인적인 차원 말고는 방법이 없을 것 같은 생각이 저는 듭니다.

하루키 이의를 제기하는 것 같습니다만, 개인적으로 그럴 수 있을 만큼 강한 정신력을 가진 사람은 보통 종교 쪽으로는 안 가지 않을까요. 세간의 대부분 사람들은 개인적으로 삶을 헤쳐나가기 힘들기 때문에 종교를 찾는 것 같은데요.

하야오 경직된 조직만 안 만들면 됩니다. 규약이 없는 유연한 조직을 이뤄야죠. 그냥 오고 싶으면 오고, 끝나면 해산하는 조직 말입니다. 그때만 모임을 가지는 거예요.

하루키 저는 그다지 낙관적으로 보이진 않습니다. 옴진리교 조직을 봐도 알 수 있지만, 거기에는 반드시 테크노크라트* 같은 존재가 생기죠. 세간 사람들은 '저런 엘리트가 왜 옴진리교 따위에?'라고 의문을 품지만, 그건 전혀 신기한 일이 아닙니다. 그들은 여러 가지 이유로, 넓은 현실세계가 아니라 꾸며낸 미니어처 의사疑似 세계에서 엘리트가 된 것뿐입니다. 아마도 넓은 세계에 나가는 게 무서웠기 때문이겠죠. 그런 사람들은 어떤 작은 조직이든 반드시 있을 겁니다.

하야오 그런 사람을 만들지 않기 위해서라도 앞으로는 한 사람 한 사람을 좀더 강하게 만들어야 한다는 생각이 드는군요. 그러려면 교육이 제대로 되어야 합니다. 요즘 교육은 전혀 아니에

---

* 과학적, 전문적 지식이나 능력을 가지고 현대의 조직이나 사회의 의사 결정과 관리, 운영에서 중요한 역할을 맡고 있는 사람. 이른바 기술관료.

요. 개개인을 보다 강하게 하는 교육을 고안해내야 합니다. 그런데, 학교에 안 다니는 아이가 10만 명이나 된다는 건 역시 상당한 진보예요. 문부성이 그것을 허용한다는 걸 보면 문부성도 꽤 많이 바뀐 셈이고요.

하루키 그건 다행스러운 일입니다. 저도 학교는 싫었으니까요. 그런데 지난번에 어디선가 실시한 여론조사를 읽었는데, 일본인에게 좋아하는 단어를 고르라고 했더니, '자유'는 네번째인가 다섯번째였어요. 저는 어쨌거나 자유가 첫번째인데, 일본인이 가장 좋아하는 어휘는 '인내'나 '노력'이라는 겁니다.

하야오 하하하, 그야 그럴 테죠. 역시 일본은 '참을 인忍'이 첫째 아니겠습니까. 저 같은 사람은 인종만 하고 살았어요. 이 시대의 닌자忍者죠(웃음).

하루키 그런 의미에서 일본인은 과연 진정으로 자유를 원하는 걸까 하는 의문이 이따금 들곤 합니다. 특히 옴진리교 사람들을 인터뷰하다보면 그것을 실감합니다.

하야오 아니, 일본인은 아직 자유를 제대로 이해하기 힘든 거겠죠. '방종'은 다들 좋아하지만. 자유는 무서운 겁니다.

하루키 그렇기 때문에 옴진리교 사람들에게 "그곳에서 벗어나 혼자 자유롭게 사세요"라고 한들 거의 대부분의 사람들은 그걸 견뎌내기 힘들 것 같다는 인상을 받았습니다. 모두가 많든 적든 '지시 대기' 상태인 겁니다. 어딘가에서 지시가 내려오길 기다립니다. 지시가 없다는 건 '자유로운 상태'가 아니고, 그들에게는 어디까지나 잠정적인 상태인 셈이죠.

하야오 그거야말로 프롬의 『자유로부터의 도피』 같군요. 그러니 어릴 때부터 자유가 얼마나 멋지고 얼마나 무서운 것인가를 가르치는 게 교육의 근본입니다. 부디 그런 교육을 해주길 바라는데, 그게 좀처럼 쉽지 않더군요. 그렇지만 잘만 하면 할 수 있습니다. 저는 그런 선생님들을 좋아해서 자주 대화를 나누는데, 능력 있는 선생님은 아이들을 자유롭게 만들어요. 아이가 스스로 하게 만듭니다. 그러면 아이들은 의외로 제법 잘해나갑니다. 딴 짓도 조금씩은 합니다만, 그런 것도 그냥 놔두죠.

오늘날의 교육은 주입식이죠. 그러다보니 인생의 지혜를 배우는 데는 아무래도 소홀해지게 마련입니다. 일본의 경우는 특히 심해서, 초등학교 때부터 벌써 '공부'가 우선입니다. 공부는 인생과는 아무런 관계도 없는 겁니다. 지난번에 도널드 킨 씨와 얘기를 나눴는데, 킨 씨는 젊은 시절에 장학금을 받기 위해 수학 공부를 엄청나게 열심히 했답니다. 수학은 노력하면 점수가 확 올라가니까 장학금을 받는 데 매우 도움이 되죠. 그래서 그렇게 열심히 수학 공부를 했는데, 그런 수학이 자기 인생에 아무런 도움도 안 된다고 하더군요(웃음). 그야 그럴 테죠, 라고 말했습니다만.

하루키 저는 되도록 짬을 내서 재판을 방청하려고 노력하는

데, 실행범들을 보고 있으면, 그들이 일으킨 죄는 물론 용서할 수 없지만, 역시 측은한 마음이 전혀 안 드는 건 아닙니다. 자기가 선택한 길이라 해도, 여하튼 많든 적든 정신적으로 조종당한 거니까요. 그래서 법적으로 구형될 양형 문제는 별개로 치더라도, 인간으로서의 책임을 어느 지점까지 추궁할 수 있을는지, 저는 판단할 수가 없습니다. 그렇게 많은 피해자 분들을 만나 뵙고 이 범죄에 대해 저 나름 격렬한 분노를 느꼈지만, 그런데도 측은하다는 느낌은 분명히 남습니다.

하야오   그것은 일본의 수많은 B급, C급 전범戰犯들에게도 해당되는 얘기겠죠.

하루키   결국 시스템의 문제일지도 모릅니다. 그런데 좁은 의미의 명령을 집약적으로 부여하고 그것을 실행시키는 시스템은, 크든 작든 자연히 만들어지게 마련이죠. 그것은 저에게는 몹시 무서운 일입니다. 어떻게 그런 노하우가 난데없이 불쑥 나타나서, 비교적 짧은 기간에 거스를 수 없을 정도로 견고하게 고착되는가, 그것이 수수께끼입니다. 그런 존재를 원하는 힘이 자연적으로, 혹은 지박적地縛的으로 작용하고 있다고밖에 생각할 수 없는 면이 있습니다. 정말로 전범 문제와 비슷하군요. 어떤 판결을 내리든 문제는 반드시 남겠죠.

(이 대담은 1998년 8월 10일, 교토에서 열렸다.)

후기

이 책을 위한 취재를 계속하는 동안, 시간 여유가 생길 때마다 도쿄 지방재판소에서 열리는 지하철 사린사건 실행범들의 공판에 얼굴을 내밀려고 애를 썼다. 지하철 사린사건의 실행범들이 도대체 어떤 인간인지, 눈으로 직접 그들의 모습을 확인하고 귀로 직접 그들의 말을 들어보고 싶었기 때문이다. 그리고 그들이 지금 무슨 생각을 하는지도 알고 싶었다. 그러나 그곳에서 내가 현실적으로 목격한 장면은, 쓸쓸하고 음울한, 막막한 광경이었다. 그 법정은 늘 나에게 출구 없는 방을 상기시켰다. 어딘가로 들어왔을 게 분명한데, 지금은 도저히 출구를 찾을 수 없는 악몽 속의 방.

그들 피고(실행범) 대부분은 지금 와서는 구루로서의 아사하라 쇼코에게 실망을 느끼는 것 같았다. 존사라고 숭상했던 아사하라가 최종적으로는 사기꾼 종교지도자로 타락했고, 자신들이 그 미친 (그렇게밖에 생각할 수 없는) 욕망을 위해 교묘하게 이용당했다는 사실을 인식하고, 그 점에 대해서는—다시 말해 그 지시에 따라 심각한 현세적 범죄를 저질러버린 사실에 대해서는—깊이 반성하며 후회하고 있었다. 그들 대부분은 현재의 아사하라 쇼코를 아무 망설임 없이 '아사하라'라고 존칭 없이 부른다. 경우에 따라 모멸의 울림마저 섞여 있었다. 그런 반성의 마음 혹은 일종의 분노는 아마도 진심에서 우러났을 거라고 나는 추측한다. 무고한 생명을 의미도 없이 빼앗는 무자비한 행위가, 그 사람들이 애당초 바랐던 바라고는 도저히 생각할 수 없기 때문이다. 그러나 그럼에도 자기들이 인생의 어느 시점에 현세를 버리고 옴진리교에서 정신적인 이상향을 추구했다는 행위 그 자체에는 실질적으로 반성도 후회도 하지 않는 것처럼 보였다. 적어도 내 눈에는 그렇게 보였다.

그중 한 가지 현상으로, 그들은 법정에서 옴진리교 교의의 세부 설명을 요구받으면 종종 "이건 일반 분들은 이해하기 어렵겠지만"이라는 표현을 썼다. 나는 그런 발언을 귀에 접할 때마다 그 말에 깃든 독특한 톤에서, 그들이 어쨌거나 '일반 분들'보다는 높은 정신 수준에 올라 있다는 선의식을 여전히 품고 있다는 인상을 받을 수밖에 없었다. "물론 범죄를 저지른 데 대해서는 진심으로 죄송하게 생각합니다. 우리는 잘못을 저질렀습니다. 그러나 그것은 결국 우리를 속이고 일련의 그릇된 명령을 내린 저 아사하라 쇼코 잘못입니다. 저 사람만 제정신을 잃지 않았다면, 우리는 평화롭고 조용하게 올바른 종교적 추구를 행하며, 누구에게도 피해를 끼치지 않았을 겁니다." 그들은 (명확하게 말로 하지 않더라도 언외적으로) 그렇게 말하고 싶어하는 것처럼 느껴졌다. 다시 말해 "밖으로 드러난 결과는 분명 나빴습니다. 반성하고 있습니다. 그렇지만 옴진리교의 지향점 자체에는 잘못이 없으며, 그 부분까지 전부 부정해야 한다고 인정할 수는 없습니다"라고.

그러한 '올바른 방향성'에 대한 흔들림 없는 확신은, 이번에 인터뷰한 일반 옴진리교 신자뿐만 아니라 현재는 신자이기를 그만두고 교단에 비판적인 견해를 취하는 옛 신자들마저도 곧잘 인정하는 바였다. 나는 그들 모두에게 "당신은 옴진리교에 입신한 것을 후회합니까?"라고 질문해봤다. 출가신자로 현실세계에서 드롭아웃했던 몇 년간이 '허송세월'이었다고 생각하지 않느냐고. 그들 거의 대부분은 입을 모아, "아니, 후회하진 않는다. 그것이 허송세월이었다고 생각하진 않는다"라고 대답했다. 그것은 왜일까? 답은 간단하다. 현세에서는 결코 손에 넣을 수 없는 순수한 가치가 분명히 거기에 존재했기 때문이다. 설령 그것이 결과적으로는 악몽으로 전환해버렸다 해도, 그 빛이 내뿜는 눈부시고 따뜻한 초창기의 기억은 지금도 그들 속에 선명하게 남아 있으며, 그것은 다른 뭔가로 쉽게 대체될 수 없기 때문이다.

결국 그런 의미에서 옴진리교라는 형태는 지금도 여전히 그들과 '통전通電 상태'라고 말해도 좋을 것이다. 그 옛 신자들이 또다시 언젠가 옴진리교로 복귀할지도 모른다는 말은 아니다. 그들도 지금은 그것이 구조적으로 상당히 위험한 시스템이라는 사실을 인식하고 있고, 자기들이 그곳에서 보낸 세월이 수많은 모순과 결함으로 점철되어 있었다는 것도 익히 알고 있다. 내가 보기에 그들이 그 그릇 안으로 다시 돌아갈 가능성은 거의 없다. 그러나 그럼에도 옴진리교라는 이념은 많든 적든 여전히 그들의 가슴속에서 하나의 피가 통하는 원리로 기능하고 있으며, 구체적인 정경을 가진 이상향으로, 빛의 기억으로, 혹은 각인으로 숨쉬고 있다. 나는 그런 인상을 받았다. 그와 비슷한 빛을 가진 무언가가 다시 한번 눈앞에 나타난다면(그것이 종교적인 것일지도 모르고, 종교 외적인 것일지도 모르지만), 그들 속에 있는 것은 좋든 싫든 그쪽으로 끌려갈 수도 있다. 그런 의미에서 지금 우리 사회에서 가장 위험한 것은 옴진리교 자체보다 '옴진리교적인 것'이라고 말할 수 있을지도 모른다.

지하철 사린사건이 일어나 세간의 이목이 옴진리교에 집중되었을 무렵, "왜 저렇게 수준 높은 교육을 받은 엘리트들이 정체 모를 위험한 신흥종교 따위에 가입했을까?" 하는 의문의 목소리가 자주 제기되었다. 아닌 게 아니라 옴진리교 간부 중에는 쟁쟁한 학력을 자랑하는 엘리트들이 상당수 (겉만 번지르르한 느낌이 있다 해도) 들어 있었다. 세상 사람들이 그 사실에 어처구니없어하는 것도 무리는 아니다. 그런 엘리트들이 약속된 사회적 지위를 과감하게 내던지고 신흥종교로 가버린 것은 오늘날 일본의 교육 시스템에 치명적인 결함이 있기 때문이 아니냐는 점에서도 심각하게 논의가 이루어졌던 것 같다.

그러나 내가 옴진리교 신자와 옛 신자들의 인터뷰를 진행하는 과정에서 절실하게 실감한 것은, '그 사람들은 '엘리트임에도 불구하고' 라는 문맥이 아니라, 오히려 엘리트이기 때문에 그쪽으로 쉽게 넘어간 게 아닐까' 하는 점이었다.

당돌한 예일 수도 있지만, 현대의 옴진리교 교단이라는 존재는 전쟁 전 '만주국' 의 존재와 비슷할지도 모른다. 1932년에 만주국이 건국되었을 때도 마찬가지로 젊은 신진기예 테크노크라트와 전문 기술자, 학자들이 일본에서의 약속된 지위를 버리고 새로운 가능성의 대지를 찾아 대륙으로 건너갔다. 그들 대부분은 젊고, 새로운 야심적인 비전을 가지고 있었으며, 높은 학력과 뛰어난 재능을 지니고 있었다. 그러나 일본이라는 강압적인 구조를 가진 국가 내부에 있는 한, 그 에너지를 유효하게 방출하기는 불가능해 보였다. 그렇기 때문에 그들은 세간의 레일에서 일단은 벗어나더라도, 좀더 융통성 있는, 실험적인 신천지를 추구했던 것이다. 그런 의미에서 ― 그 자체만 보자면 ― 그들의 의지는 순수하고 이상주의적이기까지 했다. 게다가 거기에는 훌륭한 '대의'도 포함되어 있었다. '우리는 올바른 길을 걸어간다'는 확신도 가질 수 있었다.

문제는 거기에 중대한 무언가가 결여되어 있었다는 것이다. 만주국의 경우, 그 무언가가 '올바르고 입체적인 역사 인식'이었다는 것을 지금은 알 수 있다. 좀더 구체적인 수준으로 언급하자면, 거기에 결여되어 있던 것은 '말과 행위의 동일성'이었다. '오족협화'*니 '팔굉일우'**니 하는 그럴듯하고 번지르르한 말들만 자꾸 앞서가고, 그 배후에서 어쩔 수 없이 발생하는 도의적 공백을 피비린내 나는 리얼리티가 덮어갔던 것이다. 때문에 야심만만했던 테크노크라트들은 그 격렬한 역사의 소용돌이 속으로 힘없이 삼켜져버렸다.

옴진리교 사건의 경우, 동시대적으로 일어난 사건이기 때문에 지금 이 시점에 그 무언가의 내용을 명쾌하게 정의해버리기

---

* 五族協和, 일본을 중심으로 조선, 만주, 몽골, 중국 다섯 민족이 함께 화목하게 살아보자는 건국이념.
** 八紘一宇, 온 천하가 한집안이라는 뜻으로, 일제가 침략 전쟁을 합리화하기 위하여 내건 구호.

에는 역시 무리일 듯싶다. 그러나 넓은 의미에서 보자면, '만주국' 적 상황에 관해 언급하는 것과 대체로 같은 이야기를 옴진리교 사건에도 적용할 수 있을 거라고 나는 생각한다. 그것은 '폭넓은 세계관의 결여'와 그로부터 파생된 '말과 행위의 괴리'다.

많은 이과 계열, 기술 계열 엘리트들이 현세적인 이익을 버리고 옴진리교로 달려간 이유는 개인에 따라 다양할 것이다. 그러나 그들이 공통으로 품고 있던 것은 자기들이 몸에 익힌 전문기술이나 지식을 좀더 깊이와 의미가 있는 목적을 위해 활용하고 싶다는 생각이 아니었을까. 그들은 대자본과 사회 시스템이라는 비인간적이고 공리적인 밀mill 속에서, 그런 자신들의 자질이나 노력이 ― 그리고 그들 자신의 존재 의미까지도 ― 허무하게 으깨지고 깎이는 것에 깊은 의문을 품을 수밖에 없었을 것이다.

지하철 지요다 선에 사린을 뿌려 두 사람의 에이단 지하철 직원을 죽음에 이르게 한 하야시 이쿠오도 분명 그런 타입의 사람이었다. 그는 '환자를 생각하는 성실하고 우수한 외과의'로 주위의 높은 평가를 얻었지만, 아마도 그 때문에 여러 모순과 결함을 품은 현행 의료제도에 차츰 깊은 불신감을 품게 되었고, 그 결과 옴진리교가 제시하는 실행력 있는 정신세계(티끌 하나 없는 강렬한 이상향)에 강하게 마음이 끌렸을 것이다.

그는 『옴진리교와 나』라는 저서에서, 출가 당시에 교단에 대해 품고 있던 이미지를 다음과 같이 기술했다.

아사하라는 설법에서 샴발라* 계획에 관해 말했습니다. 로터스 빌리지Lotus Village를 건설한다는 것이었습니다. 거기에는 '애스트럴 호스피털'이라는 병원이 있고, '진리학원'이라는 일관교육 학교도 생길 거라고 했는데(중략). 의료는 아사하라가 명상을 통해 다른 차원(애스트랄)이나 과거 생의 기억에서 도입했다는 애스트랄 의학을 구사해 환자의 카르마와 에너지 상태를 파악하고, 죽음이나 전생까지도 고려한다고 했습니다. (중략) 나는 숲이 우거진 자연 속에 띄엄띄엄 세워진 건물에서 진정한 의료와 교육을 행한다는, 그 무렵 몽상했던 병원과 학교의 모습을 로터스 빌리지에 투영시켰습니다.

그는 그런 이상향에 몸을 던지고, 현세의 때에 물들지 않고 엄격한 수행을 계속하면서, 납득이 가는 의료를 철저하게 실천하여 한 사람이라도 많은 환자를 행복하게 만드는 꿈을 꿨을 것이다. 물론 그 동기가 순수했다는 것은 인정하고, 여기에서 언급된 비전이 그 나름 아름답고 장관이라는 것도 인정하지만, 그런 순진무구한 언설이 현실과 얼마나 심하게 괴리되어 있는지는 한 발만 물러나서 생각해보면 금방 알 수 있다. 그것은 우리 눈에

---

* Shambhala, 티베트에 전해오는 전설의 비밀 불교왕국.

마치 원근감이 없는 신비로운 풍경화처럼 보인다. 그러나 설령 그때 우리가 하야시 의사의 개인적인 친구였다 해도, 출가를 결심한 그에게 그 괴리감을 효과적으로 '증명'하는 것은 대단히 어려운 작업이었을 것임이 틀림없다(어쩌면 사실은 지금도 어려울지 모른다).

그러나 사실 우리가 하야시 의사에게 해줘야 할 말은 원래는 굉장히 간단할 것이다. 그것은 '현실이란 본래 혼란과 모순을 내포하고 성립되는 것이며, 혼란이나 모순을 배제해버리면 그것은 이미 현실이 아니다'라는 것이다. "그리고 일견 정합적으로 들리는 말과 논리에 따라 교묘하게 현실의 일부를 배제했다고 믿어도, 그 배제된 현실은 반드시 어딘가에 잠복해 있다가 당신에게 복수할 것이다"라고.

그렇지만 하야시 의사는 그런 말에는 아마 설득되지 않았을 것이다. 그는 전문적인 말과 매뉴얼화된 논리를 늘어놓으며 날카롭게 반론하고, 자기가 나아가려는 길이 얼마나 바르고 아름다운가를 유창하게 풀어놓았을 것이다. 그리고 우리는 어쩌면 그런 논리를 넘어설 만한 효과적이고 설득력 있는 말을 가지고 있지 못했을지도 모른다. 그 결과 어느 시점에는 입을 다물어버릴 수밖에 없을지도 모른다. 안타까운 일이지만, 현실성을 결여한 말과 논리는 현실성을 내포한 (그 때문에 불순물 하나하나를 무거운 돌처럼 질질 끌 수밖에 없는) 말과 논리보다 종종 강한 힘을 지니기 때문이다. 그로 인해 우리는 서로의 말을 이해하지 못한 채, 각각의 방향으로 갈라져버릴 것이다.

하야시 이쿠오의 수기는 여기저기에서 우리를 멈춰 서게 하고, 깊은 생각에 잠기게 만든다. '이 사람은 왜 이 지경까지 갈 수밖에 없었을까'라는 소박한 의문과, '그러나 우리에게는 아마도 손쓸 여지가 없었을 것'이라는 무력감이 동시에 솟구쳐오른다. 그것은 우리를 묘하게 서글픈 기분에 젖어들게 만든다. 가장 허무한 것은 '공리적인 사회'에 대해 가장 비판적이어야 마땅할 사람이, 말하자면 '논리의 공리성'을 무기로 많은 사람들을 파멸시켰다는 점일지도 모른다. 세간에 떠도는 일종의 뉴에이지적 언설이 우리에게 이따금 섬뜩한 느낌을 주는 이유는, 그것이 '초현실'이기 때문이 아니라 결국은 그저 현실의 얄팍한 희화화에 지나지 않기 때문이다.

그러나 과연 어느 누가 '난 별볼일 없는 인간이니 사회 시스템의 톱니바퀴 속에서 소모되다 죽어도 별 상관없다'고 생각하겠는가? 많든 적든 우리 모두는 이 세상을 이렇게 살아가는 의미를, 그리고 머지않아 죽어 사라져가는 의미를 가능하면 자기 손으로 확인하고 싶어한다. 그러한 답을 진지하게 추구하는 행위 자체가 특별히 비난받을 까닭이 없다는 건 두말할 나위가 없다. 그런데 어딘가에서 치명적인 '단추 잘못 끼우기'가 시작된다. 현실의 상이 조금씩 왜곡되기 시작한다. 약속되었던 장소는, 퍼뜩 정신이 들고 보니 이미 추구하던 것과는 다른 장소로 변해 버렸다. 마크 스트랜드가 시에서 읊었듯이 그곳에서는 "산은 더이상 산이 아니며, 태양은 더이상 태양이 아닌" 것이다.

제2, 제3의 하야시 이쿠오를 만들지 않기 위해서라도, 우리 사회는 일련의 옴진리교 사건을 통해 비극적인 형태로 부각된 이같은 문제에 관해 다시금 근본적으로 고찰해야 마땅하지 않을까. 세간의 많은 사람들은 일련의 옴진리교 사건을 '이미 지나간 과거의 일'로 치부하는 것처럼 보인다. 그것은 분명 큰 사건이었지만, 범인도 거의 체포되어 일단락되었으니 이제 나와는 직접적인 관계가 없는 일이라고. 그러나 컬트 종교에서 의미를 찾는 사람들 대부분은 딱히 이상한 사람들이 아니다. 낙오자도 아니고, 유별난 사람도 아니다. 그들은 나나 여러분 주변에 살아가는 보통(혹은 보는 관점에 따라서는 보통 이상인)사람들이다.

그들은 매사를 좀더 성실하게 깊이 생각하는 경향이 있을지도 모른다. 마음에 조금쯤 상처를 입었을지도 모른다. 주위 사람들과 원만하게 소통할 수 없어 약간은 고민하고 있을지도 모른다. 자기표현 수단을 제대로 찾아내지 못해 자존심과 열등감 사이를 격렬하게 오가고 있을지도 모른다. 그것은 나일 수도 있고, 당신일 수도 있다. 우리의 일상생활과, 위험성을 내포한 컬트 종

교 사이에 가로놓인 한 장의 벽은, 우리가 상상하는 것보다 훨씬
얇을지도 모른다.

(이 글은 하야시 이쿠오의 저서 『옴진리교와 나』와 관련하여
〈책 이야기〉 1998년 10월호에 발표한 글을 바탕으로 했다.)

지은이 **무라카미 하루키**

1979년 『바람의 노래를 들어라』로 군조신인문학상을 수상하며 데뷔했다. 1982년 『양을 쫓는 모험』으로 노마문예신인상, 1985년 『세계의 끝과 하드보일드 원더랜드』로 다니자키 준이치로 상을 수상했다. 『도시와 그 불확실한 벽』 『기사단장 죽이기』 『1Q84』 『여자 없는 남자들』 『일인칭 단수』 외 수많은 소설과 에세이로 전 세계 독자들의 사랑을 받고 있다.

옮긴이 **이영미**

아주대학교 국문과를 졸업하고, 일본 와세다대학 대학원 문학연구과 석사 과정을 수료했다. 2009년 요시다 슈이치의 『악인』과 『캐러멜팝콘』으로 일본국제교류기금이 주관하는 보라나비 저작·번역상의 첫 번역상을 수상했다. 옮긴 책으로 『단테 신곡 강의』 『태양의 탑』 『공중그네』 『기적의 사과』 『지도남』 등이 있다.

문학동네 세계문학

약속된 장소에서 — 언더그라운드 2

1판 1쇄 2010년 12월 1일 ǀ 1판 8쇄 2025년 1월 24일

지은이 무라카미 하루키 ǀ 옮긴이 이영미
책임편집 양수현 ǀ 편집 박여영 ǀ 독자 모니터 이원주
디자인 오필민 유현아 ǀ 저작권 박지영 형소진 오서영
마케팅 정민호 서지화 한민아 이민경 왕지경 정유진 정경주 김수인 김혜원 김예진
브랜딩 함유지 함근아 박민재 김희숙 이송이 김하연 박다솔 조다현 배진성
제작 강신은 김동욱 이순호 ǀ 제작처 한영문화사(인쇄) 경일제책(제본)

펴낸곳 (주)문학동네 ǀ 펴낸이 김소영
출판등록 1993년 10월 22일 제2003-000045호
주소 10881 경기도 파주시 회동길 210
전자우편 editor@munhak.com ǀ 대표전화 031) 955-8888 ǀ 팩스 031) 955-8855
문의전화 031) 955-1927(마케팅) 031) 955-1917(편집)
문학동네카페 http://cafe.naver.com/mhdn
인스타그램 @munhakdongne ǀ 트위터 @munhakdongne
북클럽문학동네 http://bookclubmunhak.com

잘못된 책은 구입하신 서점에서 교환해드립니다.
기타 교환 문의: 031) 955-2661, 3580

ISBN 978-89-546-1337-8 03830

www.munhak.com